SOMETHING *Real*

Reckless and Real

Livre 2

LEXI RYAN

SOMETHING *Real*

Titre de l'édition originale : *Something Real*

Ouvrage dirigé par Isabelle Solal
Collection New Romance dirigée par Hugues de Saint Vincent
Couverture : Christophe Petit/© Zero Creatives/ Getty Images

Département de Hugo & Cie
34-36, rue La Pérouse
75116 Paris
wwwhugoetcie.fr

ISBN : 9782755629293
Dépôt légal : janvier 2017
Imprimé en France par Corlet imprimeur, S.A.
N° d'imprimeur : 185417

NEW ROMANCE®

LEXI RYAN

SOMETHING *Real*

Livre 2 de la série « Reckless and Real »

Roman

Traduit de l'anglais (États-Unis)
par Marie-Christine Tricottet

Hugo Roman

À Brian. Encore et toujours. Ils sont tous pour toi.

REMERCIEMENTS

Comme toujours, je tiens d'abord à remercier ma famille. Brian, merci pour le temps, les encouragements et la patience que tu accordes à ma carrière de folie. Merci de m'envoyer travailler dans mon « bureau satellite » quand les enfants refusent de me laisser tranquille, merci de prêter une oreille attentive à mes incessantes élucubrations concernant des intrigues sorties de tout contexte, et de me prouver chaque jour que le bonheur éternel existe ailleurs que dans mon imagination. Les enfants et toi, vous êtes tout pour moi.

Merci à mes amis et ma famille, qui célèbrent mes succès comme s'ils étaient les leurs, qui me félicitent à chaque étape du processus et font l'éloge de mes livres auprès de tous les lecteurs adultes qu'ils rencontrent. Votre enthousiasme m'honore et je suis reconnaissante d'avoir pu me construire une vie entourée de personnes si formidables. J'espère que vous savez toute la gratitude que j'éprouve en pensant que vous faites partie de ma vie.

Merci à tous ceux qui m'ont aidée par leurs conseils et leurs appréciations concernant l'histoire de Liz et Sam, en particulier Adrienne Hogan, Mira Lynn Kelley, Heather Carver, Karen Newman et Samantha Leighton, vous êtes toutes géniales. Un grand merci aux Lexi's Midnight Readers qui étaient partantes pour cette histoire quand elle n'était encore que l'ébauche d'une idée. Vous me rappelez quotidiennement pourquoi j'aime tant ce boulot !

Merci à l'équipe qui m'a aidée à réaliser ce livre et en a assuré la promotion. Sarah Hansen de Okay Creations qui a conçu cette magnifique couverture de l'édition américaine, et qui, si cela ne tient qu'à moi, en fera encore beaucoup d'autres pour moi. Rhonda Helms et Lauren McKellar, pour la pertinence de leurs corrections, et Arran McNicol de Editing 720 pour sa relecture. Merci à mon assistante, Chris, qui fait tout son possible pour veiller à l'organisation de mon travail, même quand nous jonglons avec quinze tâches à la fois. Un grand hourra à Julie de AToMR qui s'emploie à la promotion de mes livres, et à tous les blogueurs et les critiques qui la secondent dans cette tâche. Vous êtes formidables. Tous.

Merci à mon agent, Dan Mandel, et à mon agent pour l'étranger, Stephanie Diaz, qui permettent à mes livres de trouver leurs lecteurs dans le monde entier. Je vous remercie de faire partie de mon équipe.

Mille mercis à mes NWBs – Sawyer Bennett, Lauren Blakely, Violet Duke, Jessie Evans, Melody Grace, Monica

Murphy et Kendall Ryan. Je suis sûre que vous étiez prêts à m'étrangler quand j'essayais de trouver un angle d'approche de cette série et le moyen de raconter l'histoire de la meilleure façon possible. Merci de votre inaltérable franchise et de votre soutien quand je panique.

Merci à tous mes amis écrivains sur Twitter, Facebook et aux différents cercles littéraires auxquels j'appartiens, pour m'avoir soutenue et inspirée. Je dois dire que notre source d'eau fraîche est la plus fraîche de toutes.

Et, pour finir en beauté, je remercie tous mes fans. À ceux qui ont lu les autres ouvrages de la série « New Hope » et qui en redemandent, à ceux qui ont déclaré qu'ils prendraient du plaisir à lire même mes listes de courses, et à ceux qui me suivent depuis le début, un grand merci. J'estime chacun de mes lecteurs. Je ne pourrais rien faire sans vous et je n'en aurais pas envie. Merci d'acheter mes livres et d'en parler à vos amis. Merci de me demander d'en écrire d'autres. Vous êtes les meilleurs !

LEXI

À propos de SOMETHING *Real*

Retournez vers un monde de secrets, de scandale et de tentation. Lisez le second roman de « Reckless and Real », la série torride imaginée par l'auteur à succès du* New York Times, *Lexi Ryan…

Something Real s'inscrit dans la série « Reckless and Real » et doit être lu après *Something Dangerous.* Ce livre est la conclusion de l'histoire de Liz et Sam.

Après ce jour de Noël où tout a volé en éclats, Liz m'a quitté et je l'ai laissée partir. Elle a dit qu'elle avait besoin d'espace pour saisir sa chance de poursuivre ses rêves. Mais nous savions tous les deux qu'elle fuyait le chaos qu'elle avait provoqué. Aujourd'hui, la campagne politique qu'elle a prise comme prétexte pour partir nous remet en présence, et je vais lui prouver que ce dont elle a vraiment besoin ne se réduit pas aux nuits torrides, aux mains avides et à notre indéniable alchimie physique.

Ce dont elle à vraiment besoin, c'est quelque chose de réel.
Ce dont elle a vraiment besoin… c'est moi.

La série « Reckless and Real » comprend :
Something Wild (L'histoire de Liz et Sam, les débuts)
Something Dangerous (L'histoire de Liz et Sam, la suite)
Something Real (L'histoire de Liz et Sam, la conclusion)

PROLOGUE

LIZ

Il approche sa bouche de la mienne, et tout d'abord, je ne réagis pas. C'est comme si mon cerveau était trop occupé à essayer de comprendre le bruit qui résonne dans ma tête pour se laisser déranger par ce qui est impossible à croire. Parce que « le père de Sam est en train de m'embrasser » est à peu près aussi facile à admettre que quelqu'un qui crierait : « Cours, sinon ce yeti va t'attraper ! »

C'est certainement un de ces rêves idiots que je fais souvent. Comme celui où je me retrouve à faire l'amour avec le type qui découpe le jambon de dinde au supermarché. Je me laisse faire dans mon rêve, parce que je ne prends pas réellement de décisions conscientes.

Mais quand Travis Bradshaw passe la langue sur mes lèvres, je reviens brutalement à la réalité et je le repousse violemment des deux mains. Il recule, le visage déformé par une grimace, puis me tourne le dos.

Mon estomac se soulève et s'emplit d'une sensation nauséeuse provoquée par un flot de sentiments qui se mélangent. La honte, la culpabilité, le regret, la colère, la perte et, oui, le dégoût. Cet homme, le père de l'homme que j'aime, l'homme politique que je respectais – mon *patron* –, cet homme me dégoûte. Je ne peux pas dissocier une émotion d'une autre, et elles s'empilent toutes les unes sur les autres pour former un amas de peur qui me paralyse.

– Depuis combien de temps saviez-vous que c'était moi sur le site ?

De toutes les questions et les accusations furieuses qui tournent dans ma tête, je ne sais pas pourquoi c'est celle-ci qui sort en premier de ma bouche.

– Un certain temps.

Il enfonce les mains dans ses poches et regarde par la fenêtre.

– Je ne cherchais pas à avoir une aventure, Elizabeth. Je n'ai jamais planifié ce qui est arrivé. Mais toi et moi… on a eu un déclic. Quand je me suis décidé à consulter ton profil et que j'ai vu qui tu étais, je n'ai pas su quoi faire.

– Alors vous… quoi ? M'avez proposé un emploi ?

La vérité me frappe comme un coup de poing dans l'estomac.

– En fait, vous n'avez jamais cru que j'avais du talent. Vous n'avez jamais pensé que j'étais *assez brillante* pour participer à votre campagne. Vous vouliez seulement… qu'est-ce que vous vouliez au juste ? Qu'allait-il se passer, d'après vous ?

Il se retourne brusquement, la colère déforme son visage.

– Je t'aurais donné *n'importe quoi*. Tu voulais un job, très bien, je t'en ai donné un. Tu voulais te sentir importante, alors je t'ai confié des tâches importantes. Et, au fait, ne te donne pas la peine de me remercier !

– Vous auriez dû y mettre un terme quand vous avez découvert qui j'étais. Vous auriez dû me le dire. Vous auriez dû…

– J'aurais dû quoi ? J'aurais dû savoir que tu allais *me* laisser t'allumer et t'exciter pour ensuite aller baiser avec *mon fils.*

J'appuie la main sur ma bouche. Je vais vraiment vomir. Je ne savais pas que l'horreur pouvait provoquer la nausée au sens propre. Je croyais que c'était juste une façon de parler.

– Si j'étais excitée par nos conversations…

– *Si ?*

– C'était seulement parce que je croyais parler à Sam. Vous saviez qu'il y avait quelque chose qui n'allait pas et vous m'avez laissée… vous deviez bien savoir que je serais furieuse en découvrant la vérité.

– Je voulais te le dire. C'est pour cela que je t'ai invitée au bungalow.

Mais il était à la clinique pour la naissance de son premier petit-enfant. Et c'est Sam qui est venu au bungalow.

Mon estomac se noue. En fermant les yeux, je vois Sam baisser les yeux vers moi pour me dire qu'il m'aime. Il *m'aimait.* Il ne pourra plus m'aimer après ça. Je l'ai perdu.

– Vous avez tout gâché.

– Je me suis arrangé pour te trouver un poste de rédactrice dans la campagne de Christine. En échange de ta promesse de ne jamais en parler, je te paierai…

– *Me payer* ? Je ne veux pas de votre argent.

– Tu pourrais détruire ma vie.

On entend claquer une portière de voiture, et j'étouffe un petit cri horrifié en voyant la voiture de Sam par la fenêtre.

– Vous, vous avez déjà détruit *la mienne*.

Je devrais me sauver, sortir d'ici avant que Sam n'arrive. Mais mes pieds refusent de bouger et j'ai l'impression de ne pas pouvoir me décoller de ce mur qui me rassure.

La sonnette de la porte d'entrée retentit joyeusement, ce qui ne fait que rendre plus menaçant encore le bruit de pas décidés qui se dirigent vers le bureau.

– Tu vas prendre l'argent, dit le père de Sam.

Toute trace de gentillesse ou de tendresse a disparu de ses yeux. Il a le regard dur et calculateur de l'homme d'affaires.

– Et tu ne parleras de cette histoire à personne.

La porte du bureau s'ouvre brutalement et va claquer contre le mur en faisant trembler toute la pièce.

Les yeux de Sam, étincelants de colère et d'incompréhension, se posent sur son père, puis sur moi, puis de nouveau sur son père. Il fait trois longues enjambées puis balance le bras. On entend un horrible craquement quand son poing entre en contact avec la mâchoire de son père.

* * *

SAM

Mon père avance d'un pas en levant les poings, puis il s'arrête et me fixe avec, dans les yeux, ce regard inimitable de désapprobation paternelle.

– Liz, laisse-nous, je te prie, dit-il sans me quitter des yeux.

– Sam.

Dans la bouche de Liz, mon nom sonne plus comme un cri aigu que comme un mot, et pourtant il y a tellement d'émotion dans cette unique syllabe que je flanche.

– Va-t'en, Liz.

Mon poing est en feu, contrastant étrangement avec le vide qui se fait dans ma poitrine.

– Laisse-moi…

– Tu en as assez fait comme ça.

Elle accuse le coup, puis acquiesce de mauvaise grâce et sort précipitamment.

– Tu détruis tout.

Le feu se répand dans mes doigts, puis dans tout mon bras en picotements aigus.

– Tout.

J'ouvre la bouche pour continuer, mais l'engourdissement se répand insidieusement dans ma poitrine. J'ai l'impression que je pourrais exploser si j'en dis plus, alors je laisse tomber et je m'en vais.

Liz est devant la porte, le visage décomposé, les bras croisés autour d'elle.

– Je ne savais pas que c'était lui.

– Mais c'était lui.

– Je croyais que c'était toi, puis après j'ai cru que c'était Connor. Je n'aurais jamais pu imaginer que cela pouvait être ton père.

– Tu croyais que tu parlais à *Connor* ? Et en me disant ça, tu t'imagines que je vais me sentir mieux ?

– Pas au début. Je…

Je lève la main.

– Tais-toi.

– Le matin au bungalow. Je pensais que c'était toi. River m'avait envoyé un message. J'ai alors pensé que c'était Connor.

Je ne comprends rien à ce qu'elle raconte, et, à en juger par la panique que je lis sur son visage, elle le sait.

– Une fois que j'ai su que ce n'était pas toi, j'ai pensé… j'étais sûre… et j'allais donner ma démission, mais tu… le gouverneur… tu dois me croire.

Mes dents sont tellement serrées que j'ai mal à la mâchoire.

– J'en ai assez entendu.

– Je t'aime. Tu m'aimes.

Ses yeux me supplient désespérément.

Le fer rouge dans mon estomac devient glacial et une colère froide s'empare de moi et irradie de tous mes membres.

– Cela n'a plus d'importance. Comment pourrais-je te faire confiance, maintenant ?

– Je te jure que ce n'était pas de ma faute. Est-ce qu'on ne pourrait pas… juste aller en parler ailleurs.

– Tu savais que tu parlais à un homme marié, mais tu n'as rien fait pour arrêter. Et l'été dernier, quand tu as couché avec Connor, tu savais bien qu'il était avec Della.

– Je n'ai pas…

– Ça va comme ça.

Je me tourne vers ma voiture et je tends la main vers la poignée. Liz m'attrape par le bras et je m'immobilise.

– Lâche-moi.

Ma voix paraît distante, même à mes propres oreilles.

– Il faut que je t'explique.

Je repousse sa main et j'ouvre la portière de ma voiture.

– Je ne supporte même pas de poser les yeux sur toi.

1

SAM

CINQ MOIS PLUS TARD…

En entendant la sonnette, immédiatement je me dis : *c'est peut-être Liz.*

Je suis vraiment pathétique – je suis là à espérer que la femme que j'aime va apparaître devant ma porte pour me dire qu'elle ne peut pas vivre sans moi, alors même que je me suis conduit comme le dernier des salauds et que Dieu sait que nous n'avons aucun avenir ensemble. Mais la pensée est là et, quoi qu'il en soit, c'est le moteur qui m'incite à reposer mon verre de scotch alors que, sans cela, je ne me donnerais même pas la peine de répondre.

On ne peut pas dire que je sois sobre, mais je ne suis certainement pas assez ivre, parce que, lorsque j'ouvre la porte, qui d'autre que mon enfoiré de connard de beau-frère se tient devant moi ?

– Va te faire foutre !

Je lui claque la porte au nez.

Il l'arrête avec son pied.

– On a un problème.

Je le fusille du regard, le mettant au défi de… quoi ? Je ne sais pas.

J'aimerais qu'il m'envoie son poing dans la figure pour me donner un prétexte pour en faire autant. Habituellement, je ne suis pas un buveur hargneux, mais ce soir je ne dirais pas non à quelques coups de poing bien sentis.

Il a intérêt à avoir une super-bonne raison pour être là. J'ai des projets très importants pour occuper mon jeudi soir et cela implique de boire du scotch jusqu'à ne plus savoir qui je suis. Parce que cela fait cinq mois que j'ai découvert que la femme que j'aimais avait une aventure illicite et secrète sur Internet avec mon père. Cinq mois que j'ai fichu mon poing dans la figure de mon propre père et que j'ai complètement arrêté de lui adresser la parole.

Cinq mois qu'elle est partie.

– Sam.

Connor prononce mon nom comme s'il s'excusait. Comme s'il était *désolé* pour moi, simplement parce que je suis moi.

Bienvenue dans ce putain de club, mon pote.

Je ne prends même pas la peine de lui répondre ni d'essayer de le foutre dehors. Je tourne les talons et je retourne vers mon canapé. Et à mon verre de scotch.

Le verre est à mi-chemin de mes lèvres quand il s'assied à côté de moi et me le prend des mains.

– C'est important.

– Si c'est au sujet de la campagne de mon père, tu perds ton temps. Tu sais à quel point je me contrefous de ses chances de poser ses valises dans la demeure du gouverneur ? Je m'en contrefous totalement, Connor. Je me contrefous de la demeure, du bureau et, soyons clairs, de mon père lui-même.

En soupirant, il porte le verre à ses lèvres et le vide cul sec en grimaçant. *Mauviette.*

Il souffle lentement.

– Il ne s'agit pas de ton père. Il s'agit de toi.

Il tape quelque chose sur l'écran de son téléphone avant de me le passer.

– De toi et de ces photos qui vont passer au JT de ce soir sur les chaînes nationales, si tu veux le savoir.

* * *

LIZ

– Attendez, je vais vous aider.

J'attrape le sixième et dernier sac de courses et je me retourne. Mon voisin est debout à côté de ma voiture.

– Salut.

Je m'aperçois que je ne connais pas son nom, même si nous nous croisons pratiquement tous les matins depuis cinq mois.

Il sourit.

– Salut.

Aujourd'hui, il porte un t-shirt noir moulant, il a les mains dans les poches, et une mèche rebelle de ses cheveux noirs tombe sur son œil gauche. Sans me laisser le temps de répondre, il me prend les sacs des mains. Mes bras manifestent leur gratitude.

La façon dont il balade son regard sur moi me fait monter le rouge aux joues, mais je suis immédiatement refroidie par un sentiment de culpabilité. Sam et moi ne sommes peut-être plus ensemble, et il n'y a très probablement aucune chance que nous le soyons jamais de nouveau, mais la seule idée de laisser un autre homme me regarder comme ça, me semble être une trahison.

– Il n'y a rien d'autre ?

Son biceps se tend quand il soulève les sacs.

Je suis tout à fait capable de porter mes sacs de courses moi-même, mais je me sens tellement seule que je ne peux pas résister à sa proposition, et tant pis pour cette culpabilité malvenue.

– Vous n'êtes pas obligé de faire ça.

Les mots sonnent creux.

– Oh, mais si. Je me sers de vos courses, sans vergogne, comme prétexte pour vous demander votre nom. Moi, c'est George.

Je plante mes dents dans ma lèvre inférieure. George est craquant. Grand, brun, avec de larges épaules et un sourire qui me fait rougir. Il a un super-sourire. Je l'avais déjà remarqué. Il a tout ce qu'il faut pour me plaire, mais je ne suis pas précisément disponible pour sortir avec quelqu'un, sur le plan émotionnel s'entend.

– Liz. Merci pour votre aide.

Il passe devant et je déverrouille la porte quand nous arrivons en haut de l'escalier. Le laisser porter mes sacs m'apparaît à la fois comme une gâterie et comme un péché, et je déteste me sentir coupable simplement parce que j'ai accepté un geste gentil.

– Je peux vous offrir à boire ? J'ai de l'eau, du Coca light et du café.

J'ai aussi de la vodka, de la tequila et de la bière, mais il n'est absolument pas question que je boive avec un beau mec alors que je me sens si seule et prête à m'apitoyer sur mon sort. J'ai déjà fait cette erreur.

– Je pourrais faire le café pendant que vous rangez vos courses.

Je fais oui de la tête et nous travaillons côte à côte dans un silence amical bien qu'un peu gêné, jusqu'à ce que j'aie rangé toutes mes courses et que l'arôme du café emplisse mon petit appartement.

Je prends deux tasses dans le placard, puis je sors le sucre et la crème pendant qu'il nous sert.

– Vous voulez du sucre ou de la crème ?

Il secoue la tête et me regarde ajouter une bonne dose de sucre et une montagne de crème dans mon café. Un sourire relève le coin de sa bouche quand il considère ma tasse.

– Je ne sais pas très bien ce que c'est, mais en tout cas, ce n'est plus du café.

Je serre ma tasse dans mes doigts. Je ne vais boire qu'une gorgée ou deux. Mon estomac ne supporte pas très bien le café ces temps-ci. Ni la nourriture en général, à vrai dire. Il est trop occupé à se ronger lui-même pour me laisser avaler quoi que ce soit d'autre. J'ai perdu près de quatre kilos depuis Noël.

Comment avoir un corps de rêve grâce à la culpabilité et au dégoût de soi !

Je me force à sourire et je pose ma tasse de café sur le plan de travail. Un homme séduisant vient de porter mes courses. Le moins que je puisse faire, c'est un brin de conversation polie.

– Parlez-moi de vous, George. Que faites-vous dans la vie ?

– Je travaille pour un magazine en ligne. Je fais surtout de la programmation. Si vous ne buvez pas votre café parce que vous craignez que la caféine ne vous empêche de dormir, je peux vous raconter ce que j'ai fait au boulot la semaine dernière. Vous allez vous endormir sur-le-champ.

Je me mets à rire, et ce son qui sort de ma bouche me paraît tellement incongru que je me demande quand j'ai ri pour la dernière fois.

– Et vous ?

Il lève une main.

– Non. Laissez-moi deviner. Je suis doué pour ça. Vous êtes… dresseuse de lions.

Je souris.

– Comment avez-vous deviné ?

– Oh vous savez, c'est simplement cette allure farouche mais tenace chez vous. C'est assez évident, en fait.

– Farouche mais tenace. Je ne me rappelle pas qu'on m'ait jamais décrite comme ça jusqu'ici.

Je tente de boire une gorgée et je sens le sourire quitter mon visage. *Arrête de penser à Sam. Tu te fais du mal.* Je m'oblige à reporter mon attention sur l'homme qui est dans la pièce plutôt que sur celui qui occupe mon esprit.

– Pour tout vous dire, je ne suis plus dresseuse de lions. J'ai pris une retraite anticipée pour pouvoir me lancer dans une seconde carrière.

– Ça se complique.

Il plisse les yeux.

– Professeur de droit ?

Je pousse un petit grognement.

– Qu'est-ce qui vous fait penser ça ?

J'aimerais bien être assez intelligente pour faire ça.

Il sourit.

– Farouche mais tenace, vous vous souvenez ? Ma mère est professeur de droit, alors je connais bien ce genre-là. Mais je vois à votre expression que vous pensez que c'est une profession horrible – et ma mère serait probablement d'accord avec vous – alors, laissez-moi essayer encore… si seulement votre garde-robe pouvait me donner un indice.

Je baisse les yeux vers mon t-shirt qui porte la mention « Guy Présidente ». Au-dessous du logo, on peut lire « membre du personnel »

Je soupire.

– Je suis une énigme enveloppée de mystère. À moins que ce ne soit un mystère enveloppé dans une énigme ?

– J'ai l'intuition que vous êtes plus que ça. Accepteriez-vous de dîner avec moi un de ces jours pour que je puisse le découvrir ?

Cette question venant d'un type comme lui – mignon et drôle – devrait me faire sauter de joie. Au lieu de ça, je me rends compte que je cherche une excuse pour décliner sa proposition. Je ne ressens rien. Rien d'autre que cette douleur qui me consume depuis le moment où Sam a mis son poing dans la figure de son père avant de poser sur moi un regard torturé.

« Je ne supporte même pas de poser les yeux sur toi. »

Je ne sais pas comment expliquer. J'ai quitté New Hope il y a cinq mois et je suis venue m'installer dans ce petit appartement d'un quartier nord d'Indianapolis. Au bout de cinq mois, je devrais être capable de tourner la page. J'ai envie de l'aimer. J'ai envie de lui donner sa chance, de tomber amoureuse et d'oublier que j'ai abandonné mon cœur à un homme qui me déteste.

– George, vous êtes vraiment sympa…

George fait la grimace.

– *Sympa* ? Aïe. Au cas où vous refuseriez, j'espérais que vous le feriez en me disant un truc du genre « vous êtes tellement sexy que j'ai peur de ne pas pouvoir me contrôler si je sors avec vous ». Il n'est pas trop tard, vous pouvez encore vous rattraper.

Cette fois, j'éclate de rire.

– Oh, mais maintenant, vous n'allez pas me croire.

– Je vous promets d'oublier dans la seconde que c'est moi qui l'ai suggéré.

Il boit une gorgée de son café et pousse un soupir en me regardant à travers ses épais cils bruns. Juste au moment où je me dis qu'il ne va rien ajouter, il me demande :

– Qui est-ce ?

– Quoi ?

– Le type qui vous a brisé le cœur ? C'était votre petit ami ? Votre premier amour ?

Il baisse les yeux sur ma main gauche.

– Votre mari ?

Je secoue la tête.

– Il ne m'a pas brisé… Mon petit ami. Et je ne suis pas sûre qu'il soit juste de dire qu'il m'a brisé le cœur. C'était plus ou moins de ma faute.

– Ouais, mais votre cœur est bel et bien brisé et c'est lui qui en est la cause.

– J'imagine que oui.

– Eh bien, si jamais cela vous dit d'essayer de penser à quelqu'un d'autre le temps d'une soirée, je me ferai un plaisir de vous rendre ce service.

– J'y penserai.

Mais je ne le ferai pas. Pas vraiment. Pas quand cette invitation me fait me rendre compte à quel point j'ai envie d'envoyer à Sam la lettre qui se trouve dans mon sac. Elle y est depuis des semaines et, dès demain matin, je la mets à la poste. Le moment est venu.

2

LIZ

– Les jumelles crapahutent partout et elles touchent à tout, dit Hanna en bâillant. Je pense qu'elles ne vont pas tarder à marcher et je me demande ce que ça va donner quand ça va arriver. Je ne sais pas s'il vaut mieux sécuriser encore plus leur environnement ou acheter ces espèces de laisses que les gens mettent à leurs enfants.

Je rigole. Sophie et Josie, mes nièces, sont des petits démons qui croient que leurs sourires de chérubins vont pouvoir les sortir de toutes les situations. Elles n'ont raison que dans quatre-vingt-quinze pour cent des cas.

– Si tu mets mes nièces en laisse, je viens les chercher et je les garde avec moi.

Hanna pousse un petit cri de défi.

– Ça marche !

Ses longs cheveux châtains tombent en ondulations emmêlées sur ses épaules et elle a les joues rouges comme si je venais de la réveiller de sa sieste en l'appelant sur Skype.

– Est-ce qu'elles te laissent dormir ? Tu as l'air un peu fatiguée.

Elle rougit.

– Le problème ne vient pas des filles.

Elle lance un regard en direction de quelqu'un hors champ.

– Il ne m'a pratiquement pas laissée dormir depuis qu'il est rentré de la dernière partie de sa tournée.

– Je t'entends, dit Nate, son mari, du fond de la pièce.

– Vous n'êtes pas encore lassés l'un de l'autre, tous les deux ?

Hanna baisse la tête et j'entends de nouveau la voix de mon beau-frère.

– Jamais.

– Comment ça va toi, là-bas ? Tu nous manques.

– Je vais bien. Et j'apprends un tas de choses avec la campagne.

C'est un pieux mensonge, mais peut-être que l'une ou l'autre de ces choses me paraîtra vraie d'ici un an, quand je repenserai à cette période.

– Je n'ai jamais vécu ailleurs qu'à New Hope. Cela me fait du bien. Je n'ai pas quelqu'un sous la main pour venir à mon secours chaque fois que j'ai un problème.

– Il n'y a pas de mal à avoir toujours quelqu'un qui te vienne en aide, dit Hanna. On est là, d'accord ? Ne l'oublie pas. Rien ne t'oblige à faire ça toute seule.

– Je sais.

Mais la vérité, c'est qu'ils ont tous leur propre vie. Ils ont leurs problèmes et leur famille. Cally et Hanna ont des bébés. Krystal s'occupe de la gestion de la pâtisserie d'Hanna. Et même si Maggie n'a pas encore d'enfants à elle, Zoe, la fille d'Asher, est comme sa propre fille, et depuis qu'ils l'ont mise à l'école à New Hope, elle passe plus de temps avec Maggie et Asher qu'avec sa mère à New York. Nix est toujours célibataire, et c'est probablement celle qui est le plus proche de moi, en termes de solitude, mais elle est médecin et son cabinet ne désemplit pas, ce qui l'occupe à plein temps.

Je n'en veux pas à mes sœurs et à mes amies de se caser et d'avoir des enfants. Je suis seulement déçue que cela ne m'arrive pas en même temps qu'elles.

C'est mieux que je sois ici.

– Est-ce que quelqu'un a adopté Princesse ?

Je regrette mes visites au refuge pour animaux de New Hope, et les chiens me manquent, en particulier Princesse.

– Toujours pas. J'y suis allée hier pour la voir. Elle va bien.

J'aimerais bien l'adopter, mais étant donné que je ne sais pas où je vais habiter ni ce que je ferai quand je ne travaillerai plus pour la campagne de Christine Guy, je ne pense pas que ce soit une bonne idée.

– Alors, c'est comment, le boulot ?

Je hausse les épaules.

– Oh, tu sais. À chaque jour son lot d'étudiantes qui me traitent de salope parce que je refuse de mentir sur leur nombre d'heures de bénévolat pour valider leur cours de sciences politiques.

– Tu pourrais rentrer à la maison.

Elle sourit pour adoucir sa suggestion. Elle sait qu'elle le dit trop souvent, mais cela ne l'arrête pas.

– Tu me manques aussi. Et ne t'inquiète pas, j'ai promis à maman que je serai là pour aller à l'église ce week-end.

– Ce serait bien que tu viennes ce soir. On sortirait avec les copines ! On avait prévu d'aller chez Brady comme au bon vieux temps.

Je fais tout mon possible pour ne rien laisser paraître, mais Hanna fait quand même du rétropédalage.

– *Ou alors* on pourrait rester à la maison. Boire un coup, jouer aux cartes et tout ça. Ce serait marrant. Bien sûr, si on ne veut pas boire devant les petites, il faudrait aller dans la nouvelle maison de Nix, ou chez Krystal, mais je suis sûre qu'elles n'auraient rien contre.

– Mon ange !

Hanna tourne la tête vers Nate qui l'appelle du fond de la pièce et cela m'évite d'avoir à répondre à son invitation. Le QG de la campagne présidentielle de Guy se trouve à Indianapolis, donc le trajet pour rentrer à New Hope n'est certes pas si terrible, mais le risque de rencontrer Sam, lui, l'est.

Quand Hanna retourne la tête vers l'écran, elle est toute pâle.

– Liz, tu devrais peut-être mettre les infos. Sur WCBF.

– D'accord…

J'attrape la télécommande sur la petite table, j'allume la télé et je mets la chaîne nationale.

– Je suis désolée, dit Hanna.

Je regarde l'écran en clignant des yeux, mais le titre qui s'y affiche n'a aucun sens pour moi.

– Ça va, ma puce ? demande Hanna.

Je secoue la tête en montant le volume de ma télévision.

– En raison de leur caractère choquant, WCBF a choisi de flouter une grande partie des images que vous allez voir, mais nous encourageons vivement nos téléspectateurs à éloigner les enfants.

Une image apparaît alors à l'écran, montrant une femme nue à genoux, les mains liées derrière le dos. Un homme au visage dissimulé la tient par les cheveux. On ne voit pas le visage de la femme, mais sa longue chevelure rousse et sa peau d'une blancheur de porcelaine me rappellent Sabrina Guy, la fille de ma patronne.

La seconde photo, comme la première, ne montre pas leur visage. La femme est attachée à un lit, les bras au-dessus de la tête, la silhouette musculeuse d'un homme se penche sur elle.

– Depuis quand diffusent-ils des images pornographiques aux infos de dix-huit heures ? ronchonne Hanna.

Je sais tout de suite ce que je vois – *qui* je vois – mais au cas où j'aurais voulu me mentir à moi-même, la dernière image en empêche toute velléité. On y voit la même femme et le même corps d'homme musclé, mais sur celle-ci le visage de l'homme est dévoilé.

Je pousse un cri étouffé. Je voudrais détourner les yeux, mais je suis fascinée par le visage de Samuel Bradshaw. Puis ce titre incompréhensible se déroule de nouveau sur l'écran : *Sabrina Guy « liée » à une affaire de sextape avec son boyfriend intermittent, Samuel Bradshaw.*

– Que pouvons-nous dire de ces images ? demande le présentateur à son invité, « un expert ».

Expert en quoi, je me le demande. Peut-on aller à l'université pour décrocher un diplôme d'expert en photos de sexe regrettables ? Est-ce que les devoirs à la maison consistent à regarder la sextape de Paris Hilton ?

– Ce sont des captures d'écran d'une sextape qui a fuité sur notre magazine *Stars Like Us*, dit le journaliste. Tout d'abord, nous n'y avons pas prêté beaucoup d'attention. La femme rousse dans la vidéo pourrait être n'importe qui et nous ne voyons pas suffisamment son visage pour l'identifier. Cependant, outre le fait que cette femme présente une ressemblance assez évidente avec Sabrina Guy, la fille du gouverneur, une observation plus attentive de l'arrière-plan nous révèle certains détails intéressants.

L'écran revient sur la première image.

– Vous voyez ce buste en bronze, là dans le fond ?

La caméra zoome sur cette partie de l'image.

– C'est un trophée qui récompense La Femme Dirigeante de l'Année, décerné à Christine Guy il y a dix ans et connu pour être dans la bibliothèque de la maison de campagne de la famille Guy. Ensuite, si nous regardons la dernière photo…

L'image sur l'écran fait place à celle où l'on voit le visage de Sam.

– Sur celle-ci, on peut voir le visage du jeune homme qui est avec elle, Samuel Bradshaw, le fils de Travis Bradshaw, candidat au siège de gouverneur de l'Indiana.

– À présent sur le plateau, Rhea Lane, notre analyste politique, qui va nous faire part de son expertise de la situation. Confirmez-vous que l'homme sur la photo est bien Samuel Bradshaw ?

– Tout à fait. Bien que nous n'ayons pu joindre monsieur Bradshaw lui-même pour lui demander un commentaire, un ami de la famille l'a formellement identifié. Une relation entre Samuel Bradshaw et la fille de la candidate à l'élection présidentielle, Christine Guy, ne surprendrait personne, étant donné l'amitié qui lie les deux familles depuis des années. Les Bradshaw ont apporté un soutien financier de poids à madame Guy lors de sa campagne pour le siège de gouverneur, et le parrainage de Christine Guy assure un net avantage à Travis Bradshaw pour lui succéder à ce poste. Mais cette vidéo de son fils avec la fille Guy pourrait coûter à Christine sa chance dans la course à la Maison-Blanche.

Mon estomac se soulève, menaçant de renvoyer les deux gorgées de café que j'ai bues avec George, et mon visage apparaît tout pâle sur l'écran de l'ordinateur.

– Il peut bien baiser qui il veut, qui est-ce que ça intéresse ? dit Hanna.

J'apprécie son indignation vertueuse à mon intention, cependant je préférerais que nous ne soyons pas en vidéoconférence en ce moment. Si je dois découvrir que l'homme que j'aime s'adonne à des jeux sexuels pervers avec une autre femme, j'aimerais mieux que ma sœur jumelle ne soit pas là à me regarder pendant que je digère l'information.

– Avec les dernières primaires du Montana et du Dakota du Sud dans un peu plus d'une semaine, reprend l'analyste politique, il n'est pas interdit de penser que cela risque de porter un coup sérieux aux votes des supporters les plus conservateurs de Christine Guy. Après une lutte âprement disputée entre les candidats Guy et Roe, un grand nombre de personnes pensaient que Roe prononcerait son discours de renoncement la semaine prochaine. À présent, les choses ne sont plus aussi évidentes.

– Pouvons-nous affirmer avec certitude que les personnes que nous voyons sur cette photo sont bien Sabrina Guy et Samuel Bradshaw ? demande le présentateur.

– Nous avons contacté le QG de campagne de la candidate Guy avant l'émission et ils ont refusé de commenter, mais Samuel et Sabrina ont été vus ensemble dans un grand nombre de meetings politiques et de galas de collecte de fonds au cours des derniers mois. Nous ne nous avançons pas trop en présumant que leur relation a évolué avec le temps pour devenir plus intime.

– Mais leur relation n'est pas vraiment le sujet dans cette affaire, vous ne croyez pas ?

– En effet. Au cours du second mandat de Christine Guy au poste de gouverneur, Sabrina a fait le tour des écoles publiques dans le cadre d'une campagne intitulée « Je vaux bien que l'on attende » qui promouvait l'abstinence sexuelle jusqu'au mariage. L'hypocrisie que cela dénote risque d'avoir des conséquences fâcheuses sur la campagne de la candidate Guy.

– Eh bien, cette chaîne a été la première à vous en parler, dit le présentateur en se tournant vers la caméra. N'oubliez pas, WCBF est votre première source d'information sur les élections !

J'éteins la télévision et je me laisse aller contre le dossier du canapé, sans prendre la peine de recentrer mon ordi pour qu'Hanna me voie bien.

– Ça va ? demande-t-elle.

– Je…

Qu'est-ce que j'espérais ? Qu'au bout de cinq mois, il serait toujours inconsolable ? Est-ce que je croyais qu'il resterait prostré chez lui, seul et malheureux, à regretter de ne pas m'avoir laissé une chance de m'expliquer ? Je n'ai même pas osé accepter de sortir avec mon charmant voisin et Sam, lui, il fait des sextapes.

– Ça va. Il n'y a rien de grave.

– Ce mec t'a brisé le cœur, et ça c'est grave, surtout quand il passe au JT sur une chaîne nationale. On comprendrait que tu sois furieuse contre lui. C'était déjà assez dur qu'il ne soit pas revenu vers toi en rampant – ce qu'il aurait dû faire –, mais que tu apprennes ça de cette façon…

– Hanna, je vais raccrocher.

– Je t'aime, sœurette.

– Moi aussi, je t'aime.

Je referme mon ordi sans lui laisser le temps d'ajouter quelque chose et avant de me mettre à pleurer. Dès que je ne suis plus sous l'œil de la caméra, j'attrape dans mon sac l'enveloppe adressée à Sam et je la déchire.

3

SAM

Je n'avais pas l'intention de regarder. Pas au début. Mais mon regard reste scotché sur l'écran du téléphone de Connor, et je vois la chevelure rousse révélatrice.

– Non…

Je fais dérouler l'écran et je vois défiler les photos intimes les unes après les autres.

– Ce n'est pas…

– Si.

Sabrina Guy se tient à l'entrée de mon salon, les mains enfoncées dans les poches de son pantalon de tailleur sombre. Derrière elle, il y a une femme blonde de petite taille avec des lunettes cerclées de métal et un tailleur noir. Si je n'avais pas été aussi occupé à m'apitoyer sur moi-même j'aurais sûrement remarqué plus tôt que Connor n'était pas seul.

– Je peux ? dit Sabrina en montrant du doigt le canapé en face de moi.

– Bien sûr. Pourquoi pas ?

Sabrina et son amie blonde s'installent sur le canapé. Je me masse la nuque. J'ai l'impression qu'une tension d'au moins cinquante kilos s'est concentrée juste là.

– D'où sortent ces photos ? je demande à Sabrina. Je ne me souviens pas qu'il y avait des photos.

– Ce ne sont pas des photos. Ce sont des captures d'écran d'une vidéo.

Oh putain ! Ouais, je m'en souviens. Elle voulait se voir avec moi comme ça – attachée, à ma merci. Sur le moment, l'idée de la caméra nous a semblé excitante, à tous les deux. Mais putain !

– Alors ça y est ? Tout le monde est au courant ?

La blonde me tend la main par-dessus la table basse.

– Je suis Erin McDaniel. La directrice de campagne du gouverneur Guy.

Sabrina m'adresse un petit sourire penaud.

– Tout va bien, dit-elle lentement en plissant les yeux. J'ai tout dit à Erin.

– *Tout* ?

Je secoue la tête. J'ai peut-être bu plus que ce que je pensais.

– Et Connor est au courant, aussi. Tout le monde sait que c'est toi et moi sur la vidéo.

Je me renfonce dans mon fauteuil et je regarde fixement Sabrina.

– C'est malencontreux que cette vidéo ait fuité dans la presse, dit Erin. Bien sûr, j'aimerais pouvoir retourner dans le temps pour vous dissuader d'installer une caméra dans la chambre à coucher, mais ce qui est fait est fait. La vidéo est devenue publique. Maintenant, nous devons limiter les dégâts. Les soutiens les plus conservateurs de Christine ont déjà commencé à faire machine arrière.

Je me tourne vers Sabrina.

– Je dois être complètement bourré. Je croyais que je connaissais un peu la politique, mais je ne vois pas du tout ce que ma vie sexuelle a à voir avec les élections présidentielles. Cela ne devrait pas avoir d'importance.

– *Toi,* tu sais cela, dit Sabrina. *Moi* aussi, je le sais. Mais on est en Amérique – le pays de la liberté, le berceau du puritanisme.

Je me penche en avant, les coudes posés sur les genoux, et je me masse les tempes.

– Est-ce qu'on a les moyens de les empêcher de diffuser ce truc.

– Je suis désolée, dit Sabrina doucement. Le mieux que l'on puisse faire, maintenant, c'est de…

Elle détourne les yeux, un petit muscle tressaute sur sa joue tandis qu'elle scrute le mur en face d'elle.

– Nous n'avons plus qu'à tirer parti de la situation. Nous reconnaissons que nous avons une liaison secrète et que je suis un monstre d'hypocrisie en ce qui concerne le sexe avant le mariage.

– Sabrina…

Elle secoue la tête.

– Cela rendrait terriblement service à ma mère – et à *moi* – si tu acceptais de dire que ce n'est pas qu'une histoire de sexe, mais que nous nous fréquentons sérieusement depuis des mois.

– Tu ne crois pas que les gens vont se demander pourquoi on ne nous a pas vus ensemble.

Erin s'éclaircit la voix.

– Tu dis que vous ne vouliez pas que votre relation passe pour de l'opportunisme politique et que, donc, vous l'avez gardée secrète.

Sabrina tend le bras par-dessus la table basse et me prend la main. Ses doigts longs et minces semblent glacés sur ma paume brûlante.

– On est obligés de faire ça.

Juste quand je croyais que ma vie ne pouvait pas être plus foirée qu'elle ne l'est.

– Comment cette bande a-t-elle pu fuiter dans les journaux ? Nous aurions dû la détruire. Ou même ne jamais la prendre.

– On ne sait pas, dit Erin. Nous avons mis des gens là-dessus, mais pour le moment nous devons nous concentrer sur les moyens de limiter les dégâts.

– Cela pourrait être pire, dit Sabrina.

Ben tiens !

Je retire ma main de la sienne et je fais dérouler les images sur le téléphone de Connor encore une fois. J'avais même oublié que nous avions utilisé la caméra. Cela ne s'est produit qu'une fois – une nuit où elle m'avait murmuré son fantasme à l'oreille. Mais il suffit d'une fois.

J'ai beau détester être impliqué dans toute manœuvre politique, quelle qu'elle soit, je ne veux pas que cette histoire compromette les chances de Christine dans la course à la Maison-Blanche.

– D'accord, je dis en regardant Sabrina. On va essayer de tirer parti de cette histoire.

Les épaules d'Erin se relâchent.

– Génial. On va s'y mettre dès maintenant. L'Amérique est sans doute un peu frileuse en matière de bondage, mais les gens adorent les histoires d'amour, et d'ailleurs le bouquin *Cinquante nuances* s'est super-bien vendu, non ? Cela peut jouer en notre faveur si nous ficelons bien le scénario. On va publier une déclaration demain et vous faire faire le circuit des matinales de la semaine prochaine. Il faudra que vous soyez vu aux côtés de Sabrina dans toutes ses apparitions au cours de la campagne, et nous pourrons faire fuiter dans la presse les lieux où vous vous trouverez à deux ou trois occasions avant…

– Attendez. Arrêtez. J'ai dit que je dirais à la presse que nous avons une liaison. Je n'ai jamais dit que j'étais d'accord pour mettre en place une mascarade aussi sophistiquée.

– Ok, dit Erin. Je vous explique. Je ne fais pas les choses à moitié. C'est pour cela que je suis bonne dans mon boulot. Si on fait les choses à moitié, le gouverneur Guy s'arrêtera à mi-chemin de la Maison-Blanche, auquel cas nous pourrions aussi bien abandonner tout de suite et laisser l'Amérique penser que Sabrina est une dominatrice aux mœurs dissolues.

– Soumise, je murmure.

– Si on doit faire ça, reprend Erin sans relever mon intervention, on doit le faire bien. L'Amérique pensera que c'est glauque que vous aimiez tous les deux les jeux pervers. Mais si on transforme ça en une histoire d'amour secrète, on mettra tout le pays de votre côté. Ça peut marcher si on se tient à un plan. Pouvons-nous compter sur vous ?

C'est comme le début d'un cauchemar, seulement celui que je vis déjà est bien pire.

– Je ne veux pas…

– On n'est pas obligés de faire tout ça, intervient Sabrina. Restons simples. Une étape à la fois. Je dois présider un gala pour collecter des fonds samedi soir à Indianapolis. Ce serait super si tu venais, que tu laisses prendre quelques photos à côté de moi, peut-être une déclaration à un ou deux journalistes. Si tu décides que tu es d'accord pour continuer à nous aider après, tant mieux, mais pour le moment, c'est tout ce que je te demande. Une soirée.

***

LIZ

Il s'avère que l'eau de ma douche n'est pas assez chaude pour faire disparaître l'image de Sam et Sabrina de mon esprit. Je le sais, parce que j'ai essayé.

Je sors de la douche, je me sèche et j'enfile mon pyjama. Quand je reviens dans le salon, Hanna est sur mon canapé et les jumelles sont assises à ses pieds. De grands filets de bave leur coulent de la bouche quand elles mâchonnent leurs deux jeux de clés en plastique identiques.

– Qu'est-ce que tu fais là ? Il est plus de neuf heures. Les filles ne devraient pas être au lit ?

Elle se lève d'un bond et enjambe ses filles pour venir me prendre dans ses bras.

– Sophie et Josie avaient envie de rendre visite à leur tante Lizzy.

Je souris à mes nièces. Ce ne sont pas de vraies jumelles. Sophie a des boucles brunes et les cheveux de Josie sont plutôt blond foncé. Pas mal de personnes le regrettent, mais Hanna est moi, qui sommes de fausses jumelles aussi, nous en réjouissons.

Je me baisse pour prendre Sophie dans mes bras et j'enfouis mon nez dans ses cheveux soyeux. Il s'en dégage un parfum de shampoing à la fraise, et le seul fait d'inhaler cette odeur fait disparaître la moitié de ma tension comme par magie.

– L'as-tu appelé ? me demande Hanna.

– Tu vas droit au but, dis donc.

Elle s'installe confortablement sur le canapé en haussant les épaules et prend Josie sur ses genoux. Hanna a toujours été canon, mais la maternité a ajouté un caractère éthéré à sa beauté. À moins que ce soit simplement la paix intérieure que procure le fait de s'installer avec l'amour de sa vie.

– Non, et je n'ai pas l'intention de le faire.

– Pourtant, tu devrais.

Je secoue la tête.

– C'est trop douloureux d'imaginer qu'il a tourné la page alors que j'en suis encore à me demander comment passer la journée en sachant…

Je serre les paupières et je n'en dis pas plus. Je ne supporte pas moi-même mon ton mélodramatique qui me fait penser à ces jeunes emo[1] qui font du bénévolat au QG de campagne.

– Tu es sûre que tu ne veux pas lui dire ce que tu ressens ? (Elle sort un bavoir de son sac et passe par-dessus la tête de Josie pour essuyer la bouche de Sophie.) Peut-être que s'il savait que tu l'aimes toujours…

– Hanna, ce n'est pas si simple.

Je baisse la tête et je renifle encore une fois les cheveux de ma nièce. On devrait mette ce parfum en bouteille et l'appeler *Sérénité.*

– De toute manière, ce que je ressens est hors de propos. Lui ne m'aime plus. Il est évident que c'est elle qu'il aime, à présent.

Et bon sang, on peut dire qu'il n'a pas perdu de temps.

– Ne sois pas si naïve. Il ne faut pas confondre l'amour et le sexe.

---

1. Emo, de émotionnel : à l'origine, un courant musical des années 80. À partir du début des années 2000, ne fait plus seulement référence à la musique mais devient surtout une mode vestimentaire, un look. (NdT, ainsi que pour toutes les notes suivantes)

– Hé, Liz, tu sais que ta… oh, salut.

Nous tournons toutes les deux la tête en même temps vers l'entrée de mon appartement. George est appuyé dans l'embrasure de la porte.

– J'ai vu que ta porte était ouverte et je voulais seulement m'assurer que tout allait bien. Je ne voulais pas déranger.

– Tu ne nous déranges pas du tout.

– Désolée, dit Hanna. Je n'ai pas dû bien la refermer en entrant.

– Viens, que je te présente ma sœur jumelle. Hanna, je te présente mon voisin, George. George, voici Hanna.

Hanna me jette un regard et, grâce à ce machin de la connivence des jumeaux, je sais exactement ce qu'elle pense. Un truc du genre « il est sexy, ce George ». Ce qui est vrai. Mais peut-être aussi quelque chose comme « tu devrais t'envoyer en l'air avec George », ce qui pour le coup est une mauvaise idée.

Elle lui sourit et lui tend la main depuis le canapé.

– Ravie de vous connaître.

– Également.

Il vient lui serrer la main, puis s'accroupit pour regarder les jumelles.

– Elles sont à vous, ces beautés ?

– Sophie et Josie, je vous présente George, le voisin de votre tante Lizzy, dis-je.

Sophie lui attrape une poignée de cheveux en guise de salutations.

– Oh, je suis désolée.

Je dégage la main du bébé de ses cheveux. Je sais par expérience à quel point cela fait mal. Mais George se contente de rigoler.

– J'ai moi-même quelques neveux et nièces. Ce n'est pas la première fois qu'on tire sur cette tignasse.

– Ah bon ? Je parie que vous êtes génial avec eux, dit Hanna.

Elle a un haussement de sourcils qui signifie « qu'est-ce que je te disais ».

– Je vais vous laisser, dit-il. Hanna, c'était sympa de vous rencontrer, vous et vos petites. Je referme la porte en sortant, Liz ?

– S'il te plaît.

– Oui, le plaisir était partagé, dit Hanna, sans même tenter de dissimuler sa jubilation.

Juste avant de sortir, George se retourne pour me regarder.

– Tu es encore plus ravissante avec un bébé dans les bras, Liz.

Dieu merci, il referme la porte derrière lui juste après ça, mais malgré tout il y a peu de chances qu'il n'entende pas de l'autre côté le cri strident que pousse Hanna.

– Oh, la vache ! Tu as un ticket d'enfer.

– Je sais, je marmonne en évitant son regard.

– En plus, il est sexy.

– Je sais.

– Tu devrais l'inviter à sortir. C'est tout à fait ce qu'il te faut, tu sais. J'imagine que quelques heures au lit avec un morceau de choix comme ça remonterait le moral de n'importe quelle nana. Au diable Sam et sa sextape cochonne.

– Hanna !

Elle rigole, pas honteuse du tout.

– Quoi ? Je suis mariée, pas aveugle. Il est craquant. Et bon sang, il est clair que tu n'as pas remarqué la façon dont il te regardait, sinon, tu l'aurais immédiatement suivi chez lui au lieu de rester assise ici à bavarder avec moi.

– Il m'a déjà demandé de sortir avec lui, mais j'ai refusé.

Hanna me regarde en battant des paupières.

– Qui êtes-vous et qu'avez-vous fait de ma sœur ?

– Je ne suis pas encore prête.

Son expression se radoucit.

– Oh Liz. Je voudrais tellement que tu parles à Sam. Will a dit à Cally qu'il est en vrac. Tu lui manques.

– Il est avec Sabrina Guy.

– Ce n'est pas possible que ce soit sérieux avec cette fille. Qui sait de quand date cette vidéo ?

Je grimace. Quelque part, cela ne me rassérène pas.

– Même si ce n'est pas sérieux avec elle, on ne peut pas dire que nous soyons partis sur de bonnes bases pour construire un bonheur éternel. Tu sais quels sont les derniers mots qu'il m'a dits ? « Je ne supporte même pas de poser les yeux sur toi. » J'ai merdé. J'aurais dû lui parler de River à la seconde même où j'ai compris que ce n'était pas lui.

– Tout le monde merde. Regarde-moi. Tu as fait une erreur, mais ça ne veut pas dire que ce qui est arrivé était de ta faute.

Cela me rend tellement malade d'y penser et je suis si tendue que j'en oublie de respirer.

– Tu sais ce dont je me suis rendu compte ? Cela n'aurait rien changé. J'ai eu des conversations obscènes et totalement inconvenantes sur Internet avec *son père.*

Le seul fait de le dire me soulève l'estomac. J'expire lentement.

– Que cela se soit su plus ou moins tôt ne change rien. Nous étions condamnés depuis le début.

Elle hoche la tête, pensive.

– Tu sais ce que Nate m'a dit ? Tu te souviens de ce soir après ma sortie de clinique ? On est allés chez Asher, on ne savait encore rien de mon histoire avec Nate, et tu avais décidé de le draguer.

Je frissonne.

– Ce n'est plus exactement comme ça que je pense à mon beau-frère à présent, mais merci de me le rappeler.

– Ce n'est pas la question. Nate m'a dit que Sam était allé vers lui ce soir-là et t'avait désignée du doigt en lui disant que tu étais à lui. Alors que tu pensais que Sam n'était intéressé que par le cul, il se trouve qu'il voulait déjà autre chose avec toi.

J'ai un pincement de joie à l'estomac en entendant cette histoire, mais cette réaction incongrue me fait plus de mal que de bien. Ce que Sam ressentait il y a deux ans n'a plus d'importance.

– Où veux-tu en venir ?

– Tu sous-estimes Sam depuis le début. Méfie-toi de ne pas être dans le même état d'esprit maintenant.

Est-ce que je le sous-estime ? Ou bien est-ce Hanna qui surestime les sentiments qu'il éprouve pour moi ?

4

SAM

Cela n'a pas été très difficile de démêler le vrai du faux dans les histoires d'Asia. J'ai retrouvé sa trace après Noël – après le départ de Liz, alors que je cherchais désespérément à effacer de mon esprit les choses qu'elle avait dites à mon père, les choses qu'elle lui avait écrites. Au lieu d'affronter mes sentiments pour Liz, j'ai demandé à Asia de me dire la vérité. Rien à faire. Toujours plus de mensonges. De contradictions. De fumée et de faux-semblants.

Mais cela n'a pas été très difficile de déterrer la vérité. Elle avait accouché d'un bébé environ sept mois après m'avoir fait croire qu'elle s'était fait avorter. Cela n'a pas été plus difficile de retrouver la trace des personnes qui avaient adopté l'enfant et d'avoir la confirmation que cette petite fille est élevée au sein d'une famille qui l'aime vraiment.

Ce qui est difficile, c'est de ne pas savoir si elle est vraiment de moi. Ce qui est difficile, c'est d'admettre que Connor – et par conséquent mon père – sont pour quelque chose dans la décision de ne pas m'avoir laissé le choix.

Cela fait une heure que je suis assis dans ma voiture, garée devant ce pavillon dans la banlieue Ouest d'Indianapolis. Je ne sais pas ce que je fais là. Je n'ai aucun désir de leur enlever mon enfant. Ce n'est plus un nourrisson et elle n'a connu qu'eux. Évidemment, je pourrais me lancer dans une bataille juridique. Mais même si je pensais que c'est ce qu'il y a de mieux pour elle – ce qui n'est pas le cas –, la moindre chance de la récupérer sera anéantie quand cette vidéo fera surface.

Pourtant je suis là, assis dans cette voiture dans le froid et l'obscurité, tandis que la lune monte dans le ciel en nimbant la maison et le jardin d'une douce clarté. Il y a des heures que les lumières se sont éteintes dans la maison. Tous les soirs, les parents couchent la petite aux alentours de dix-neuf heures trente, puis ils regardent la télévision, tendrement enlacés sur le canapé, un instantané de la vie idéale que je n'aurai jamais.

Je ne viens pas souvent me torturer en observant leur petite vie parfaite. Mais j'ai eu une journée de merde – cinq mois de merde en réalité – et si j'ai envie de me complaire dans un apitoiement sur moi-même pendant quelques heures, je ne vais pas m'interdire de le faire.

Mon téléphone se met à sonner. Le nom de Max s'affiche, je ne décroche pas et laisse son appel se diriger vers la boîte vocale. Il s'inquiète pour moi. Après avoir surpris mon père et Liz dans son bureau le jour de Noël, j'ai perdu les pédales pendant un moment.

Elle m'a quitté. Lizzy m'a quitté. Elle a accepté ce boulot auprès du gouverneur Guy et a déménagé à Indianapolis. Nous savions tous les deux que c'était une fuite.

Qu'est-ce que j'espérais ? J'étais tellement furax. Non. J'étais *blessé*. Je lui avais donné mon cœur. Je lui faisais confiance.

Cela m'a pris un moment, mais j'ai fini par admettre que Liz n'avait rien fait de mal. Elle pensait que j'étais Riverrat, et quand elle a eu des raisons de croire que ce n'était pas le cas, elle a mis un terme à leurs échanges quotidiens.

Puis elle m'a quitté, et je l'ai laissée faire.

Je ne pouvais même plus la regarder. Son visage me rappelait la mascarade de couple que forment mes parents. Elle a joué un rôle dans le fait que ma mère a eu le cœur brisé encore une fois. Toute cette histoire m'a amené à voir vraiment, pour la première fois de ma vie, quel putain d'imposteur est mon père. J'ai pensé que c'était plus facile de la laisser partir que d'affronter ça. J'avais tort.

Et maintenant, c'est *moi* l'imposteur qui affiche une fausse relation et les mensonges qui vont avec.

J'ai imaginé que cette petite fille chercherait à me retrouver un jour. Peut-être quand elle sera à la fac et qu'elle voudra connaître ses racines.

J'attendrai que ce soit elle qui vienne à moi, mais si je laisse éclater ce scandale maintenant, je pourrais passer à ses yeux pour un taré qu'elle ne voudra jamais rencontrer. Si j'ai accepté de jouer le jeu, ce n'est pas seulement pour le bien de la campagne de Christine. Je l'ai fait en pensant à la petite fille qui partage peut-être mon sang.

***

LIZ

– Elle est super-sexy, dit le bénévole du centre d'appels. Je veux dire, quel type *ne voudrait pas* faire ça avec elle si elle est d'accord ?

– Ouais.

Je prends une profonde inspiration et j'essaie de trouver la meilleure façon d'expliquer – *pour la énième fois* – comment il est censé répondre aux inquiétudes des électeurs potentiels concernant la vie sexuelle de la fille du gouverneur. Je ne sais pas pourquoi nous confions cette tâche à un homme dont le jean étroit est assez moulant pour menacer l'avenir de son arbre généalogique.

– Tu vois, les électeurs n'ont pas besoin de savoir si tu es attiré ou non par Sabrina. Ce dont ils ont besoin, c'est d'être assurés que le gouverneur Guy condamne la diffusion de cette vidéo très intime de sa fille et que, alors qu'elle aurait bien sûr préféré que Sabrina attende jusqu'au mariage pour avoir une vie sexuelle, elle peut compter sur son soutien sans réserves. Sabrina est libre et prend ses décisions elle-même.

– Qu'est-ce que sa mère a à voir avec sa vie sexuelle ? C'est ça ? demande monsieur Hipster.

– C'est ça.

Je me force à sourire. Je voudrais aimer ce boulot, mais je mentirais si je disais qu'il correspond à mes attentes. En gros, je suis une employée de base.

Au cours de la brève période pendant laquelle j'ai travaillé pour monsieur Bradshaw, j'étais chargée de la rédaction des discours et de l'organisation des événements. Je faisais partie du nombre restreint des rouages dans la grande roue de sa campagne. Ici, pour la campagne du gouverneur Guy, je ne suis qu'une employée parmi tant d'autres. Certains jours, je n'ai rien de plus important à faire que d'aller chercher du café pour la directrice de campagne. C'est ça. Je ne suis pas assez importante pour aller chercher le café de la candidate elle-même, mais Erin McDaniel prend son café noir.

Non que je n'aime pas mon boulot. Il y a quelque chose d'excitant et de dynamisant à être ici, auprès d'une femme qui a l'intention de changer le monde. Avant, j'idolâtrais le gouverneur Guy, mais maintenant que je travaille pour elle, elle ne constitue plus simplement une sorte de symbole de force féminine, un pouvoir politique. Elle est devenue réelle pour moi, et je la *respecte*.

Mais aujourd'hui, le boulot est tout simplement chiant. Depuis ce matin, je forme des bénévoles à la meilleure façon de présenter l'histoire de la sextape perverse de Sam et Sabrina. Pendant toute la première partie de la journée, cela m'a donné la nausée, à présent je suis comme anesthésiée.

– J'ai pigé, Liz, me promet le hipster. T'inquiète !

Quand il décroche son téléphone et reprend le travail, Grace, une de mes collègues, vient près de moi et me tend une tasse de café.

Grace n'a qu'un an de moins que moi, mais elle est deux fois plus enthousiaste. Elle a un anneau dans l'arcade sourcilière, un penchant pour le rouge à lèvres écarlate et des cheveux noirs coupés court qu'elle coiffe la moitié du temps en épis et qu'elle cache, l'autre moitié, sous un bandana.

– Je ne sais pas pour toi, dit-elle entre deux gorgées de café, mais moi je serai contente quand Sabrina fera une déclaration. Une fois qu'elle aura déclaré publiquement qu'elle est amoureuse et que les gens peuvent aller se faire voir avec leurs obsessions puritaines et leur condamnation des jeux sexuels pervers, notre boulot, à nous, sera beaucoup plus simple.

Je secoue la tête.

– Cela m'étonnerait qu'elle dise que les Américains peuvent aller se faire voir.

– Ouais, dit-elle avec un grognement prudent. J'imagine que tu as raison. Mais, bon sang, tu ne trouves pas que ces photos étaient super-excitantes ? Je veux dire, ce mec peut bien m'attacher aussi souvent qu'il veut.

Bien sûr, c'est précisément au moment où Grace parle d'être attachée que le silence se fait dans le standard où règne habituellement un brouhaha constant. Tout le monde se tourne vers elle et elle sourit en haussant les sourcils.

Quand chacun retourne à sa conversation, elle se tourne vers moi.

– Au fait, j'ai oublié de te dire. Une famille s'est décommandée pour la réception de Sabrina en ville demain soir. Sans doute à cause de cette vidéo, mais ils ont inventé une excuse. Bref, tu sais ce que madame Guy pense des sièges vides. Sabrina nous a demandé de boucher les trous. Tu peux venir ?

Je hausse les épaules. J'ai participé à un tas de galas de financement, de rallyes et de soirées chic depuis que je suis arrivée ici après Noël. Les seuls projets que j'avais pour demain étaient de panser mon cœur brisé avec un kilo de glace de chez Ben & Jerry. Cela me fera une meilleure excuse pour échapper à la soirée entre filles à New Hope.

– Pas de problème.

– Génial ! On se mettra à la même table. Oh, il vaut mieux que tu le saches, le sexy monsieur McBondage sera là avec la fille Guy.

Et merde !

Elle pince les lèvres.

– Tu crois qu'ils ont une de ces relations ouvertes ?

– Ça me paraît peu probable.

– On s'en fiche, en fait. À demain soir, alors. Habille-toi sexy. On ne sait pas, on pourrait peut-être l'attirer dans un plan à trois, si jamais il laisse tomber Sabitchna.

J'adore Grace, mais parfois j'ai envie de la prendre à part pour lui dire qu'elle en fait trop. Elle n'est pas la première employée à avoir surnommé Sabrina *Sabitchna,* mais ce n'est pas que Grace déteste vraiment Sabrina, non, ce qu'elle aime, c'est l'insulter, juste pour le plaisir de choquer. Je ne suis pas sûre que Sabrina mérite vraiment ce titre. Cela lui arrive d'être un peu agressive, c'est vrai, mais elle sait ce qu'elle fait.

– Désolée de te décevoir, mais je ne suis pas intéressée par un plan à trois avec Sam Bradshaw.

Elle pousse un profond soupir.

– Ok. Bon ben, puisque ce plan-là tombe à l'eau, n'hésite pas à amener un copain.

– Je suis certaine de n'amener que moi-même, mais merci quand même.

Je passe le reste de la journée au boulot sous une chape d'angoisse à l'idée de l'éventualité de revoir Sam, et quand je finis par rentrer chez moi en voiture, je suis en vrac. Il n'y a pas trop d'embouteillages, mais j'ai l'impression d'être de plus en plus tendue à chaque carrefour.

– C'est pour le travail, rien de plus.

Quand j'arrive à mon étage, George est en train de fermer sa porte à clé. Nous nous croisons très souvent et il est toujours très élégant, mais ce soir il l'est particulièrement avec sa chemise en oxford et sa cravate.

– Un rencard sexy ?

Il sourit.

– Ça dépend. Tu es libre ?

Je secoue la tête et j'élude sa question avec un petit geste de la main.

– Amuse-toi bien.

– J'y compte bien. Au fait, il y a un type qui t'a demandée ce matin.

Ma poitrine se serre et je me retourne lentement.

– C'était qui ? Tu es sûr que c'était moi qu'il cherchait ?

– Ouais. Il voulait te parler de quelque chose d'important.

Mon cœur joue au yo-yo dans ma poitrine, en se mettant à battre la chamade pour immédiatement ralentir de peur.

– Il t'a dit son nom ?

– Non, mais j'ai vu sa tête aux infos.

Il plisse le front comme s'il essayait de résoudre une énigme.

– Comment tu connais Sam Bradshaw ?

* * *

SAM

Ma mère entre dans mon bureau et referme la porte derrière elle. Elle est située tout en bas de la liste des gens que j'ai envie de regarder dans les yeux le lendemain du jour où ma sextape est passée en direct à la télé.

– Tu n'avais aucune raison de faire des cachotteries. Tu sais bien que ton père et moi aurions été ravis de savoir que tu sortais avec Sabrina.

Je souffle lentement en me massant la nuque.

– Cela ne m'intéresse pas de raconter ma vie amoureuse à mon père.

– Oui, bien sûr. J'imagine qu'il n'a que ce qu'il mérite.

Elle m'adresse un sourire forcé avant de reprendre.

– J'ai parlé avec Sabrina ce matin. C'est elle qui m'a appelée, la pauvre chérie. Elle considère qu'une mère ne devrait pas être informée des secrets de son fils par les médias et elle préférait que j'entende de sa bouche la vérité au sujet de votre liaison.

La vérité. C'est marrant que Sabrina ait présenté les choses comme ça. J'imagine que c'est la pratique.

– Je ne vois pas ce qu'elle a pu te dire qui n'ait pas déjà été dévoilé à des millions de gens.

– Je sais que tu ne veux plus rien révéler de tes affaires privées, mais je suis si heureuse de savoir que vous allez rendre votre liaison publique.

– La seule chose qui compte, c'est la façon dont cette relation est présentée au monde, c'est ça, Maman ?

Elle accuse le coup et je me sens con.

– C'était minable. Excuse-moi. C'est papa qui a merdé. Je ne voulais pas te renvoyer le passé à la figure.

Et je ne veux pas être mêlé à une histoire qui pourrait la blesser. Pas une nouvelle fois.

Ma mère baisse la tête et soupire lentement, en voûtant ses frêles épaules comme si elle portait tout le poids du monde et qu'elle n'en pouvait plus. Quand elle relève la tête, son regard croise le mien et je vois un feu que je n'y ai jamais vu auparavant.

– Tu es assis là, à me juger, parce que je n'ai pas quitté ton père, tu en veux à ton père d'être tombé amoureux de la fille que tu désirais, mais tu n'as aucune idée de ce que c'est que d'être marié avec la même personne depuis trente ans. Le mariage, ce n'est pas une perpétuelle lune de miel. Ton père et moi, nous nous aimons vraiment. C'est seulement différent de ce que c'était avant. Je ne te demande pas de comprendre. Mais je suis ta mère, donc je te demande de me respecter, suffisamment pour ne pas mettre en question ma décision de rester avec lui.

– Je n'ai rien dit.

– Précisément. Tu ne dis rien. Tu m'évites. Tu évites ton père. Tu traites le mari de Della comme un domestique. Tu es en colère contre le monde entier.

Elle prend une inspiration et adoucit sa voix.

– Tu aimais bien cette fille. Je le comprends. Mais n'en fais pas une sorte de sainte dans cette histoire. Tu as lu ce qu'elle lui a écrit. Tu as vu les photos qu'elle lui a envoyées. N'importe quel homme y aurait succombé. N'importe quel homme aurait perdu les pédales pendant un instant. Ne sois pas si en colère. Elle n'est pas celle que tu crois, et ton avenir avec elle n'aurait pas été si brillant et si reluisant que tu l'imagines. Je suis très contente que les choses aient tourné de cette façon.

Je serre les poings, mais je ne réponds pas. Liz est une fille bien. Elle est si bien qu'elle n'a pas essayé de me parler, ni à personne de ma famille, depuis que je l'ai virée.

– Sabrina m'a dit que vous vous êtes vraiment rapprochés, elle et toi, quand tu étais désespéré à cause de Liz. S'il fallait en passer par là pour que tu te mettes avec quelqu'un de bien, je suis ravie.

On peut compter sur Sabrina pour donner aux choses une tournure que ma mère trouve romantique. Je suis tentée de lui répondre de ne pas commencer à planifier notre mariage, mais je ne veux pas risquer qu'elle me pose des questions à propos de Sabrina et moi, auxquelles je ne pourrai pas répondre.

– Un jour, tu comprendras, dit-elle. Un jour, tu réussiras à regarder en arrière et tu verras que c'était la meilleure chose qui pouvait arriver.-

5

LIZ

– Une rouge, sans discussion, dit Cally en jetant la violette par terre.

– Je suis d'accord, dit Maggie. Elle est bien trop baisable en rouge pour porter autre chose.

Elle fouille parmi les robes accrochées à la douche, dans son immense salle de bains.

Hier soir, j'ai appelé Hanna pour lui dire que, primo, j'allais voir Sam dans une soirée habillée demain et, secundo, qu'il était passé à mon appartement. Elle a décidé qu'il était indispensable que je vienne à New Hope pour qu'elles m'aident à me préparer pour cette soirée.

Quand je suis arrivée chez Maggie ce matin, Krystal, Hanna, Cally et Nix sont toutes venues à la porte pour m'accueillir, telle mon équipe de stylistes personnelles. Cela fait vingt minutes que je suis là et je me suis vite rendu compte que les filles avaient toutes leur mot à dire sur ce que je devrais porter et à quoi je devrais ressembler. J'ai aussi appris qu'elles pensent toutes que Sabrina n'est que « le plan cul de consolation » et que Sam n'est pas sérieux en ce qui la concerne.

– Celle-là ! crie Hanna dans mon dos.

Elle saute sur place en battant des mains.

– Oui, celle-là !

Maggie nous montre une robe rouge dos nu.

– C'est vrai qu'elle est sexy. Je la portais pour les AMAs[2] et elle a coûté beaucoup trop cher pour ne servir qu'une fois.

– Je m'en souviens, dit Hanna. C'est tout à fait celle qu'il faut à Liz pour ce soir.

Krystal croise les bras.

– Qu'est-ce qui fait que mes sœurs ont des vies si excitantes qu'elles assistent avec leurs petits amis musiciens de rock à la cérémonie des American Music Awards quand l'événement le plus palpitant de ma semaine consiste à me commander une pizza ?

Krystal est ma sœur aînée. Nous sommes cinq et elle a toujours été en marge. Hanna et moi, étant jumelles, sommes évidemment BFF.[3] Et puis il y a Maggie, elle n'a qu'un an de moins que nous, alors nous avons toujours été très proches aussi. Krystal et Abby – l'aînée et la plus jeune – ont toujours donné l'impression d'être à part. Mais depuis que Krystal est revenue de Floride, elle passe plus de temps avec notre petite bande. C'est sympa.

– On est sur la même longueur d'onde, ma vieille, dit Nix.

Krystal et Nix se tapent dans la main, puis Krystal se tourne vers moi.

2. L'American Music Awards est une des cérémonies les plus importantes des États-Unis, visant à récompenser le monde musical.

3. Best Friends Forever : les meilleures amies du monde.

– La robe me plaît, mais je voudrais la voir sur toi.

Ce n'est pas la peine de protester quand les filles se mettent ensemble pour m'habiller. La robe des AMAs de Maggie a un décolleté plongeant dans le dos. Elle me moule les hanches et les fesses et s'arrête à mi-cuisses, mettant mes jambes en valeur.

Krystal pose un doigt sur ses lèvres.

– Je ne sais pas si elle fait assez pétasse.

– J'y vais pour le *travail*, pas pour faire la pute.

– Tiens.

Maggie me tend une paire de stilettos rouges.

Je les enfile, et tout le monde se tait.

– Quoi ?

Je me tourne vers le miroir.

– Totalement baisable, dit Maggie. Sam est un imbécile s'il croit qu'il sera plus heureux avec quelqu'un d'autre.

Je me mords la lèvre. Je ne veux même pas imaginer les dégâts que mes erreurs avec River ont provoqués dans sa famille.

– Tu sais, ses parents ont toujours voulu qu'il sorte avec Sabrina. Il a peut-être besoin de ça pour réconcilier les membres de sa famille.

– Qu'est-ce que tu en as à faire, des problèmes de sa famille ? demande Nix.

Hanna m'observe, et je sais que si cela ne tenait qu'à elle, nous serions seules toutes les deux. Elle aurait vite fait de me faire pleurer en me faisant vider mon sac.

– Alors ? Racontez-moi les derniers potins. Qu'est-ce que j'ai manqué ?

Je dis ça surtout pour qu'Hanna arrête de me regarder comme elle le fait.

– Pas grand-chose, dit Krystal. Tout le monde en ville a l'air super-content que monsieur Bradshaw soit en tête des sondages et devienne, selon toute vraisemblance, le prochain gouverneur. Mais, entre nous, je trouve ses discours bien moins bons que lorsque c'était toi qui les écrivais.

C'est merveilleux d'avoir des sœurs qui trouvent les mots pour booster votre ego. Malheureusement, je sais à quoi m'en tenir.

– Je ne l'ai pas fait très longtemps.

– Ses meilleurs discours sont ceux que tu as rédigés, dit Hanna. D'ailleurs, il en réutilise toujours certains extraits.

Je ne suis pas sûre que la première partie de ce qu'elle dit soit vraie. Ce n'est pas comme si j'avais une réelle compétence. Il ne m'a engagée que parce qu'il savait que j'étais Tink24. Aussi bête que cela puisse paraître, c'est une des choses qui me vexent le plus. J'ai horreur de me conduire de façon stupide. Croire que j'étais capable de rédiger des discours pour la campagne de gouverneur de Travis Bradshaw me donnait de l'importance, je me sentais intelligente et talentueuse, mais il s'est avéré que je n'étais rien de tout ça. J'étais juste une petite idiote qui échangeait des conversations obscènes avec lui sur Internet, et il m'a engagée pour m'avoir plus près de lui.

– Non, c'est vrai, dit Cally. Les discours que tu as rédigés avaient quelque chose de spécial. Ils sonnaient plus, comment dire, sincères ? Mais tu sais que tu peux compter sur notre soutien inconditionnel.

– Ce n'est pas comme si elle pouvait continuer à travailler pour lui, dit Maggie.

Elle frissonne en fronçant le nez.

– Riverrat. Ce serait plutôt *salaud de rat.*

– C'est vraiment un enfoiré de première, je marmonne.

– Amen, dit Maggie.

– Un vieux dégoûtant, dit Hanna. Dire qu'il t'a engagée ! Comme si vous alliez baiser dans son bureau, peut-être ?

Elles savent tout de ce qui s'est passé. Je n'ai pas accepté l'argent que Bradshaw me proposait pour acheter mon silence et je n'aime pas leur cacher des choses. En les gardant secrètes je me sentais sale, il a fallu que je leur dise, ne serait-ce que dans l'espoir de prendre de la distance.

– Comment vont les parents de Sam ? Leur couple a-t-il résisté ?

J'ai beau détester monsieur Bradshaw, sa femme a toujours été bienveillante avec moi. Je suis sûre qu'elle le regrette à présent. Je ne crois pas que je pourrais encore la regarder dans les yeux s'il le fallait.

Maggie me lance un regard compatissant.

– Ils continuent à sourire pour les caméras. Mais dis-toi bien que si leur couple se désintègre, ce n'est pas à cause de toi. C'est à cause de *lui*. Il savait qu'il était marié. Pas toi. Il savait que tu étais bien trop jeune pour lui. Pas toi. Il t'a menée en bateau de la pire façon qui soit.

– Personne ne te reproche rien, dit Hanna.

J'appuie la main sur mon estomac qui proteste. La plupart du temps, c'est la révolution là-dedans.

– Si, justement. Et d'ailleurs *j'étais* « l'autre femme », alors ils n'ont peut-être pas tort.

Maggie me prend par les épaules et me fait pivoter sur moi-même pour m'obliger à la regarder. Ses yeux verts brillent intensément et sa mâchoire est crispée.

– Arrête ça ! Tu n'y es pour rien.

– Non. Bien sûr que non.

Je sens bien que je ne convaincs personne. Puis, c'est plus fort que moi, je demande :

– Est-ce qu'il va bien ?

– Sam ? dit Krystal. C'est une épave.

Tous les regards se tournent vers elle. Elle hausse les épaules.

– Quoi ? On s'entraîne dans le même club de fitness. Je le vois tout le temps. C'est une loque. Cette Sabrina doit vraiment aimer les chantiers de rénovation et… jouer les saint-bernard !

Hanna fait la grimace.

– Je doute que Liz ait vraiment envie d'entendre ça en ce moment.

Krystal pousse un petit grognement.

– Et pourquoi pas ? Tu sais, moi j'ai bien dû annuler mon mariage avec un type dont j'étais folle amoureuse. Je n'ai rien fait de plus que lui *souhaiter* d'être terrassé par le chagrin.

Elle regarde Cally.

– Je suis heureuse qu'il ne l'ait pas été, évidemment. Tu es bien mieux pour lui que je ne l'ai jamais été.

– Merci, dit Cally, mal à l'aise.

Krystal se tourne vers moi.

– Ce que je veux dire, c'est que Sam irait bien si tu ne lui manquais pas autant. Ce garçon t'a dans la peau. Peu importe ce que les gens imaginent à propos de lui et Sabrina Guy. Elle n'est que l'ersatz. C'est toi, sa vraie came.

– Il aurait quand même pu l'appeler, intervient Nix. Il se sent peut-être mal maintenant, n'empêche qu'il s'est conduit comme un con. La moindre des choses aurait été de la contacter quand cette sextape a été diffusée.

Hanna me regarde en douce, mais ne dit rien.

– Il est venu chez moi, hier.

Je le dis pour que les autres comprennent pourquoi Hanna me regarde comme ça.

– Ah ! dit Nix. Waouh. Et comment ça s'est passé ? C'était trop peu, trop tard ?

– Je n'étais pas là.

Je hausse les épaules.

– Ça m'étonnerait qu'il ait eu l'intention de me supplier de le reprendre, tu vois.

– Tu n'en sais rien, peut-être que si, dit Hanna.

Dans l'esprit d'Hanna, la coupe n'est pas à moitié pleine, elle déborde.

Je secoue la tête.

– Intentionnellement ou non, j'ai eu une aventure avec son père, qui est toujours marié avec sa mère. Je ne crois pas beaucoup m'avancer en disant que le premier Noël que j'ai passé avec cette famille était aussi le dernier.

– À quoi bon continuer à faire des suppositions ? Tu ferais mieux de lui parler, dit Hanna.

Maggie acquiesce.

– Je dois dire que je suis d'accord avec ça.

En soupirant, je m'observe dans le miroir et j'imagine Sam me découvrant avec cette robe. Il m'aimait à une époque, non ? Est-ce que cette époque est vraiment révolue ?

J'aimerais toujours croire que l'amour soulève les montagnes, mais tout le reste de cette notion enfantine a été balayé quand j'ai vu la façon dont Sam me regardait le jour de Noël.

Je lisse la robe sur mes hanches et je hoche la tête.

– Je vais arranger mes cheveux et me maquiller un peu, et je serai prête pour y aller.

– Il te manque une dernière chose, dit Krystal.

– Quoi ?
– Un cavalier.

***

SAM

J'ai toujours été le genre de mec à retirer les pansements d'un seul coup. Le style mauviette qui consiste à décoller un petit morceau à la fois, très peu pour moi. J'y vais franco.

C'est pourquoi j'arrive au gymnase de bonne heure le samedi matin pour m'entraîner avec mes meilleurs potes, même si je ne les ai pas vus et que je ne leur ai pas parlé depuis que les photos ont été diffusées.

Cela fait vingt minutes que je suis là et ni Max ni Will n'ont abordé le sujet. *Connards.*

J'avance vers le banc de musculation qu'occupe Will.

– Alors, les mecs, je suppose que vous êtes au courant que je sors avec Sabrina Guy maintenant.

– Ouais, dit Max en se raclant la gorge, tout en s'asseyant devant la presse à jambes. On a, hum… *vu* ça.

– Et je ne sais pas ce que je donnerais pour ne pas l'avoir vu, marmonne Will en soulevant la barre.

– Fermez-la, tous les deux.

– Et nous qui pensions que tu n'étais plus sorti de chez toi, sauf pour aller au boulot et à la salle de gym, depuis que Liz a quitté la ville, dit Will.

Il repose la barre sur le support et s'assied pour reprendre son souffle.

– De toute évidence, nous avions tout faux.

En fait non. Pas vraiment. Mais si je veux que mes secrets le restent, je dois commencer par ça.

– Alors comme ça, c'est sérieux avec elle ? dit Max. La fille du gouverneur, c'est quoi son nom déjà ? Katrina ?

– Sabrina. Et, ouais, hum, j'imagine que oui.

– Quel enthousiasme, mon pote ! dit Will. Fais gaffe, elle pourrait te trouver trop entreprenant.

– Comment ça se fait que nous ne l'ayons jamais rencontrée, cette Sabrina ? demande Max.

Je grogne.

– Elle est très occupée.

– Ouais, dit Will. Il semblerait qu'elle ait été plutôt *entravée* dans ses mouvements.

Il se baisse en voyant mon poing lui arriver sur l'épaule.

– Désolé, mais je n'ai pas pu résister.

– Si tu me cherches…

Max se lève et penche la tête vers moi.

– Tu nous le dirais si tu avais des ennuis, non ?

– Tout va bien. C'est juste que ça me gonfle d'être dans la lumière des projecteurs comme ça. Et maintenant que tout le monde…

Putain.

Ça me fout en l'air de mentir à mes potes. Mais si je leur dis la vérité, ils vont en parler à leur femme, et ensuite ça viendra aux oreilles de Liz. Putain, c'est peut-être justement ce que je veux. Peut-être que je veux que Liz sache que je ne suis attaché à personne.

Mais à quoi bon ?

– Maintenant que tout le monde quoi ? demande Max.

Je pousse un soupir.

– Maintenant que tout le monde est au courant pour Sabrina et moi, ce soir, je suis obligé d'aller à cette connerie de gala de collecte de fonds à Indianapolis. Comme si je n'avais pas suffisamment de bordels de ce genre avec mon père.

– Ah oui ! dit Will. Cally m'a dit un truc à ce sujet ce matin. Elle devait apporter des robes chez Maggie pour l'aider à choisir une tenue pour Liz. C'est dans la salle de réception à côté du Conrad, c'est ça ?

Je me raidis.

– Liz y sera ?

Max hausse les sourcils en regardant Will, qui fait une grimace.

– Désolé.

Je regarde Max.

– Pourquoi s'excuse-t-il ?

– Parce que tu montes sur tes grands chevaux chaque fois que quiconque mentionne le prénom de Liz. Ce qui est extrêmement étrange pour un mec qui dit à tout le monde – y compris à ses meilleurs potes – que c'est sérieux avec une autre femme.

6

LIZ

Je suis tout à fait capable de me coiffer et de me maquiller toute seule, mais je les ai laissées me pomponner et c'était agréable. Mes cheveux sont relevés en un chignon qui libère seulement quelques mèches sur la nuque et je porte une paire de boucles d'oreilles en diamant qui appartiennent à ma mère. Mais ce que je préfère, c'est le rouge à lèvres. Avec ça, je me sens sexy et sûre de moi. Rien à voir avec la fille au cœur brisé prête à tout pour faire baver son ex.

– On dirait que tu te rends à une soirée spéciale, ce soir.

Je me retourne vers George et je souris.

– Eh bien, pas comme ça en tout cas.

Comme je ne voulais pas froisser la robe, j'ai mis un jean et une chemise pour rentrer chez moi, mais j'ai mon maquillage sophistiqué.

– Et ma robe est encore plus seyante.

Son regard se balade sur moi de la tête aux pieds.

– Il ne faudrait pas que ce soit beaucoup plus seyant que ce que tu portes déjà, sinon tous les mecs vont se marcher dessus pour t'approcher.

Le rouge me monte aux joues. *Vas-y.*

– Tu connais notre voisine, madame Louise ?

– Elle m'apporte des repas régulièrement, dit-il.

– À moi aussi. Mais en plus d'avoir peur que je ne mange pas assez, elle s'inquiète parce que je ne sors pas avec assez de garçons.

– Ah, toi aussi ?

Il sourit et penche la tête.

– Cela veut-il dire que tu as réfléchi à ma proposition ?

– Tu ne serais pas libre ce soir, par hasard ?

***

– Si j'étais attirée par les filles, je t'emmènerais immédiatement dans les toilettes et je te sauterais contre le mur, dit Grace quand je m'approche de notre table.

– Grace !

George sourit à côté de moi.

– Je me dévouerais pour garder la porte. De l'intérieur, évidemment. Pour des raisons de sécurité, bien entendu.

– Quelle abnégation !

– C'est ce que disent toutes mes copines.

– Tu ne me présentes pas ce beau gosse ? demande Grace.

– George, je te présente ma collègue Grace. Grace, voici George.

Il prend la main que Grace lui tend, mais me lance un regard en coin quand elle garde la sienne un peu trop longtemps avec un regard appuyé.

– J'approuve, dit-elle en hochant la tête. Je vais vous chercher un verre. C'est open bar. Vin pour la dame et bière pour le monsieur ?

Elle s'éloigne nonchalamment sans attendre la réponse.

George tire la chaise pour moi avant de s'asseoir à mes côtés. La salle de bal est un vrai Who's Who du monde de la politique et de l'argent de l'Indiana. Toutes les personnes présentes sont superbes, vêtues de robes de soirée élégantes et de smokings sur-mesure.

Quand Grace revient, elle pose devant moi un grand verre de vin rouge et une pinte de bière devant George, avant de s'installer dans le siège laissé libre à côté de moi.

– Oh mon Dieu !

Elle désigne du doigt une personne de l'autre côté de la pièce.

– Tu as vu ? C'est monsieur Bradshaw. Regarde ça. Je comprends maintenant de qui son fils tient sa belle prestance.

Je préférerais manger des sushis de station-service vieux d'une semaine que de regarder monsieur Bradshaw, mais je me force à sourire et je lance un rapide regard dans sa direction.

– Ce n'est pas mon genre.

Je parcours la pièce du regard et mes yeux tombent sur Sam et Sabrina assis à une table près de la scène. Ils discutent avec un sénateur de l'Indiana, un grand sourire affiché sur leur visage. Sabrina s'appuie contre Sam qui la tient par les épaules d'une façon presque plus fraternelle que vraiment intime.

Dans tes rêves. Mais depuis que cette vidéo a fuité, quelque chose me tarabuste. C'est peut-être simplement que, l'hiver dernier, il n'avait vraiment pas l'air intéressé par elle, pourtant, j'ai l'impression qu'il n'y a pas que ça. Au fond de moi, j'ai le sentiment que quelque chose m'échappe.

Il est dommage que l'année qui vient de s'écouler m'ait fait perdre toute la confiance que j'accordais à mon intuition. Je devrais pourtant le savoir maintenant : alors que les autres ont de l'intuition, moi je prends mes désirs pour des réalités. Pourquoi, sinon, aurais-je été si sûre que Sam et River ne faisaient qu'un ?

– Allô, la Terre à Liz… Ohé, reviens parmi nous, dit Grace. Fais un effort pour dissimuler ton désir, ok ? Ton cavalier pourrait mal le prendre.

Je tourne les yeux vers George qui m'observe, l'air plus inquiet que jaloux.

– Excuse-moi.

Il secoue la tête.

– Tu ne m'as toujours pas dit comment tu le connaissais.

Je me force à sourire.

– Je t'ai dit que c'était un vieil ami.

Il prend le verre de vin posé devant moi et en vide la moitié.

– D'accord.

– Je t'ai déjà parlé de la fois où je suis sortie avec des frères jumeaux en même temps ? demande Grace.

George et moi la laissons nous distraire pendant tout le repas avec ses histoires farfelues. Je grignote sans conviction, je n'ai pas le cœur à ça, ce soir. On nous retire nos assiettes et le dessert arrive sur les tables. C'est à ce moment-là que Sabrina monte sur la scène. Tout le monde se tait pour écouter son discours.

– Vous avez probablement le sentiment que vous m'avez assez vue ces derniers temps.

La foule se met à rire.

George m'observe, alors je me force à sourire et j'écoute Sabrina avec attention. Après s'être excusée que sa vie privée ait détourné l'attention de la campagne de sa mère, elle présente Sam qui, debout à leur table, lève la main pour saluer la foule.

– J'aime ce garçon, dit-elle en souriant. Il est la meilleure chose qui me soit jamais arrivée.

Il lui fait un clin d'œil. Quand mon cœur ne tient plus qu'à un fil dans ma poitrine, elle se met enfin à parler de la façon dont sa mère envisage sa présidence, et je recommence à respirer.

Sabrina termine son discours en invitant l'assistance à se rendre sur la piste de danse. Quand elle quitte l'estrade, Sam la prend par la main et l'entraîne sur le dancefloor, et il me semble que mon cœur est là-bas avec eux, juste sous leurs pieds, et que moi je suis assise ici, en proie à un grand vide intérieur.

– Allez-y tous les deux, dit Grace. La campagne exige que tu te montres là et que tu sois belle.

– M'accorderas-tu cette danse ? me demande George.

Je n'ai pas envie de m'approcher si près des deux fiancés de l'Amérique, mais c'est moi qui ai demandé à George de m'accompagner à cette soirée.

– Avec plaisir.

Il me tend la main et nous nous dirigeons vers la piste de danse. Sam et Sabrina sont déjà en train de danser. Ils forment un beau couple. Ils sont de l'autre côté de la piste et elle lui sourit tandis qu'il conduit la danse. De temps en temps, elle pose la tête sur son torse, et ce geste est si intime que quelque chose se fissure en moi en les voyant.

– Est-ce que je t'ai dit que tu es très belle ce soir ? me murmure George à l'oreille.

Je sursaute et détache mon regard du couple vedette de la soirée pour pouvoir regarder mon cavalier.

– Merci. Tu es très beau toi aussi.

Il hausse un sourcil.

– Eh bien, je te remercie. Je n'avais pas l'impression que tu aies regardé quiconque d'autre que lui.

Je suis son regard vers Sam et je me force à rire.

– Je le dévisage ? Après cette vidéo, j'aurais cru que tout le monde serait curieux de voir ces deux-là. J'espère ne pas m'être montrée grossière, mais j'ai un faible pour les magazines people.

Il fronce le nez.

– Ah ouais ? Je ne te connais pas bien, mais je n'aurais pas cru que tu étais du genre à t'intéresser aux ragots des magazines.

– C'est mon péché mignon.

– Liz, tu ne le regardes pas comme si tu étais curieuse. Tu le regardes comme si tu avais le cœur brisé.

J'ai une boule à l'estomac.

– Ne sois pas bête.

Ses bras sont chauds et rassurants quand il les referme sur moi pour m'attirer contre sa poitrine. Il y a un an, avant de tomber vraiment amoureuse de Sam, un type comme George était exactement ce que je recherchais – ou, du moins, c'est ce que je croyais – gentil, sécurisant, beau. Mais, maintenant, mon cœur appartient à un autre.

Et c'était peut-être déjà le cas il y a un an. C'est peut-être pour cela que je ne trouvais personne. Je ne voulais pas d'un type comme George ni même d'un type *comme* Sam. Je voulais Samuel Bradshaw, sans restriction, pas un substitut, mais j'avais trop peur pour l'admettre.

– Tu le dévisages encore, dit George.

– Mince.

Il s'écarte de moi pour me regarder dans les yeux.

– Écoute, je sais que vous êtes tous les deux de New Hope et je sais que tu connais sa famille. Ajoute à cela sa visite à ton appartement et la façon dont tu te comportes quand il est dans les parages, nul besoin d'être Sherlock Holmes pour deviner que c'est lui, le type qui t'a brisé le cœur.

Je pose la tête sur sa poitrine.

– Cela n'a plus d'importance. Nous sommes passés à autre chose, lui et moi.

– Lui, en tout cas, a l'air d'être passé à autre chose, dit-il en passant la main sur mon dos nu. Mais depuis cinq mois que nous sommes voisins, j'ai bien vu que tu étais malheureuse. Je crois que le temps s'est arrêté pour toi le jour où il t'a brisé le cœur.

– C'est très exagéré.

Mais les larmes me brûlent les yeux et j'en sens une qui s'échappe et roule sur ma joue.

– Merde.

Il pose la main sur l'arrière de ma tête et enfouit mon visage contre son torse.

– Ne le laisse pas voir tes larmes. Il ne les mérite pas.

7

SAM

J'ai les tripes qui se retournent chaque fois que mon regard tombe sur Liz dans les bras de ce type. Je me suis demandé toute la soirée pourquoi je n'étais pas allé la voir plus tôt. J'aurais pu l'appeler, au moins.

Évidemment, j'ai eu assez à faire avec mes propres emmerdes. Il ne m'a pas suffi de découvrir que la femme que j'aime entretenait une relation avec mon père sur Internet mais, en plus, il y a eu toute cette histoire avec Asia et le bébé, sans parler du rôle que Connor et mon père ont pu jouer, ou pas, dans ce bordel. Ce n'est pas évident de trouver un moyen de renouer une liaison impossible quand on est occupé à se lamenter sur sa vie foirée.

Ma famille est en train d'imploser, et quand Liz m'a quitté, il était plus facile de tout lui mettre sur le dos que de lui pardonner. Et c'est peut-être encore le cas aujourd'hui.

Hier, sur un coup de tête, j'ai cherché l'adresse de Liz et je suis allé à son appartement. Je me suis pointé sans réfléchir, comme si elle allait même être contente de me voir et comme si je savais ce que j'allais lui dire.

Salut, je sais que je me suis conduit comme un con la dernière fois que nous nous sommes parlé, mais je voulais te prévenir de l'existence de cette vidéo. Ouais, d'accord, tu as déjà vu les passages les plus marquants, comme le reste du monde. Ok, alors, j'espère que cela ne t'a pas blessée, mais en même temps, j'espère que si, parce que cela voudrait dire que tu n'en as pas rien à foutre.

D'accord, elle n'a pas perdu grand-chose en manquant ce discours particulièrement éloquent, parce qu'elle était au boulot.

– Fais un effort pour me regarder, dit Sabrina. Fais comme si elle n'était pas là.

Je regarde ma pseudo copine en souriant comme si j'étais l'homme le plus heureux du monde.

– Qui ça ?

Elle secoue la tête en levant les yeux au ciel.

– Arrête ! Qu'est-ce que vous avez tous les deux, d'ailleurs ? Vous étiez dans les meilleurs termes à la soirée de collecte de fonds pour ton père avant Noël. Qu'est-ce qui s'est passé ?

Du coin de l'œil, je repère un journaliste, alors j'effleure l'épaule de Sabrina de mes lèvres. J'espère que nous n'allons pas être obligés de faire ces conneries trop longtemps. Le simulacre va très vite être éventé. J'attends qu'il ait pris quelques photos avant de poursuivre notre conversation.

– C'est terminé.

Sans le vouloir, je recommence à chercher des yeux Liz et son copain. Ils sont de l'autre côté de la piste de danse et elle est blottie contre sa poitrine comme s'il était le seul rempart contre les dangers et la méchanceté de ce monde. Ce qui me fout les boules, putain ! C'est à *moi* de la protéger. C'est qui, d'abord, ce type ? Est-ce que c'est sérieux entre eux ? *Assez sérieux pour qu'elle vienne avec lui à une réception dans le cadre professionnel et qu'elle se love contre lui en dansant.*

– On va dire un truc, dit Sabrina.

Elle me passe la main dans les cheveux et me fait tourner la tête juste assez pour que je la regarde plutôt que l'autre côté de la piste.

– Tu m'aides à me sortir de ce pétrin et je t'aiderai à recoller les morceaux avec Blondie.

Elle fronce les sourcils.

– Enfin, si c'est ce que tu veux.

– Je…

Je ne sais pas ce que je veux. Être quelqu'un d'autre. Ne pas être le fils de mon père. Tout recommencer à zéro. Je secoue la tête.

– J'ai beaucoup de respect pour les innombrables ficelles que tu peux tirer dans tous les secteurs, Sabrina, mais je ne crois pas que ma relation avec Liz fasse partie des choses que tu as les moyens de réparer.

– Elle te fait craquer depuis trop longtemps. Parfois, c'est moins douloureux de renoncer que de s'accrocher.

En voyant son sourire empreint de tristesse, je me dis qu'elle ne parle pas seulement de Liz. Elle parle de ses sentiments pour moi.

La culpabilité m'oblige à garder les yeux sur elle et à ne pas regarder Liz.

– Ce n'est pas à la même époque, l'an dernier, que tu m'as dit que tu tenais bon pour elle ? Qu'elle était la femme de ta vie ?

Le souvenir de cette nuit-là me transperce. J'étais tellement décidé à la faire mienne, mais voilà, quelques jours plus tard en ouvrant la porte de l'appartement de Connor, je l'ai trouvée endormie, nue, dans ses bras. J'aurais dû savoir que notre relation était vouée à l'échec depuis le début. Sabrina a peut-être raison.

***

UN AN PLUS TÔT…

– Comment vas-tu ? demande Sabrina.

Quand elle a ce petit sourire timide, je me sens comme un con. Je sais qu'elle flashe sur moi depuis notre adolescence, mais je ne sais pas comment lui faire comprendre pourquoi je résiste tellement à l'idée de sortir avec elle.

– Ça va. J'ai du boulot, mais tu sais ce que c'est.

– En effet.

Elle baisse les yeux et se mord la lèvre.

– En fait, il y a ce dîner idiot auquel je dois participer pour ma mère le week-end prochain. Est-ce que tu crois que je pourrais réussir à te convaincre de m'y accompagner ?

– Sabrina ?

J'attends qu'elle me regarde dans les yeux.

– Je suis plus ou moins… engagé avec quelqu'un.

Elle fronce les sourcils.

– Je sais que tu es célibataire, Sam. Si tu ne veux pas venir avec moi, je peux l'entendre.

– C'est compliqué.

Je regarde de l'autre côté du bar où Liz est assise dans un box avec sa sœur Maggie.

– Disons que je tiens bon pour obtenir ce que je veux.

Sabrina suit mon regard.

– Elle ? Ah bon ? Et alors, c'est quoi le problème ? Elle a un petit ami ? Un mari ? Une maladie honteuse ? Quoi encore ?

Mon estomac se serre. Je n'ai pas eu de relation avec Liz depuis le soir du mariage de William et Cally. J'avais pratiquement abandonné l'idée qu'elle pourrait accepter de me donner encore une chance, et voilà que le soir du mariage, elle s'offrait à moi comme un présent en m'attirant de nouveau dans ses filets.

Depuis, je n'ai même pas cherché à avoir d'aventures. C'est elle que je veux, personne d'autre.

– Il y a eu quelque chose entre elle et Connor, non ?

– Je crois. Comment tu le sais ?

– Ta sœur a découvert qu'ils avaient eu une histoire, ou je ne sais quoi.

Oui, le jour où Connor a défloré Lizzy. *Salopard.*

– Della ne sortait même pas avec lui à cette époque-là.

Sabrina hausse les épaules.

– Peu importe. Elle l'a découvert, et maintenant elle la déteste.

Je me fiche de l'histoire de Liz avec Connor. Bien sûr, j'ai envie de lui couper les couilles chaque fois que je pense à cette nuit-là, mais je ne peux pas vraiment en vouloir à Liz. Elle était jeune, naïve et vulnérable.

La seule chose qui me maintient à l'écart de Liz, c'est Liz elle-même. Elle ne me prend pas au sérieux. Elle ne réalise pas à quel point je la désire. À moins, tout simplement, que ce sentiment ne soit pas partagé.

– Eh bien, je te souhaite bonne chance pour que ça marche.

Je hoche la tête en gardant les yeux rivés sur Liz.

* * *

AUJOURD'HUI…

LIZ

– Je suis désolé de t'avoir fait pleurer, dit George quand nous retournons à notre table. Je ne voulais pas te faire de la peine.

Il m'a tenue dans ses bras sur la piste de danse jusqu'à ce que je parvienne à sécher mes larmes et à me reprendre. Je doute que quiconque ait même remarqué que j'étais bouleversée. Au pire, j'ai probablement paru un peu *trop* intime avec mon cavalier.

– Ça va.

Nous nous asseyons, mais les autres sièges à notre table demeurent vides.

– Je ne me suis pas rendu compte que j'étais aussi transparente, j'imagine.

Grace arrive à notre table en titubant et se laisse tomber sur la chaise à côté de moi. Son mascara noir a coulé et son rouge à lèvres s'est effacé.

– Lizzy, Liz, Liz.

Elle pose la tête sur mon épaule.

– Je suis complètement bourrée.

– J'avais remarqué.

Je souris en repoussant doucement les cheveux qui lui tombent dans la figure.

– Tu veux qu'on te reconduise chez toi ?

Elle relève légèrement la tête et sourit sans ouvrir complètement les yeux.

– Non. J'ai une chambre au Conrad. Mon père est friqué, tu sais, et il a beau être près de ses sous, si c'est pour ma (elle lève les mains et dessine des guillemets dans l'air) « carrière », il est prêt à me payer tout ce que je veux. Alors voilà, une chambre au Conrad.

Elle laisse retomber sa tête sur mon épaule.

– Mais je ne pensais pas l'occuper seule. J'étais persuadée qu'il y aurait un tas de mecs célibataires à la recherche d'un plan cul facile, à ce truc, non ?

– Même si c'était le cas, dit George, on ne te laisserait pas rentrer dans ta chambre avec un inconnu. Surtout dans cet état.

– Rabat-joie.

Je la prends par le bras.

– Allez viens, on va te mettre au lit.

George m'aide à la mettre debout et nous allons à son hôtel. Dieu merci, Grace n'est pas assez saoule pour ne pas se rappeler son numéro de chambre. Je trouve sa clé magnétique dans son sac et nous l'entraînons jusqu'au lit. George se retourne pendant que je l'aide à enfiler son pyjama.

– Tu vois, j'espérais passer la nuit avec un type sexy, mais j'ai quand même apporté des vêtements de nuit, au cas où. *Je pense à tout.*

Elle se met à rire comme si elle n'avait jamais rien entendu d'aussi drôle.

George m'aide à la coucher dans un des deux grands lits, et nous la bordons.

– Je vais te chercher de l'eau, dit-il en se dirigeant vers la salle de bains.

– Ne t'en va pas, Liz, marmonne-t-elle. Raconte-moi une histoire. Ou reste pour me faire un câlin. Je te promets que je ne te peloterai pas quand tu dormiras.

Elle glousse et pointe le doigt vers George qui revient avec un verre d'eau.

– Mais je ne te ferais pas la même promesse à toi.

Je regarde George.

– Cela t'ennuie si je reste avec elle cette nuit ?

– Tu me jures de prendre des photos ?

– Alors, tu pourrais être notre photographe, George, dit Grace.

Je secoue la tête. Grace est une de ces étudiantes qui ont eu une jeunesse très protégée, alors, maintenant qu'elle est livrée à elle-même, elle en fait des tonnes pour paraître cool et délurée.

– Bois ce verre d'eau, Grace. Je reviens dans une minute.

J'attrape la clé sur la table de nuit et je sors avec George dans le hall.

– Tu es sûr que cela ne te dérange pas ? je lui demande après avoir refermé la porte de la chambre.

– Pas de problème. Tu es son amie, c'est bien de ne pas la laisser seule.

– Merci de te montrer compréhensif et pour… tout le reste. Excuse-moi si cette soirée n'a pas été ce qu'on fait de mieux pour un premier rencard.

Il hausse un sourcil.

– Ah, parce que c'était bien un rencard ? Je n'en étais pas sûr.

– Bien sûr que c'en était un.

– Dans ce cas…

Je sais ce qu'il va faire avant qu'il ne le fasse. Il me laisse le temps de l'en empêcher, mais je le laisse faire. Je le laisse glisser sa main sur ma nuque et quand il pose ses lèvres sur les miennes, je l'embrasse comme une fille embrasse un garçon à la fin de leur premier rencard.

Ses lèvres sont douces et chaudes. Il ne prolonge pas le baiser, mais quand il s'écarte de moi, j'ai l'estomac qui se noue parce que Sam est debout derrière lui, tentant selon toute vraisemblance de lui brûler la cervelle par la simple intensité de son regard furibond.

George se retourne pour suivre mon regard, mais Sam insère sa carte magnétique dans la porte et disparaît dans sa chambre.

– Bon. (George s'éclaircit la voix.) Eh bien, au moins tu connais les voisins, hein ?

Je souris d'un air incertain.

– J'espère que nous pourrons renouveler cette expérience une autre fois, mais *sans* la présence de ton ex qui me fusille du regard dans le dos.

Je me mords la lèvre, je ne tiens pas vraiment à prendre d'engagement.

– Peut-être que pour le moment, nous pourrions, toi et moi, nous contenter d'être…

Je suis horrible. On ne peut pas faire *pire*.

George soupire.

– En fait il n'a toujours été question que de lui, c'est ça ? J'ai déjà été cantonné au rôle d'ami. Je survivrai.

– Est-ce que tu me détestes ?

– Nan.

Il pose les yeux sur la porte de Sam.

– En ce qui le concerne, cependant, je réserve mon jugement. Bonne nuit, Liz.

8

SAM

J'ai juste envie de me bourrer la gueule en pensant à Liz. Liz qui sourit. Liz nue. Liz qui gémit. Liz qui crie mon nom quand je la fais jouir.

Liz, n'importe où sauf dans les bras d'un autre homme.

Je me sers deux doigts de bourbon, mais je le sirote alors que j'ai envie de le boire cul sec. J'espère que l'excitation autour de cette vidéo va bientôt retomber, mais pour l'instant, je dois être toujours d'attaque – prêt à sourire pour les caméras et à mentir à la face du monde. Dans ces conditions, il est sans doute préférable que je n'aie pas la gueule de bois.

On cogne à la porte si doucement que c'est tout juste si je l'entends. Mais cela se reproduit, un peu plus fort cette fois.

La sécurité va m'entendre s'ils ont laissé monter un de ces connards de journalistes. Je lâche un juron, ces vampires feraient n'importe quoi pour ajouter un détail inédit à leurs articles creux. J'ouvre la porte sans retirer la chaîne et j'ai l'impression de prendre un coup de poing à l'estomac quand je vois la femme qui se tient devant moi.

Liz parcourt le couloir des yeux en mordillant sa lèvre inférieure. Est-ce qu'elle cherche Sabrina ou bien veut-elle s'assurer que personne ne la voie entrer dans ma chambre ? J'ai les tripes qui se serrent en la voyant – cet éternel bras de fer entre des émotions conflictuelles. J'ai envie de l'attirer dans ma chambre et de l'embrasser à lui faire perdre la tête, de la caresser jusqu'à ce qu'elle me jure de ne plus jamais me quitter, et en même temps, j'ai envie de la renvoyer dans sa chambre parce que quand elle est près de moi, je ne peux pas m'empêcher d'espérer des choses que je ne peux pas avoir.

Je décroche la chaîne et je la fais entrer en la tirant par le bras avant de refermer la porte derrière elle.

– Personne ne m'a vue, dit-elle, les yeux rivés sur le sol. J'ai fait attention.

– *Moi*, je t'ai vue, dis-je en grognant.

C'est douloureux d'être si près, de respirer le même air qu'elle, de sentir son parfum. Je n'aurais jamais cru que cela faisait si mal de désirer une chose à ce point-là et qu'on me la refuse.

Elle déglutit en évitant mon regard.

– Elle est là ?

– Que veux-tu, Liz ?

Elle relève la tête et me regarde fixement.

– Est-ce qu'elle est là ?

– Sabrina est partie retrouver sa mère dans le Dakota du Sud pour un meeting de campagne.

Ses yeux s'attardent sur mon torse nu avant de remonter.

– Je suis étonnée qu'elles ne t'aient pas demandé de les accompagner.

– C'est moi qui ai décliné l'invitation.

Je me sens complètement idiot, et je m'oblige à reculer de deux pas pour éviter de faire quelque chose de tout aussi stupide. Comme de l'embrasser jusqu'à ce qu'elle fonde dans mes bras et qu'elle oublie l'autre type, jusqu'à ce que nous oubliions tous les deux que c'est sans espoir.

– Je suis désolée pour toi que cette vidéo ait fuité. Tu n'as pas mérité cette intrusion dans ta vie privée.

Elle porte un rouge à lèvres assorti à ses chaussures. Depuis que je l'ai vue arriver ce soir, je n'ai pas arrêté de l'imaginer à genoux, vêtue seulement de ces chaussures, ses lèvres rouges arrondies autour de ma queue. Obéissant à une impulsion, je caresse du pouce sa lèvre inférieure.

À ce contact, sa respiration se fait haletante.

– Tu es venu chez moi hier.

– Oui.

– Pourquoi ?

Mon pouce descend le long de son cou et passe par-dessus la bretelle rouge de sa robe.

– Sans doute pour la même raison qui te fait venir ici ce soir.

– Pour parler de Sabrina ?

– Tu frappes à la porte de ma chambre au milieu de la nuit pour parler de Sabrina ?

Je suis le contour de la bretelle et vais frôler son décolleté du bout des doigts.

– S'agit-il de Sabrina ou de toi et moi ?

– Toi et moi, cela n'existe pas. Tu le sais aussi bien que moi.

– Cela existe tellement que lorsque nous sommes dans la même pièce, nous n'avons plus assez d'air pour respirer. Il y a *toujours* toi et moi.

– Même quand tu fais des sextapes avec une autre femme ?

– Et même quand tu te réchauffes dans les bras d'un autre homme. Qui est-ce, d'ailleurs ?

– Un ami.

Je glisse une main derrière sa tête et j'empoigne ses cheveux.

– Tu baises avec lui ?

Son visage se durcit.

– Et si c'était le cas ?

– Je serais obligé de te garder ici. De te caresser. De t'exciter. De te goûter jusqu'à ce que tu me supplies de te baiser là, contre le mur. Alors je te pénétrerais si profondément que tu te rappellerais que personne ne peut te faire prendre ton pied comme moi.

Elle inspire avec difficulté et passe sa langue sur ses lèvres.

– C'est un ami.

Je grogne, mais je relâche mon étreinte sur ses cheveux.

– Tu lui as dit ça ? Parce que si j'en crois la façon dont il te regardait quand vous dansiez, la façon dont il te tenait dans ses bras, il veut plus qu'être simplement ton ami. Et puis, vous vous êtes embrassés dans le couloir…

Je prends son visage dans la paume de ma main et je fais tout ce que je peux pour me retenir d'écraser mes lèvres sur les siennes

Elle se referme.

– Cela ne te regarde pas.

Mais elle se laisse aller en fermant les yeux.

– Parce que ma relation avec Sabrina, ça, ça te regarde ?

– Je m'inquiète pour toi. J'ai l'impression que tu essaies de la protéger en ne disant pas la vérité au sujet de la nature de cette relation, et je me demande jusqu'où tu vas aller pour perpétuer ce mensonge.

– Tu n'as pas à t'inquiéter pour moi. Mais nous savons tous les deux que ce n'est pas pour ça que tu es venue dans ma chambre avec cette robe.

Je fais un pas vers elle et elle s'appuie contre la porte. Nos corps sont si proches l'un de l'autre qu'ils se touchent presque.

Elle relève le menton d'un air de défi, mais son regard s'attarde sur mes lèvres. Elle a autant envie que moi que je l'embrasse.

– Je n'aurais pas dû venir.

– Tu en es sûre ? Nous avons toujours envie l'un de l'autre. Ton départ n'y a rien changé.

Incapable de résister plus longtemps, je baisse la tête et je pose mes lèvres entrouvertes sur son épaule nue. Sa peau est fraîche et exhale un parfum fleuri. *Bon Dieu.*

– Pourquoi t'es-tu enfuie, Canaille ?

– Je… je ne me suis pas enfuie.

– Tu t'es enfuie.

– J'ai profité de l'opportunité qu'on me proposait.

Je caresse sa taille du bout des doigts.

– Tu as eu peur et tu t'es enfuie. Tu n'es là en ce moment que parce que ma relation avec Sabrina te protège.

– Donc, tu as bien une relation avec elle ?

– Je n'ai pas envie de parler d'elle. Je t'ai posé une question à propos de *toi.* Des raisons pour lesquelles tu t'es enfuie sans même nous laisser une chance. Mais le passé est le passé. Parlons du présent.

Je trouve l'ourlet de sa robe et je le serre dans ma main.

– Dis-moi ce que tu veux.

– Je… Je veux…

Elle secoue la tête et s'échappe en passant sous mon bras.

Je l'attrape par le poignet et la fais pivoter sur elle-même avant de la plaquer contre le mur et de me coller contre elle. Quand je pose les lèvres dans son cou, elle n'essaie plus de m'échapper. Au contraire. Elle pose les mains sur ma taille et entreprend de déboutonner lentement ma chemise.

– Ose dire que cela ne t'a pas manqué, je murmure à son oreille.

Ses lèvres s'entrouvrent quand son regard se pose sur ma bouche.

– Je ne peux pas.

– Dis-moi que tu veux que j'arrête.

– Je ne peux pas.

– Tu ne peux pas rester ?

Je glisse une main sous sa robe, et sa respiration se fait plus courte.

– Ou tu ne peux pas me dire d'arrêter ?

Pour toute réponse, elle détache le dernier bouton de ma chemise et fait un petit mouvement de hanches en direction de ma main. Elle repousse ma chemise de mes épaules et je la laisse tomber. Puis je remonte la main le long de sa cuisse en savourant le toucher de sa peau douce sous mes doigts. Elle s'accroche à mon biceps et m'enfonce ses ongles dans le bras quand ma main s'installe entre ses jambes.

– Tu es déjà trempée.

Je frôle le tissu de sa culotte avant de glisser les doigts sous la dentelle humide pour caresser son clitoris.

Je n'entends plus que le son de sa respiration haletante et je ferme les yeux une seconde – mais pas plus longtemps parce que je ne veux pas manquer de voir le plaisir sur son visage. Elle est belle à chaque instant de chaque jour, mais quand elle est excitée, quand je la caresse…

Elle gémit, un son faible, désespéré, un son qu'elle essayait de retenir mais qui lui échappe. Ma bite, douloureusement coincée dans mon pantalon, enfle lorsque je m'imagine garder Liz avec moi pour la faire gémir toute la nuit.

– On ne devrait pas, dit-elle tout en se serrant contre moi.

Seigneur, que c'est bon !

J'enfouis mon visage dans son cou tout en faisant descendre sa culotte que je laisse tomber sur le sol. Le parfum de Liz m'enivre. Quand elle s'écarte de moi pour sortir les pieds de sa culotte, je glisse la main entre ses cuisses et j'empoigne son sexe à pleine paume. Je sais que c'est moi qui l'ai poussée aussi loin, mais je n'ai aucun remords, putain.

– Putain, Liz. Ne compte pas sur moi pour être le mec bien qui renonce simplement parce que ce n'est pas la chose à faire. Pas ce soir. Si ce n'est pas ce que tu veux, tu dois me dire d'arrêter.

Elle se balance sous ma caresse.

– Et si c'était exactement ça que je veux ?

Ses mains tâtonnent entre nos corps jusqu'à ce que le bouton de mon pantalon cède et qu'il me tombe sur les pieds. Sans ménagement, elle baisse mon boxer et saisit ma queue vibrante entre ses doigts.

Je n'y tiens plus. Je suis aveuglé par mon désir d'être en elle.

En glissant les mains sous ses fesses, je la soulève contre le mur et je la pénètre en une longue poussée brutale.

Elle pousse un cri en plantant ses ongles dans mon dos.

– Oui, gémit-elle. Oui, oui.

Je radoucis mon mouvement en ralentissant mes coups de boutoir.

– Dis-moi ce que tu veux, Canaille.

Ma poitrine est tendue, comme un ballon trop gonflé sous la pression d'une vie émaillée d'erreurs. Une foirade de plus, une décision merdique de plus, et je vais exploser.

Elle ouvre les yeux et pose une main sur mon visage alors que je vais et viens en elle.

– Toi. C'est toi que je veux.

On frappe à la porte et je m'immobilise.

Elle se contracte autour de moi.

– Ne t'arrête pas.

Dans un sursaut de mes hanches, mon orgasme se déclenche, trop vite et trop tôt, sans m'apporter l'apaisement que je recherchais.

– Sam, dit une voix féminine derrière la porte. Ouvre, j'ai oublié ma clé.

* * *

LIZ

Il se retire doucement et me repose par terre. Il me tourne le dos et se passe une main dans les cheveux en reprenant sa respiration.

Qu'avons-nous fait ?

Je rabats ma robe et je ramasse ma culotte sur le sol. Je ne sais pas ce que c'était, mais ce n'était pas satisfaisant. Seulement désespéré et misérable, et pas dans le bon sens du terme.

Bon sang.

Il enfile son pantalon et remonte la fermeture Éclair.

Les coups sur la porte cessent et son téléphone se met à sonner.

Sam fait une grimace et me désigne la porte de la salle de bains d'un mouvement de tête.

– Tu veux bien y aller une seconde ?

Je le regarde, stupéfaite, mais on l'appelle encore une fois, alors j'entre dans la salle de bains et je referme la porte derrière moi.

Hors d'haleine et éreintée, je tends l'oreille quand Sam ouvre la porte de la chambre.

– Salut,

– Tu es torse nu. Tu me plais comme ça.

Est-ce la voix de Sabrina ?

– S'il vous plaît, tous les deux, vous pourriez attendre que je sois partie, dit une autre voix de femme.

C'est peut-être la mère de Sam, mais je n'en suis pas sûre.

– Je passais juste pour te dire bonsoir. Je vais dans ma chambre. J'ai été contente de discuter avec toi, Sabrina. De vous voir tous les deux comme ça, c'est tellement… je n'ai pas été aussi heureuse depuis des années.

Sam dit bonsoir, puis on entend la porte s'ouvrir et se fermer à nouveau.

– Je pensais que tu étais déjà dans l'avion, dit Sam.

– On décolle dans une heure. Avant de passer chercher Erin dans sa chambre, je voulais m'assurer que tu ne voulais vraiment pas venir avec nous.

– Je te l'ai dit, il faut que je travaille.

Elle soupire bruyamment.

– Entendu. Tu pourrais rapporter ça chez toi pour moi ?

– Bien sûr.

– On parlera à mon retour.

Je regrette de ne pas le voir. J'aimerais voir comment il la regarde quand ils sont seuls. Savoir s'il la touche.

– C'est quoi, ça ?

– Quoi ?

– Tu sens… tu sens le parfum. Un parfum de femme.

– Rien d'étonnant à ça. Nous avons dansé toute la soirée.

Le silence s'éternise, et encore une fois, je râle d'être enfermée dans cette salle de bains.

– Je n'accorde pas facilement ma confiance, Sam, dit finalement Sabrina. J'ai choisi de te faire confiance. S'il te plaît, ne me brise pas le cœur.

Puis plus rien à part le *clic* et le *bam* de la porte de la chambre d'hôtel qui se referme.

Je m'éloigne de la porte derrière laquelle j'étais cachée et, une seconde plus tard, Sam l'ouvre, les yeux baissés.

– Désolé.

Il dit cela si bas que je l'entends à peine. Il ne me regarde toujours pas.

– Désolé de quoi ? Du sexe ou de l'interruption de ta copine ?

– Je n'aurais jamais dû te toucher ce soir. C'était une erreur.

Mon estomac me remonte dans la poitrine.

– Une erreur ?

Mais il a raison, bien sûr. Mon regard parcourt la pièce en rebondissant comme un oiseau affolé tentant de trouver une fenêtre ouverte, et finit pas se poser sur une pile de vêtements féminins, soigneusement pliés sur une chaise. Un cri étouffé s'échappe de mes lèvres et je m'approche.

Elle s'est changée ici.

– Tu es vraiment avec elle, en fait.

Mais bien sûr que oui. Il n'a jamais prétendu le contraire, d'ailleurs. J'ai voulu me persuader que ce n'était qu'une façade, alors je l'ai laissé me toucher. Je l'ai laissé me baiser.

Il saisit ma main alors que je tends le bras vers le t-shirt posé sur le dessus de la pile.

– Liz, je t'en prie.

Quelle idiote je suis ! Complètement idiote et si naïve.

– Tu n'as jamais dit…

– Ce n'est pas comme ça que tu préfères les hommes ? Déjà attachés ?

Un coup de poing dans le plexus solaire.

– Va te faire foutre !

Il accuse le coup, mais qu'est-ce que j'en ai à faire ? Je me tire d'ici.

– Liz, attends. S'il te plaît… ne pars pas. Je reconnais que j'ai dépassé les bornes.

La main sur la poignée de la porte, je baisse la tête et j'avale ma salive avec difficulté.

– Ça, tu peux le dire.

Quand je me retourne, il a la tête rejetée en arrière et il se frotte les yeux de la paume des mains. Puis il laisse retomber ses mains.

Je secoue la tête.

– Je suis désolée.

Je ne sais pas exactement pourquoi je m'excuse ni auprès de qui. Je ferme les yeux. Ces paroles sont inutiles. Voilà où nous en sommes arrivés. Sam et moi – un concept si prometteur il y a cinq mois – n'avons plus rien à partager qu'une colère sans objet et des excuses galvaudées.

– Moi aussi, murmure-t-il.

Je le vois dans ses yeux, ce regard pris au piège. Non pas le regard paniqué d'un animal emprisonné mais la souffrance de quelqu'un qui se résigne à son destin merdique.

– Si tu es avec elle, vraiment *avec* elle, pas seulement pour la baiser, j'ai le droit de le savoir.

Mon esprit est en pleine confusion – la conversation que je viens d'entendre ne cadre pas avec le contexte de l'histoire que je me suis racontée.

« S'il te plaît, ne me brise pas le cœur. »

– Tu n'as rien à te reprocher. Ce qui s'est passé ici est entièrement de ma faute.

Il prend mon visage entre ses mains en passant les pouces le long de mes joues.

– Mais je pense qu'il vaut mieux que nous ne nous voyons plus. Je perds la tête quand tu es près de moi.

– S'il te plaît, dis-moi que tu n'as pas trompé ta petite amie avec moi.

De chaudes larmes roulent sur mes joues. Je me sens moche. Sale. Une traînée de la pire espèce.

Il baisse les mains et, sans la chaleur de son contact, le froid se répand dans tout mon corps

– Tu ferais mieux de t'en aller.

– Sam ? S'il te plaît.

– C'était une erreur, Liz. Je te promets que cela ne se reproduira plus.

9

SAM

– Je ne peux pas faire ça.

Nous sommes dans la suite d'Erin. Sabrina est assise sur le canapé, les jambes croisées, les bras repliés autour de la taille. Elle n'est pas stupide. Elle savait qu'il y avait quelqu'un dans la salle de bains et c'est pour ça qu'elle a prononcé cette phrase où il était question de cœur brisé – elle savait que quelqu'un l'entendrait. En la regardant, on pourrait croire que j'ai trahi une vraie relation avec elle, et non un faux-semblant. Je me suis rendu dans la suite de la directrice de campagne directement en sortant de ma chambre.

– Vous ne pouvez pas faire quoi ? La garder dans votre pantalon ? On s'en était déjà aperçues.

– Je ne peux pas faire semblant d'être avec elle.

Je désigne Sabrina du doigt, et elle se contracte. Je me radoucis.

– Excuse-moi.

En me retrouvant si près de Liz après tous ces mois où elle m'a follement manqué, j'ai perdu la tête et j'étais tellement préoccupé par la satisfaction de mon désir que je n'ai pas dit ce que j'aurais dû. Et alors, Sabrina s'est pointée avec ma mère, et je me suis rendu compte que je mettais notre secret, à Sabrina et moi, en danger en recevant Liz dans ma chambre – je risquais aussi de faire souffrir ma mère une fois de plus.

Je ne peux pas porter cette responsabilité encore une fois, alors j'ai épargné ma mère et j'ai sacrifié Liz à la place. J'aimerais seulement être convaincu que c'était la bonne décision à prendre.

– Si vous ne vouliez pas être avec elle, vous n'auriez jamais dû vous enregistrer, dit Erin.

– Sérieux ? Vous essayez de me faire croire que vous ne savez pas ?

Erin croise les bras et me regarde, les mâchoires serrées.

– Ne le dites pas.

Je vois dans son regard calculateur qu'elle est tout à fait au courant.

– Pourquoi ? Parce que si je le disais ici, je pourrais tout aussi bien le dire à un journaliste ? Vous pensez que je veux que tout le monde sache la vérité à propos de cette vidéo ? Que j'ai envie d'être étiqueté comme l'ex-minet du gouverneur Guy ? Parce que c'est bien ce que j'étais – il y a bientôt dix ans – un minet totalement consentant et heureux de l'être, mais c'était ça.

Erin grimace.

– Non. En fait, vous ne l'étiez pas. Mettons les choses au point tout de suite.

– Nous allons réécrire l'histoire, à présent ?

– Absolument, c'est exactement ce que nous allons faire.

Je secoue la tête.

– Vous pensez que je vais aller donner des interviews ? Que je vais aller vendre mon histoire aux journalistes ? Croyez-moi, je n'ai nullement l'intention de rendre publique ma vie sexuelle avec Christine…

– Vous voulez dire votre vie sexuelle avec *Sabrina*, réplique Erin.

Depuis que je la connais, c'est la première fois que je l'entends hausser le ton.

– Arrêtez.

Sabrina serre les paupières et souffle lentement.

– Sam, je sais que ça craint pour toi, et j'en suis désolée. Vraiment. On essaie juste de régler au mieux une situation horrible. Tu as raison, ce n'est pas notre seule option, mais nous n'en avons pas tant que ça. Et Erin a beau vouloir jouer le méchant flic, la vérité, c'est que c'est à toi de choisir en fin de compte. C'est *toi* qui as la main sur la suite des événements. Soit nous continuons comme nous l'avions prévu, en faisant comme si nous étions ensemble, soit tu ruines la carrière de ma mère, soit tu me détruis, moi. C'est tout. Il n'y a pas d'autres options.

– Cela n'a rien à voir avec toi. Pourquoi est-ce que cela te détruirait ?

– Tu ne veux pas continuer à faire semblant d'être avec moi, et tu dis que tu ne veux pas ruiner la carrière politique de ma mère en disant la vérité, alors cela revient à me détruire, moi.

Elle lève les paumes de ses mains vers le plafond.

– Le monde entier pense que c'est moi qui ai fait une sextape. Une sextape très choquante. Et puisque, oui, j'ai toujours flashé sur toi, c'est une histoire plutôt convaincante. Tu as l'air de croire que je bénéficie de la situation. Comme si je t'impliquais dans une grosse arnaque pour m'amuser.

Elle lève les yeux vers moi. Ils sont remplis de larmes.

– Est-ce que tu savais que j'avais rencontré un mec ? Il me plaisait. Je me disais que…

Elle secoue la tête.

– Assez parlé de moi. C'est pour toi, aussi, que je fais ça. Parce que même si tu m'as blessée en faisant comme si je n'existais pas pendant toutes ces années, tu comptes toujours pour moi et je ne voudrais pas que toute ta vie soit déterminée par ton aventure avec une femme plus âgée. Ils te harcèleront s'ils apprennent la vérité, Sam. Tu trouves *ça* insupportable ? Ce n'est rien en comparaison de ce que ça pourrait devenir.

Je me passe la main sur le visage en prenant une profonde inspiration. Elle a raison. Je me suis conduit avec elle comme si elle tirait profit de cette situation, alors qu'en réalité, elle n'en est que la victime innocente.

– Si la vérité venait à être connue, dit-elle, ils te mangeraient tout cru. Et même si tu es un connard de première, parfois, tu ne mérites pas ça. Si tu veux avoir la moindre chance de mener une vie normale, tu as tout intérêt à ce que tout ça se tasse, avec le moins de vagues possible.

Je me laisse tomber sur le canapé à côté d'elle. Bon sang. J'ai eu des mois pour recoller les morceaux avec Liz, pourtant il a fallu que j'attende le moment où rien n'était *plus possible*.

Erin s'éclaircit la voix.

– Heureusement, tout le monde croit que la vidéo est récente et que la femme rousse est Sabrina. Si le peuple américain soupçonne le gouverneur Guy d'être sur cette vidéo, jamais ils ne l'éliront pour être leur commandant en chef.

– Sa vie sexuelle n'a rien à voir avec sa vie politique.

Je dis ça, mais je sais très bien que ce n'est pas vrai. Pas pour les électeurs.

– J'ai réussi à obtenir une interview de vous deux avec Ina Turnstall pour lundi. Si vous pensez pouvoir convaincre la femme avec qui vous étiez ce soir de garder le silence, je pense que l'interview pourrait permettre d'enterrer un tas de questions.

Je me sens mal.

– Liz ne dira rien.

Sabrina incline la tête vers moi.

– C'était *Liz* ? Sérieusement ? Même après ce qui s'est passé avec ton père ?

Je me fige.

– Comment es-tu au courant de ça ?

Elle fronce les sourcils.

– C'est Connor qui m'en a parlé.

– Putain. Le con.

Je ne supporte pas l'idée que quiconque sache, mais on peut compter sur cet enfoiré de Connor pour raconter les histoires privées de ma famille.

Erin se masse les tempes. J'ai comme l'impression que je vais lui provoquer une crise cardiaque.

– J'aimerais mieux qu'on se concentre sur Sabrina et vous pour l'instant. Dites-moi que vous allez le faire. Juste une interview.

Je regarde Sabrina.

– Une interview où nous allons mentir à la face du monde.

Elle se mordille la lèvre inférieure.

– S'il te plaît, Sam ?

Erin fait voler ses cheveux.

– Une interview où vous allez dire au monde la *vérité* au sujet de votre relation et que vous êtes follement amoureux.

– La vérité ?

Un rire sans joie s'échappe de mes lèvres avec un son horrible et qui sonne faux.

– Je vois qu'il n'y a pas que dans ma famille qu'on ne comprend pas le sens du mot *vérité*.

Sabrina a l'air si déprimée que je sais déjà que je vais le faire, mais indépendamment de ce qu'en pensent Sabrina et Erin, je me dois de dire la vérité à Liz.

***

LIZ

Sam : `Il faut qu'on parle.`

– Excuse-moi si j'ai fait foirer ton rencard hier soir, dit Grace en me reconduisant chez moi. Purée, j'étais déchirée.

– Tu n'as pas fait foirer mon rencard.

Je referme mon application de messagerie et je remets mon téléphone dans mon sac. Je n'ai que faire d'avoir de ses nouvelles et je n'ai nullement l'intention de lui répondre.

Je me frotte les yeux. Je n'ai pas beaucoup dormi. En sortant de la chambre de Sam, je suis retournée dans celle de Grace et j'ai pris une longue douche bien chaude, comme si je pouvais effacer l'erreur de l'avoir laissé me toucher, me baiser. *Se servir de moi.* Quand ma peau a été rougie par l'eau chaude et le bout de mes doigts tout fripé, j'ai fermé le robinet, je me suis adossée au carrelage froid et j'ai pleuré jusqu'à être tellement épuisée que je n'avais plus de larmes. Puis je me suis couchée et j'ai essayé de dormir.

– Alors vous êtes ensemble maintenant, toi et le beau George ?

– Non, je ne crois pas être prête pour ça.

J'ai la tête qui résonne et j'aimerais bien qu'elle arrête de parler. L'espace d'un instant, je crois qu'elle a capté ma prière muette, parce qu'elle se tait pour la première fois depuis qu'elle est sortie du lit. Mais elle demande :

– C'est qui ?

Je me tourne vers elle.

– Quoi ?

– Le mec qui t'a bousillée ? C'est quelqu'un de chez toi, de New Hope ?

– Ouais. Quelqu'un de chez moi. C'est… pour ça que je suis partie.

– Attends, ne me dis pas que c'est Sam Bradshaw. Ne me dis pas que tu es éperdument amoureuse de la meilleure moitié des Sambrina.

– Les Sambrina ?

– C'est comme ça qu'on les appelle. C'est super-*chou*, tu ne trouves pas ? Alors, normalement, là, tu devrais me dire que ce n'est pas à cause de lui que tu n'as pas baisé comme une bête avec le beau George, mais j'ai bien peur que ce ne soit pas le cas.

J'essaie de rester impassible, ne sachant pas quoi dire.

Elle me regarde en coin.

– Il va falloir qu'on imagine un plan. Si jamais Sabrina découvre que tu kiffes toujours son mec, tu es bonne pour te faire virer.

– On n'a pas besoin de plan. Je n'ai plus rien à faire avec lui.

Ces mots me font mal, mais je m'oblige à dire à voix haute ce que j'ai décidé hier soir.

– Plus jamais.

10

SAM

Je suis dans la salle verte en attendant notre interview quand mon téléphone se met à sonner. Le nom de ma sœur s'affiche sur l'écran.

– Allô ?

– Grand jour, grande interview, dit Ryann.

Je suis étonné que ma petite sœur m'appelle avant mon interview télévisée avec Sabrina. Depuis que la vidéo a fuité, je n'ai vu Ryann qu'une fois, brièvement à la banque vendredi matin. Chaque fois qu'elle me regardait, elle faisait semblant d'avoir des haut-le-cœur. Ou alors elle avait vraiment envie de vomir, je n'en sais rien. En tout cas, elle est totalement dégoûtée par les photos embarrassantes de la vie sexuelle de son grand frère qu'elle a vues, alors je ne m'attendais pas à ce qu'elle me téléphone aujourd'hui.

– Merci. Qu'est-ce que tu veux ?

– J'appelle juste pour souhaiter bonne chance à mon frère pour ses débuts à la télévision. Qu'est-ce qu'il y a de bizarre à ça ?

– Ryann ?

– Je me demandais si tu avais appelé Liz. Ou si tu l'avais vue. Ou… je ne sais pas, moi. Je m'interrogeais à son sujet. Je m'inquiète pour elle, j'imagine.

Elle soupire.

– Bon Dieu. Je ne sais pas comment te dire ça, mais je suis au courant pour Christine et toi. (*Haut-le-cœur.*) J'étais déjà au courant quand ça s'est passé. (*Haut-le-cœur, haut-le-cœur.*) Donc, je suis pratiquement certaine que c'est une vieille vidéo et que ce n'est pas Sabrina. Ça ne veut pas dire que je l'ai regardée parce que… (*Nouveau haut-le-cœur.*)

– Ne le répète à personne.

– Bien sûr que non ! Seigneur, je te jure que je ne vais pas aller crier ça sur les toits, mais j'espérais que *toi*, tu le dirais… à quelqu'un.

– À qui ? Pourquoi ?

– Tu l'as dit à Liz ?

– Non.

Je jette un regard en coin vers Sabrina qui, à l'autre bout de la pièce, papote avec un des producteurs. Je ne doute pas un instant qu'elle est en train de concocter des tas d'histoires à propos de notre premier rencard ou ce genre de conneries.

– Pourquoi ?

– Parce que cela ne la concerne pas, Ryann.

– Moi, je l'aimais bien, dit-elle avec douceur.

– Ouais, eh bien, apparemment, c'est de famille.

Inutile de faire semblant avec Ryann. Ian lui a tout raconté à propos du compte Something Real de notre père. Comment Liz était censée rencontrer Riverrat au bungalow familial ce soir-là, mais que c'est moi qui suis venu à sa place. Elle sait tout de cette histoire sordide. Je me demande comment mon père a pu penser que nous ne finirions pas par découvrir le pot aux roses, étant donné qu'il se servait d'un programme sur lequel tous ses enfants ont des droits d'administrateurs. Peut-être voulait-il que je le sache, finalement, puisqu'il aime tant s'occuper de mes affaires. Peut-être Liz n'était-elle qu'un autre de ses jeux de pouvoir.

– Elle croyait que c'était toi, dit Ryann à voix basse.

Elle parle si bas que je me demande si notre mère est dans les parages.

– Et elle a arrêté dès qu'elle a su que ce n'était pas le cas. Tu as *lu* la transcription. Tu le sais très bien.

– Je n'ai pas envie de parler de ça maintenant.

De l'autre bout de la pièce, Sabrina incline la tête vers moi. Elle plisse le front d'un air inquiet. Je tente de la rassurer par un sourire.

– Appelle-la, dit Ryann. Dis-lui la vérité.

Sur ce, elle raccroche.

– Tout va bien ? demande Sabrina quand j'éloigne mon téléphone de mon oreille.

– Oui, oui. C'était Ryann. Elle nous souhaite bonne chance.

– C'est un amour !

Elle retourne à sa conversation avec le producteur et, pour la dixième fois de la journée, je sélectionne le numéro de Liz dans mes contacts. Elle ne répond ni à mes textos ni à mes appels, et mon estomac se noue quand son visage apparaît sur l'écran de mon téléphone. J'ai assigné à sa page de contact une photo que j'ai prise quand nous étions à Chicago. Elle est pelotonnée sur le canapé, un livre à la main, vêtue seulement d'une de mes chemises. Ses cheveux détachés tombent en boucles sur ses épaules et elle est démaquillée. Elle est super-canon comme ça. Je suis le plus gros connard du monde d'avoir laissé les choses tourner comme elles l'ont fait samedi soir.

– Tu es si *beau*.

Je lève les yeux. Sabrina traverse la pièce pour venir vers moi. Elle redresse mon nœud de cravate et lisse les revers de mon veston. Elle s'est montrée terriblement câline depuis que nous sommes arrivés au studio à New York, et j'ai un mal fou à me retenir de m'écarter quand je la vois tendre les mains vers moi. En même temps, j'ai l'impression que les caméras ne nous ont pas lâchés une seconde depuis notre descente d'avion et je sais qu'elle prend cette mascarade très au sérieux.

– Merci. Tu es très… jolie, toi aussi.

Si elle n'avait pas été, à une époque, la fille de ma maîtresse, je pourrais même dire qu'elle est sexy. Avec ses longues jambes, ses lèvres peintes en rose et sa robe rose qui met discrètement ses courbes en valeur.

Elle se rapproche et me passe les bras autour du cou.

– Merci d'avoir accepté de faire ça, murmure-t-elle.

Puis elle baisse encore d'un ton.

– Mais si nous voulons que ça marche, il faut que tu arrêtes d'avoir les yeux rivés sur la photo d'une autre femme.

Elle se colle un peu plus contre moi et, en se dressant sur la pointe des pieds, elle approche ses lèvres de mon oreille.

– Et quand tu me touches, ce serait bien que tu aies l'air de toucher ta maîtresse plutôt que ta grand-mère.

Je dépose un chaste baiser sur son front.

– Je pense qu'ils ont leur compte de nous voir nous toucher, tu ne crois pas ? je réplique, les dents serrées.

Elle recule, non sans m'adresser un sourire menaçant.

– Ils sont prêts à commencer, nous annonce une des employées de la chaîne. Allez-y et asseyez-vous. Ina sera là dans une minute.

Erin s'est arrangée pour que notre interview soit menée par Ina Turnstall, la présentatrice vedette de la matinale, célèbre pour ses interviews mélodramatiques, et elle nous a coachés sur la meilleure façon de capitaliser sur ce qui plaît au public. On a mis au point les détails d'une ou deux histoires clés et une stratégie pour faire face aux questions inattendues. On avait un peu l'impression de se préparer à témoigner devant un tribunal.

On nous fait entrer dans une grande salle où un canapé et deux fauteuils sont disposés autour d'une table basse, sous le feu d'une douzaine de projecteurs. Cette disposition fait partie de ces jeux psychologiques dont les journalistes raffolent. Comment allons-nous nous asseoir ? Chacun dans un fauteuil ? Un sur le canapé et l'autre dans un fauteuil ? Ensemble ? Proches l'un de l'autre ou pas ?

Sabrina serre ma main et m'entraîne vers le canapé, bien que je sois tout à fait capable de savoir que c'est le bon choix sans avoir besoin qu'elle me tienne comme un chien en laisse.

Nous n'avons pas à attendre longtemps avant qu'Ina entre et s'asseye dans un fauteuil en face de nous.

– Merci beaucoup d'avoir accepté notre invitation, dit Ina.

Sabrina jubile.

– Merci de nous avoir invités.

– Je suis si contente que vous ayez choisi notre antenne pour annoncer votre grande nouvelle.

Je lève les yeux vers Sabrina. Quelle grande nouvelle ?

***

LIZ

On tambourine à ma porte et, immédiatement, je pense *c'est Sam*.

Mais non. Même si je pensais qu'il viendrait me retrouver après ce qui s'est passé samedi soir, il ne pourrait pas être là maintenant. Il a une interview télévisée dans les studios de la WCBF dans une demi-heure environ.

On frappe à nouveau, et je grogne. Outre le type d'a côté, j'ai une voisine de l'autre côté du couloir. Une vieille dame très gentille, prévenante, attentionnée et surtout très *curieuse.* Si je ne suis pas levée avant huit heures le samedi matin, elle frappe à ma porte pour s'assurer que tout va bien. Si j'arrive en retard au boulot un jour, elle le sait, et quand je rentre à la maison le soir, elle me demande immanquablement,

– Tu t'es fait disputer parce que tu étais en retard ?

Et, bien sûr, elle s'inquiète pour ma vie amoureuse. Ou de l'absence de celle-ci…

Je me dis que c'est madame Louise qui m'apporte à dîner. Elle me trouve trop maigre. Et elle n'a pas tort, je suppose. J'ai perdu du poids depuis que je suis venue m'installer ici. Je sais très bien me faire à manger – je suis aussi compétente que n'importe quelle fille pour mettre une pizza surgelée dans le four –, mais je n'ai pas faim. Toute nourriture me paraît totalement insipide. Je subsiste sur un régime fait principalement du café et des beignets que je trouve à volonté au quartier général de campagne.

À contrecœur, je me dirige vers la porte. La dernière fois que madame Louise m'a apporté un repas, elle s'est assise à ma table dans la cuisine et elle est restée pour s'assurer que je le mangeais. C'était un ragoût de brocolis avec du quinoa, des haricots noirs, des épinards et des carottes, autant de choses saines qui sont peut-être bonnes individuellement, mais le tout mélangé représentait un peu plus que ce que je peux absorber en une seule journée. La perspective d'un autre dîner sous surveillance me soulève l'estomac. Franchement, il y a deux genres de mangeurs en ce monde : ceux qui préfèrent les Cheetos et les daïquiris, et ceux qui apprécient la cuisine de madame Louise. Étant donné que ma conception d'une nutrition plus saine consiste à prendre les gaufrettes à la fraise plutôt que celles au chocolat, je ne crois pas beaucoup me tromper en disant que j'appartiens à la première catégorie.

En soupirant, je vais à la porte. Je vais juste lui dire que j'ai déjà mangé. J'ai mauvaise conscience de lui mentir, mais ce serait encore pire de faire comme si je n'étais pas là. Elle se sent aussi seule que moi.

J'ouvre la porte sans vérifier par le judas, mais au lieu de madame Louise, je me trouve nez à nez avec mes sœurs et mes meilleures potes. Cally, Nix, Maggie, Krystal et Hanna attendent, tout sourires.

– Surprise ! entonnent-elles en chœur.

– Les filles ! Qu'est-ce que vous faites là ?

Les larmes me montent aux yeux. Cela me manque de ne plus les voir tous les jours. Ça allait tellement de soi quand j'habitais à New Hope.

– Eh bien, dit Hanna. Comme tu ne viens pas nous voir, c'est nous qui venons.

– Tu nous manquais, dit Maggie. Et puis on veut savoir comment ça s'est passé avec la robe hyper-sexy.

Nix lève des sacs au-dessus de sa tête et me sourit.

– On a apporté à manger, et aussi de quoi picoler.

Les filles entrent l'une derrière l'autre dans mon minuscule appartement et vont droit à la cuisine. Elles sont déjà venues. Elles m'ont aidée à emménager quand j'ai trouvé l'appart le premier janvier, et elles sont revenues une ou deux fois depuis. Mais elles ont raison de dire que je ne rentre pas souvent à la maison. Cela fait plus de cinq mois que je suis venue m'installer à Indianapolis, et si on exclut mon séjour en panique pour trouver de l'aide pour ma garde-robe samedi, je vais à New Hope seulement quand un nouveau sermon de ma mère semble encore plus pénible que la possibilité de tomber sur Sam.

Après ce qui s'est passé hier soir, j'ai encore moins envie d'y retourner. C'est trop douloureux d'être près de Sam, et regarder dans les yeux mes amies et mes sœurs pour y voir de la pitié ? Merci bien !

– On t'a apporté de quoi te remonter le moral, dit Krystal.

Elle ouvre les sacs et en sort des barquettes graisseuses de beignets d'oignons, des frites et des bâtonnets de mozzarella. Elles ont dû les acheter en arrivant, parce que c'est encore tout chaud.

Mon estomac réclame. Finalement, j'ai peut-être un peu faim.

– On a de la bière, dit Cally, et du vin.

– On a laissé les trucs forts à la maison pour ne pas risquer de prendre une cuite, dit Nix. Cela reste tentant malgré tout, mais il faut au moins qu'il y en ait une qui puisse conduire au retour.

– Vous n'avez qu'à rester.

Les trois qui sont mariées regardent leurs mains, l'air gêné, et je sais sans qu'elles aient besoin de le dire qu'elles préfèrent rentrer retrouver leurs mecs. Cally et Hanna veulent sans doute aussi être avec leurs bébés.

– J'ai une consultation à l'hôpital demain matin, dit Nix. Sinon, ç'aurait été avec plaisir.

– Moi, je dois ouvrir la pâtisserie, dit Krystal. Et Hanna est en train de travailler sur le plus beau des gâteaux pour un mariage ce week-end.

Je fais un geste de la main.

– Ce n'est pas grave.

Mais en fait, si. Cela me rend triste de voir que leurs vies évoluent sans moi, même si, intellectuellement, je sais bien que je ne suis pas juste.

Maggie fouille dans mes placards et en sort des assiettes pour notre buffet frit et des verres pour que nous puissions boire un coup.

J'entasse sur mon assiette plus de nourriture que je ne pourrai manger, je le sais bien. En me faisant la plus discrète possible, je garde un œil sur la télé qui marche sans le son dans le salon. Je n'ai pas l'intention de manquer l'interview de Sam.

Je soupire en examinant toutes ces cochonneries et cet alcool. Il ne manque plus qu'une idiote au cœur brisé qui vide son sac. Au point où on en est.

– Je suis allée dans la chambre d'hôtel de Sam, samedi soir.

Hanna laisse tomber son assiette sur le plan de travail et Nix s'étrangle avec sa bière.

– Eh bien, si je m'attendais à ça ! dit Krystal.

– Que s'est-il passé ? demande Hanna.

– On a couché ensemble.

Horrifiée, je sens les larmes me monter aux yeux.

– Sabrina est arrivée et il m'a dit de me cacher dans la salle de bains. Je pense que c'est peut-être sérieux entre eux. Pas seulement…

Je prends une inspiration hésitante.

– Pas seulement pour la baise.

– Pourtant il t'a baisée, *toi.*

J'acquiesce.

– Elle l'a accusée de sentir le parfum d'une autre femme, puis elle a dit : « Ne me brise pas le cœur. »

Je secoue la tête.

– Je me sens si sale.

Krystal pose les mains sur ses hanches.

– Quel salaud !

– On ne voulait pas que ça aille si loin, lui et moi. C'était une erreur.

– Une erreur ?

Nix casse en deux un bâtonnet de mozzarella.

– Et sa queue s'est retrouvée en toi, comme par enchantement ? *Oh zut !*

Cally décapsule une bière et me place la bouteille fraîche dans la main. C'est une bière légère – pétillante, rafraîchissante – et mon estomac est tenté de la rejeter aussitôt.

Quand j'ai vidé la moitié de la bouteille, Cally me prend par les épaules.

– Moi, je ne suis pas convaincue que ce soit sérieux entre Sam et Sabrina.

Elle doit voir ma grimace, parce qu'elle ajoute :

– Non, c'est vrai. Will a dit que Sam était très bizarre au sujet de Sabrina. Il pense que leur relation est une imposture, et Max le pense aussi. Ce sont ses meilleurs potes, et j'ai tendance à me fier à leur instinct sur ce truc-là.

J'ai envie de la croire. Vraiment. Même si nous n'avons aucun avenir, Sam et moi, je n'ai pas envie d'être l'autre femme, encore une fois. Et je n'ai pas envie que Sam soit le genre d'homme à faire ça à sa petite amie.

– Qu'est-ce qu'il t'a dit après le départ de Sabrina ? demande Hanna.

– Il s'est excusé et il a dit que c'était une erreur.

– Tu lui as demandé ce qu'il y avait entre Sabrina et lui ? demande Krystal.

Je hoche la tête.

– Il n'a pas répondu, mais à la façon dont elle lui parlait, il m'a paru évident qu'ils sont ensemble.

– Je vais aller lui parler, dit Hanna.

– Han…

Elle lève la main pour me faire taire.

– Il a fait assez de mal comme ça à ma sœur. Maintenant, je veux des réponses. Tu as droit à des réponses.

Je repose mon assiette, à laquelle je n'ai pas touché, et je regarde fixement la télévision. C'est le début de l'interview. Les filles suivent mon regard.

– Tu veux écouter ? demande Nix.

Je fais oui de la tête et elle saisit la télécommande pour monter le son.

Si jamais je pensais que cela ne m'atteindrait pas, que j'avais accepté l'idée que Sam puisse être avec quelqu'un d'autre, les premiers mots qui sortent de la bouche du journaliste me prouvent le contraire.

– Félicitations pour vos fiançailles !

11

LIZ

– Je reprends tout, dit Hanna, tout ce que j'ai pu dire de gentil à propos de lui. Et même aussi les choses qui n'étaient pas si gentilles mais pas franchement mauvaises, non plus. Quel salaud !

En temps ordinaire, je regarderais ma sœur bouche bée, elle ne parle pas comme ça, habituellement, mais je suis déjà bouche bée devant la télévision.

– On ferait mieux d'éteindre dit Krystal. Cela ne peut rien apporter de bon de regarder ça.

Cally tend la main vers la télécommande, mais je l'arrête en saisissant son avant-bras.

– Non, je veux regarder.

Je détache brièvement les yeux de l'écran, juste assez longtemps pour intercepter le regard qu'échangent les filles, comme si j'allais les laisser décider pour moi si je dois me torturer en regardant cette interview. Elles devraient suffisamment me connaître pour savoir que si elles essaient d'éteindre cette télé, je vais les foutre dehors à coups de pied.

Fiancé. Il est fiancé.

Ce n'est pas sa copine qu'il a trompée avec moi. C'est sa *fiancée*.

– Je regarde, un point c'est tout.

Elles soupirent, mais n'essaient pas de discuter.

Je m'enfonce dans le canapé et je regarde fixement l'écran. Sam regarde la journaliste en faisant la grimace. Je me demande ce qu'il pense. Déteste-t-il tout ça ? À quel point sa vie est devenue publique ? Ou bien pense-t-il à se débarrasser de ça le plus rapidement possible pour pouvoir se retrouver seul avec Sabrina, pour la déshabiller et l'attacher ? Peut-être a-t-il peur que j'aille lui raconter ce qui s'est passé et tout gâcher ?

– Eh bien, nous ne sommes pas exactement…

Sabrina l'interrompt.

– Qui vous a raconté notre secret ?

Elle se tourne vers Sam.

– Je croyais que nous ne voulions pas en parler tout de suite ?

Il tend la main et fait passer une de ses boucles derrière son oreille. Je crois que je préférerais encore qu'il me donne un coup de pied au visage.

Sabrina reporte son regard sur Ina.

– C'est dur, vous savez, de tomber amoureux quand tous les regards sont braqués sur vous. Je ne voulais pas que notre relation soit exposée au public, mais Sam n'arrêtait pas de me dire qu'il en avait assez de la vivre en secret.

Elle serre la main de Sam.

– Qu'est-ce que tu m'as dit le mois dernier ? Que tu voulais le « crier sur tous les toits » ?

Elle se mordille la lèvre et pousse un petit soupir rêveur.

Elle est vraiment jolie, bon sang. Je n'ai pas l'habitude de me comparer aux autres femmes. Les complexes, c'est plutôt le truc d'Hanna. Ce n'est pas que je me trouve mieux que les autres, mais j'ai grandi en regardant Hanna complexée par son physique. Moi, je sais très bien qu'elle est belle, alors son manque de confiance m'a appris que la beauté revêtait toutes sortes de formes différentes et que je devrais apprécier la mienne à sa juste valeur.

Je ne me suis jamais préoccupée de savoir si j'étais plus jolie que les autres. J'ai toujours pensé qu'il se trouverait un mec pour penser que j'étais la plus jolie fille du monde, simplement parce que j'étais moi. Je n'avais pas besoin que tous les types que je rencontrais me trouvent belle. Je voulais juste un jour, pour un gars, être plus jolie que les autres.

C'est ce qui s'est passé avec Sam. Je me demande si, grâce à lui, Sabrina ressent la même chose.

– Je trouve cela adorable que vous ayez tenté de garder cette relation secrète.

On voit bien que la présentatrice est si excitée d'avoir obtenu cette interview qu'elle a du mal à se retenir de sauter dans son fauteuil.

Sam, de son côté, semble plutôt avoir envie d'aller se faire pendre ailleurs.

– C'était le désir de Sabrina, dit-il. Et je l'ai respecté. C'est-à-dire, jusqu'à ce que quelqu'un en ait décidé autrement.

– Bon, vous avez été très clairs tous les deux, vous ne souhaitez pas parler de la vidéo dans cette interview, mais pouvez-vous au moins nous dire comment vous avez réagi quand elle a été diffusée ? Et si vous vous préoccupez de savoir qui est à l'origine de cette fuite ?

Sabrina se met à rire.

– La première chose que j'ai pensée, c'était : « Ma mère va voir ça. »

Les deux femmes rient ensemble, puis le visage de Sabrina devient grave.

– Nous ne savons pas qui est responsable, mais mon ordinateur a été piraté il y a deux semaines. Nous avons pensé que quelqu'un cherchait des informations secrètes concernant la campagne, mais ils sont tombés là-dessus.

– C'est une violation de notre vie privée, dit Sam. Nous sommes encore sous le choc.

Ina hoche la tête d'un air entendu.

– Et si nous parlions de la façon dont vous vous êtes rencontrés ? Sabrina nous a confié quelques photos.

Sur l'écran apparaissent des photos de Sam et de Sabrina quand ils étaient plus jeunes : un jeune Sam torse nu, assis au bord de la piscine, et une Sabrina gauche, avec les dents écartées, assise à côté de lui. À la façon dont elle le regarde, on voit bien qu'elle en pince pour lui. Mais Sam semble l'ignorer totalement.

Sur la photo suivante, les deux ont l'air d'aller au bal de l'école ou quelque chose comme ça. Sabrina porte une longue robe froufroutante qui la fait disparaître complètement, et Sam est en costume-cravate.

D'autres photos se succèdent, ensemble au cours de réunions de famille, de galas politiques, de collectes de fonds, de barbecues, et sur presque toutes les photos, Sabrina le regarde d'un air énamouré, alors que Sam a l'air de ne même pas savoir qu'elle existe.

Quand les caméras reviennent sur le couple dans le studio, Sabrina le regarde toujours avec un air éperdu. Seulement, cette fois, elle tient sa main dans la sienne et il la regarde droit dans les yeux. J'ai envie de croire que ce que je vois sur son visage n'est pas de l'amour, que ce n'est pas de l'adoration. Je veux croire qu'il regarde le sujet d'une machination. Une fois que l'histoire de la sextape sera retombée, sa relation avec Sabrina pourrait même s'avérer utile pour les deux campagnes – celle de Christine et celle de monsieur Bradshaw.

Seulement, je ne suis pas convaincue que ce soit une manœuvre politique. Cela n'a jamais intéressé Sam de se servir de sa vie personnelle pour faire avancer la carrière de son père. Pourtant, mon instinct me dit que quelque chose m'échappe, que Sam n'aurait jamais couché avec moi samedi alors même qu'il projetait d'épouser une autre femme.

Ma raison me dit que je me fais des illusions et que j'ai un goût déplorable en matière d'hommes.

Franchement, je ne me suis pas encore faite à l'idée qu'il ne m'ait jamais appelée. Je suis venue habiter ici et j'ai commencé un nouveau boulot, mais pour tout le reste, ma vie était en stand-by en attendant que Sam me pardonne. Je sais que j'aurais dû l'appeler, mais il me semblait que je n'en avais pas le droit. Alors, j'ai écrit une lettre à la place.

J'ai gardé cette lettre dans mon sac pendant des semaines. Je me faisais l'effet d'être la plus grande lâche qui soit parce que je n'arrivais pas à me résoudre à la mettre à la poste. Mais, maintenant qu'il va se marier, je suis contente de ne jamais l'avoir envoyée. J'ai des visions cauchemardesques de Sabrina la lisant et riant avec Sam de ma stupidité.

– Je crois que j'ai toujours aimé Sam, dit Sabrina. Nos familles sont très proches, depuis des années, alors nous avons pratiquement grandi ensemble. Il venait chez nous tous les étés. Moi, j'étais une adolescente nunuche et gauche. Lui, le joueur de foot, bien foutu, légèrement plus âgé. J'étais perdue.

– Je crois que je vais gerber, dit Krystal. Ils ne sont pas croyables !

Hanna fronce le nez.

– Je ne sais pas ce que c'est, mais il y a un truc qui ne me plaît pas chez elle.

– Je n'y crois pas, dit Cally en secouant la tête. Il est amoureux de Liz. Tout ça n'a pas de sens.

Cela me remonte un peu le moral de voir que Cally se fait autant d'illusions que moi.

– Et vous, Sam, quels étaient vos sentiments pour elle ? demande Ina.

Sam sourit à Sabrina et lui caresse l'épaule.

– Je pense que nous avons passé nos vies à rechercher quelque chose de spécial. Et nous avons eu la chance de découvrir que c'était là, juste devant nos yeux depuis tout ce temps. Cela fait un peu cliché, mais je peux vous assurer que c'est la vérité.

L'écran devient noir, et je parcours la pièce des yeux jusqu'à ce que je voie que Nix tient la télécommande à la main.

– Ça va comme ça, dit-elle. Si tu voyais ta tête ! On jurerait que quelqu'un est en train d'assassiner ton petit chien sous tes yeux. Je ne vais pas te regarder te torturer comme ça. Je suis ton médecin, et je te l'interdis.

Je ne discute pas. Je suis à bout. Quelques minutes de cette interview étaient plus que ce que je pouvais supporter.

– Merci d'être venues, les filles, mais je crois que j'ai besoin d'être seule, là maintenant.

– Non, doit Krystal. Certainement pas. Je suis passée par là, moi aussi, et je sais de quoi je parle. Ce qu'il te faut, c'est sortir et t'éclater avec tes copines. Boire des coups, danser et même peut-être un flirt un peu poussé avec un mec de passage – mais sans aller jusqu'à rentrer avec lui. Ça, tu le regretterais demain matin.

Maggie hausse un sourcil.

– Sans blague !

Krystal hausse les épaules.

– Comme je le dis, je parle par expérience. Nous sommes là et nous pouvons l'aider. Allons-y. C'est quoi, ton endroit préféré pour boire des coups ?

– Chez Brady, répond Hanna à ma place. Et comme nous savons qu'il n'y a pas de danger de tomber sur Sam, je pense que c'est exactement là qu'il faut qu'on aille.

* * *

SAM

– C'était quoi, ça, putain ?

Assise en face de nous dans la limousine, Erin croise ses longues jambes en souriant.

– *Ça,* c'était pour amuser la galerie. *Ça,* c'était pour détourner l'attention de l'Amérique de cette vidéo pour la reporter sur quelque chose qui ne va pas bousiller nos vies, quelque chose que tout le monde adore, un mariage. Avec un minimum d'aide de la part de notre équipe chargée des réseaux sociaux, le mot clé Sambrina était sur Twitter avant même la fin de l'interview.

– *Sambrina ?* Bon Dieu. Je n'ai jamais dit que j'étais d'accord pour être son fiancé.

– Tu ne l'es pas, dit Sabrina.

Elle croise les jambes et les bras en regardant par la portière. Son langage corporel est totalement à l'opposé de ce qu'il était dans le studio. Fermé alors qu'il était ouvert. Froid au lieu de chaleureux.

– Tu penses vraiment que je voudrais t'épouser après avoir vu cette vidéo ? Merci bien ! J'aimerais croire que je peux espérer mieux que de ramasser les restes laissés par ma mère.

– Ça suffit, dit Erin. L'interview s'est très bien passée, et nous sommes en train de transformer un cauchemar politique en succès. On va voir ce que les sondages diront demain, mais je parie qu'on va remonter en un rien de temps.

– Excuse-moi, dit Sabrina en baissant les yeux. Tu as raison, Erin, et je suis désolée.

Elle a peut-être raison en ce qui concerne la campagne, mais ce n'est plus le seul enjeu. Maintenant, il s'agit de ma vie. Il s'agit de Liz qui va croire que je suis fiancé à une autre femme. L'idée qu'elle ait regardé l'interview me rend malade, et la seule chose que je veux, c'est réparer tout ce gâchis.

– Cela va être sans moi, je dis en levant les mains. J'étais d'accord pour une interview et je me suis fait avoir.

Erin relève la tête et m'observe un instant, puis elle sort un dossier de son attaché-case et me le lance sur les genoux.

– C'est vraiment comme ça que vous voyez les choses ?

J'ouvre l'enveloppe et mon estomac se serre. Une photo de la petite fille d'Asia est agrafée au-dessus d'une pile de papiers.

– C'est quoi ? Comment…

– Nous avons fait nos recherches, dit Erin. Allez-y, lisez. Vous trouverez un test ADN qui confirme que vous êtes bien son père.

Je feuillette le dossier.

– Comment avez-vous…

– C'est Connor qui nous en a parlé, dit Sabrina.

– Je me demande ce qu'il ne vous a *pas* dit ?

Elle hausse les épaules.

– Il craignait que cette histoire ne sorte à la suite de la sextape. Il avait fait un stage auprès de ma mère, et il continue à nous donner des renseignements quand il pense que cela peut nous intéresser.

– Vous ne devez pas sous-estimer mes relations, Sam, intervient Erin. Je suis bonne dans mon boulot, parce que je suis minutieuse. Je vais au bout des choses.

Je déglutis. Je ne sais pas comment elles se sont procuré mon ADN pour le test, ni celui de l'enfant. Je ne sais pas si je veux le savoir.

– Erin aime jouer les gros bras, dit Sabrina, mais ce qu'elle essaie de te dire, c'est que c'est pour toi qu'on l'a fait. Tu veux connaître ton enfant, non ? Peut-être même obtenir un droit de visite, un jour ?

Je secoue la tête.

– Aucun tribunal ne…

– Un tribunal, non, en effet, dit Erin. Surtout après cette vidéo peu reluisante. Mais nous avons des relations avec la famille. Si vous êtes gentil et que vous faites des projets de mariage avec Sabrina, nous nous servirons de ces relations pour vous permettre de rencontrer votre fille.

Je n'arrive pas à détacher mon regard de la photo et de ces immenses yeux marron qui me fixent.

– Elle s'appelle Lilly, dit doucement Sabrina. Et je trouve qu'elle ressemble à un lys, pas toi ?

– Aidez-nous à brosser le portait d'un homme amoureux, Sam, dit Erin. Rendez les choses plus faciles pour que la famille accepte que Lilly rencontre son papa.

Je lève les yeux et je croise ceux de Sabrina. Elle me fait un petit sourire tendre.

– Nous serons les petits fiancés de l'Amérique. Je ne dis pas que ce sera facile, mais si tu fais ça pour nous, nous ferons cela pour toi. C'est le moins que nous puissions faire.

– Alors, que faisons-nous maintenant ?

Ma voix est un peu hystérique.

– Combien de temps continuons-nous à faire semblant d'être fiancés ?

– Au moins jusqu'après les élections, dit Erin. Mais vous êtes trop mignons tous les deux. Pourquoi ne pas tenter le coup ?

Sabrina soupire.

– Si elle ne gagne pas, nous pourrons toujours nous séparer en douceur après, tout le monde s'en fichera. Si elle gagne, on fera sans doute mieux d'attendre après sa prise de fonctions pour le faire. Si on commence à organiser un mariage un an et demi à l'avance, personne ne trouvera ça bizarre. C'est un délai normal pour des mariages un peu sophistiqués, et des projets concrets de mariage donneront à la presse de quoi se satisfaire.

C'est sûr que les médias vont adorer, mais que va penser Liz ? Putain, elle s'en fiche certainement. Après ce qui s'est passé samedi, je suis sûr qu'elle ne pense qu'à me couper les couilles.

Je me masse la nuque.

– Tu n'as rien de mieux à faire que d'organiser un faux mariage ? je demande à Sabrina.

Elle sourit.

– Bien sûr que si. À part Erin, je suis l'esprit politique le plus subtil de toute la campagne de ma mère. Je préférerais mettre mes compétences à son service plutôt que faire semblant d'être fiancée avec toi, mais ça, on oublie.

Elle est dans son élément pour toutes ces conneries de politique. Elle a toujours eu l'esprit à ça.

– Tu as des projets d'avenir en politique ?

Elle grogne.

– Si jamais j'en avais, ils ont été pulvérisés à l'instant même où j'ai accepté de faire comme si c'était moi dans cette vidéo, et pas ma mère.

Je reporte mon regard sur les grands yeux marron de la petite fille de la photo. Comment une si petite chose peut-elle représenter tant pour moi alors que je ne l'ai jamais rencontrée ?

12

LIZ

– J'ai tellement éclusé qu'un vampire serait complètement pompette s'il buvait ne serait-ce qu'un shot de mon sang, dis-je d'une voix chantonnante, pendue au cou d'Hanna.

Elle fronce les sourcils.

– Un vampire ?

– Ça serait un super-test d'alcoolémie. Les policiers feraient leur ronde en voiture avec des vampires assis à l'arrière. Comme Alexander Skarsgard.

– Je pense que tu veux dire Eric Northman, dit Hanna en me raccompagnant vers notre box.

– Ce n'est pas ce que j'ai dit ?

– Skarsgard c'est le nom de l'acteur, le vampire s'appelle Northman.

– Tu vois ce que je te disais ? Je suis si saoule que j'ai du mal à saisir la différence.

Hanna sourit. Elle a un si joli sourire. Décidément, c'est la plus jolie de mes sœurs.

– Merci pour nous, marmonne Krystal.

Mais Maggie se met à rire.

– C'est sans doute vrai. Moi, ça ne me dérange pas.

– J'ai parlé à voix haute ?

Nix place un grand verre d'eau devant moi.

– Tu n'as pas tellement bu pourtant. Tu as mangé quelque chose aujourd'hui ?

– Mange ça, dit Hanna en posant une assiette sur laquelle sont empilés deux croissants au chocolat et un genre de scone.

– Brady sert tes pâtisseries, maintenant ?

– Pas officiellement, mais il en prend quelques-unes en dépôt pour faire un essai. Le scone est salé, pas sucré. Ail, cheddar et romarin.

Je commence par celui-ci et je savoure ma première bouchée en gémissant de plaisir.

– Tu es une déesse.

– Ils ont pas mal de succès ici, dit Hanna, alors qu'ils ne partent pas très bien à la pâtisserie. Je pense que les gens viennent à la boutique avec le palais sucré, mais veulent des trucs salés en buvant. Si je réussis à convaincre Brady de me prendre des produits régulièrement, cela me donnera l'occasion d'élargir la variété de ma production.

– Il va accepter, dit Krystal. Pas de problème. Il essaie de se montrer intransigeant pour le contrat, mais il ne sait pas à qui il a affaire.

Après avoir englouti le scone et mordu dans un croissant, je commence à me sentir un peu moins saoule.

C'est bien, théoriquement, je suppose, mais en étant moins saoule, on devient moins heureuse. *Sniff.*

– Merci de m'avoir amenée ici, ce soir, Mesdames.

J'ai les yeux qui pleurent. C'est sûrement une allergie.

– Vous aviez raison, j'avais besoin d'une soirée entre copines.

Et j'avais besoin de rentrer chez moi. Indianapolis c'est génial, mais New Hope c'est chez moi, et un cœur malade a besoin de rentrer chez lui.

– En fait, je vais devoir y aller, dit Cally d'un air contrit. J'ai un rendez-vous de bonne heure demain. Tu veux venir à la maison, Liz ? Tu peux squatter la chambre d'amis sans problème.

– Ou chez moi, dit Hanna. Je dois y aller aussi. Quand les jumelles se réveillent au milieu de la nuit, elles insistent pour que ce soit maman qui vienne les voir.

– Il faudrait au moins que je fasse un petit somme avant d'ouvrir la pâtisserie, dit Krystal en poussant un soupir. Je te proposerais bien de venir chez moi, mais je n'ai pas de chambre d'amis. Je voudrais tellement trouver une maison. Mais le marché de l'immobilier est complètement dingue en ce moment.

– Tu peux aussi venir chez nous, dit Maggie.

– Ou chez moi, dit Nix. Et je peux rester encore un peu ici, si tu veux.

Je désigne chacune de mes amies et sœurs du doigt.

– Am-Stram-Gram…

Puis je souris et je montre Nix.

– Je vais aller chez elle. Nanas célibataires, unissons-nous !

– Bien dit.

Les filles ramassent leurs affaires et s'en vont en nous laissant, Nix et moi, seules dans le box qui semble tout vide soudain.

– Tu n'avais pas des consultations demain matin ?

– Oh, tu sais, j'ai fait la fac de médecine. Mon corps est entraîné à fonctionner avec très peu de sommeil.

Elle s'appuie sur ses coudes.

– Cela me fait plaisir que tu viennes chez moi. Je tourne en rond, toute seule dans cette grande maison. Peut-être que mon crédit me paraîtra moins exorbitant en sachant que quelqu'un d'autre a utilisé une des chambres.

– C'est gentil de me recevoir. Quand je suis à Indianapolis, il m'arrive d'oublier que j'ai des amies fidèles chez moi.

Ouais. Pas de doute, la sobriété te sape le moral. Je repose le reste de mon croissant sur l'assiette, que je pousse sur le côté. Soudain, le moindre mouvement me demande beaucoup plus d'efforts qu'il ne devrait et j'éprouve un besoin irrésistible de fermer les yeux.

– En fait, ça t'embêterait si on rentrait bientôt ? Je ne me rendais pas compte à quel point je suis fatiguée.

– D'accord, je fais un tour aux toilettes et on y va.

Elle se glisse hors du box et j'observe les gens dans le bar. Il y a encore pas mal de monde pour un soir de semaine, surtout qu'il est plus de minuit et que les étudiants sont rentrés chez eux pour les vacances. Toutes ces personnes assises aux tables ou debout au bar, je les connais depuis toujours.

Qu'est-ce que je vais faire une fois que la campagne électorale sera terminée ? Essayer de retrouver du travail à Indianapolis ? Ou bien alors trouver quelque chose à Washington ?

Ce dont j'ai vraiment envie, c'est de revenir à New Hope, mais je ne peux pas l'envisager tant que Sam y sera. Lui et Sabrina iront peut-être vivre ailleurs. Serait-il prêt à quitter son boulot à la banque ? Et s'ils habitent ici, est-ce que j'arriverai à m'y faire ? Viendra-t-il un moment où je pourrai les regarder marcher dans la rue, en tenant leurs enfants par la main, sans me sentir déchirée ?

– Sam ! crie quelqu'un.

Au début, je crois que c'est dans ma tête, mon cerveau embrumé par l'alcool qui prend ses désirs pour des réalités. Mais on appelle de nouveau, et c'est là que je le vois au bar en train de parler avec Brady.

Comme s'il sentait ma présence, il se retourne. Au moment où ses yeux se posent sur moi, il tressaille.

Pareil pour moi, mon pote.

Mon estomac se serre. C'est physiquement *douloureux* de me trouver si près de lui. Et pourtant, j'ai aussi foncièrement envie qu'il vienne me parler que de le voir disparaître.

Il dit encore quelque chose à Brady avant de se diriger vers ma table. Il vient vraiment ici ? Bon sang. Mais oui.

Il reste planté là, à me regarder comme si j'étais censée dire quelque chose, comme s'il s'imaginait que je suis capable de trouver mes mots alors qu'il est debout si près de moi que je peux sentir son odeur.

– Tu évites mes appels.

– J'ai de bonnes raisons pour ça.

– Je peux m'asseoir ?

– Tu es sûr que ta fiancée verrait d'un bon œil que tu t'asseyes avec ta…

J'ai failli dire *ex-petite amie*, mais cela fait trop mélodramatique.

– … avec une autre femme ?

Il se glisse dans le box en face de moi.

– Ouais, j'en suis sûr.

Je détourne les yeux. *Zut.* J'étais trop fière de ma réaction distante, du genre *j'en ai rien à battre,* et voilà où cela m'a menée – assise avec la seule personne en face de qui je peux me sentir encore plus mal.

– Je ne m'attendais pas à te trouver ici, dit-il, gentiment, alors que je m'attendais à des reproches.

– Je pourrais en dire autant. Tu n'es pas censé être à New York ?

– On a repris l'avion immédiatement après l'interview. Sabrina doit être à un meeting important demain matin.

– Grand bien lui fasse.

Il secoue la tête.

– Oublions Sabrina. Je suis content de te voir. Je crois qu'il faut qu'on parle.

Je ferme les yeux en entendant sa voix. Je suis toujours saoule, c'est vrai. Mais même sobre, je suis pratiquement sûre que je serais tentée de mettre cette voix en bouteille et de la rapporter chez moi. *Divine torture.*

– Il faut que je te demande une faveur.

Ses prunelles, couleur miel ambré, se fixent sur les miennes. L'espace d'un instant, je m'imagine cédant à tout ce qu'il me demande. Je me vois être sa maîtresse après qu'il a épousé Sabrina. Je me vois menant une vie méprisable qui me laisserait vide dès que je ne serais pas avec lui. Cela vaudrait peut-être la peine – ne serait-ce que pour me sentir vivante pendant ces instants où nous serions ensemble, au lieu d'être morte à chaque seconde de chaque jour.

– Ce qu'il *faut,* c'est que tu t'en ailles, et que tu ne m'adresses plus jamais la parole.

Ces paroles ne sortent pas de ma bouche avec toute la dureté que je voudrais y mettre. Au contraire, elles sont douces et hésitantes, chacune s'égouttant d'une source qui emplit ma gorge de larmes.

Je ne pleurerai *pas.*

– Hé !

C'est la voix de Nix dans mon dos.

– Je ne peux pas te laisser seule une… Oh, Sam ! Je croyais que tu étais à New York.

– Je suis rentré. Peux-tu me laisser seul avec Liz une minute ?

Il a parlé sans détacher les yeux de moi.

– Je t'en supplie. Écoute ce que j'ai à te dire.

– Heu, hum.

Nix jette un regard par-dessus son épaule comme si elle cherchait du renfort. Je suis sûre que, tout comme moi, elle regrette que les autres soient parties.

– Tout va bien, je lui dis.

Mais ce n'est pas vrai. Nous sommes sur le point d'avoir cette conversation où il va me dire qu'il a tourné la page et qu'il est très heureux avec Sabrina. Que samedi soir était une erreur et qu'il aimerait bien que je n'en parle à personne. Il va même peut-être me dire qu'il était bourré, ou qu'il n'a aucune excuse pour avoir murmuré des mots cochons à mon oreille en me faisant croire que je lui avais manqué autant qu'il m'avait manqué.

« Cela existe tellement que lorsque nous sommes dans la même pièce, nous n'avons plus assez d'air pour respirer. *Il y a* toujours *toi et moi. »*

Nix s'éclaircit la voix.

– Je suis au bar si tu as besoin de moi.

Sam la regarde partir.

– Elle me déteste.

– C'est mon amie. Te détester fait partie du job.

Quand ses yeux reviennent sur les miens, j'y vois une vulnérabilité que je préférerais ne pas voir.

– Et toi ? me demande-t-il.

– Je suis pratiquement certaine que ce que nous ressentons l'un pour l'autre est devenu sans objet à partir du moment où tu as demandé Sabrina en mariage.

Ouais. Décidément, je suis trop saoule pour avoir cette conversation.

– Je préférerais ne pas parler de ça ici. Est-ce qu'on peut sortir ? Je peux tout t'expliquer. Je t'en prie.

– Ça dépend. Est-ce que, quand tu m'as baisée, tu étais déjà fiancé à une autre femme ?

Il me regarde un long moment et j'ai le profond sentiment qu'il essaie de me dire quelque chose par la pensée – mon intuition fantaisiste, encore une fois.

Finalement, son silence est plus douloureux que toutes les réponses que je pourrais imaginer.

Je déglutis.

– Félicitations, au fait. Tu as officiellement prouvé que tu es bien le fils de ton père.

***

SAM

Ces mots me blessent comme la lame émoussée qu'elle voulait planter en moi.

– Touché.

– Alors, Sabrina et toi. C'est… Tu m'as dit que ton père voulait vous voir ensemble, et regarde où tu en es. En route pour l'autel.

Elle me fait un sourire hésitant.

– C'est bien pour ta famille.

Croit-elle vraiment que je vais épouser Sabrina alors que je lui ai avoué mon amour il y a cinq mois ? Elle croit que l'amour est un sentiment qui me vient si facilement ?

– Il faut qu'on parle.

– Ce n'est pas ce qu'on est en train de faire ?

Elle est en beauté ce soir. Avec ce débardeur à fines bretelles, ses cheveux détachés qui tombent en rideau sur ses épaules nues et le rouge aux joues. Si les choses étaient plus simples, nous serions assis du même côté du box, en train de rire au lieu de peser nos mots. Je la caresserais sous la table, en l'excitant du bout des doigts sur ses jambes et en lui disant des choses coquines dans le creux de l'oreille jusqu'à ce qu'elle mouille et me supplie de la toucher là, au milieu des clients du bar.

Un nœud se forme dans ma poitrine. J'essaie de le faire descendre, en vain.

– Je veux dire parler vraiment. En privé.

– Je croyais que tu ne voulais pas que nous soyons près l'un de l'autre. Qu'est-ce que tu as dit ? Je te fais perdre la tête ? Parce que, tu sais, c'est moi la femme, alors ce qui s'est passé entre nous est entièrement de ma faute. Toi, tu n'es qu'un pauvre homme, vulnérable, qui n'est censé penser qu'avec son pénis.

Je suis presque content qu'elle soit si en colère contre moi. Je préfère cela à la femme brisée à qui j'ai tourné le dos le jour de Noël.

– Il y a des choses qu'il faut que je te dise, que je te raconte.

– Vas-y. Dis ce que tu as à dire, que nous puissions mettre de la distance entre nous.

– As-tu parlé à quelqu'un de ce qui est arrivé entre nous samedi soir ?

Elle déglutit.

– À une ou deux personnes.

– Putain, Liz !

Cela me fait horreur. Je déteste lui mentir et je déteste lui demander de passer notre soirée sous silence, comme si elle était mon petit secret honteux. Je voudrais qu'elle sache la vérité à propos de Sabrina et des fiançailles, mais ce serait trop risqué de le lui dire ici. Il y a trop d'oreilles aux aguets et de regards curieux. Nous avons déjà probablement trop parlé. Je baisse la voix au maximum.

– Personne ne doit le savoir. Je sais que ce n'est pas sympa pour toi, mais…

– Ne t'inquiète pas. Personne n'en parlera. Ce n'est pas quelque chose dont je suis particulièrement fière. Maintenant, si c'est tout ce que tu as à me dire, il faut que j'y aille. Je n'aime pas la personne que je suis quand tu es dans les parages.

En mobilisant tout le self-control dont je suis capable, je garde les mains dans mes poches quand elle s'extrait du box.

C'est une bonne chose qu'elle soit partie après Noël, sinon je n'aurais jamais réussi à rester loin d'elle. Deux minutes près d'elle et, j'ai envie de… quoi ?

Lui hurler dessus parce qu'elle ne m'a rien dit de son aventure en ligne avec Riverrat.

L'emmener dans les toilettes et la baiser debout contre le mur en m'assurant qu'elle prend tellement son pied qu'elle se rappellera à quel point c'était bon nous deux.

Lui expliquer que sa relation avec mon père m'a brisé à tel point que personne d'autre ne peut recoller les morceaux.

La ramener chez moi et la déshabiller lentement. La couvrir de baisers, lentement, jusqu'à ce qu'elle en tremble, et lui faire des promesses que je ne pourrai pas tenir.

Prendre ses mains dans les miennes et lui dire que je suis désolé de m'être conduit comme un con et qu'elle mérite mieux que ça.

La supplier de revenir à la maison.

Lui demander de ne plus revenir.

Je suis la lie de la terre. Son visage révèle à quel point elle est blessée, qu'elle essaie de le cacher ou non. Il y a quelques mois, je pensais peut-être qu'elle n'avait que ce qu'elle méritait, mais ce soir, j'ai simplement envie d'effacer tout ce que j'ai pu faire pour lui faire du mal.

J'ai besoin d'un verre.

– Au revoir, Sam.

Elle se lève et sa courte jupe révèle ses longues jambes minces. Pourquoi n'y a-t-il rien dans tout l'univers que je désire autant qu'elle ?

– Liz…

Elle s'arrête et, l'espace d'un instant, je me dis que je pourrais la retenir. *Je ne suis pas réellement fiancé… Il n'y a rien entre Sabrina et moi…*

Je suis désolé.

Mais elle n'a pas envie de m'écouter et ce n'est pas le lieu, alors je me contente de dire,

– Je suis désolé. Pour tout.

Elle s'arrête, mais ne se retourne pas.

– Merci.

Je donnerais tout pour revoir le regard qu'elle m'adressait à Noël – de l'amour plein les yeux, et ces mots sur ses lèvres.

– Tu as toujours mérité mieux que moi, de toute manière.

13

LIZ

– Tu ne trouves pas ça un peu bizarre qu'il soit revenu en ville ce soir ?

Je fronce les sourcils. Je dors très mal depuis le soir au Conrad, et je suis peut-être trop fatiguée pour comprendre ce que Nix me dit. Elle est ma nouvelle personne préférée, parce que non seulement elle me fait du café mais elle a un pain aux raisins et à la cannelle qui vient de chez Hanna et elle m'en a tartiné une tranche avec de la compote de pommes, en guise d'en-cas de minuit. Je ne pourrais pas être amie avec ces femmes qui ont déclaré la guerre aux glucides.

– Comment ça, bizarre ?

– Pas seulement le fait qu'il soit rentré, mais leur relation en elle-même. Personne dans cette ville ne peut faire un pas sans que le *Tattler* ne l'écrive dans ses colonnes, et pourtant, sans qu'on sache comment, Sam et Sabrina vivent une relation très intense depuis les cinq derniers mois – une relation tellement sentimentale qu'ils veulent nous faire croire qu'ils vont se marier – et personne n'a rien remarqué ?

J'éprouve de nouveau cette sensation qui me taraude. Celle qui vient de mon instinct peu fiable.

– Mais quel rapport avec le fait qu'il soit chez Brady ce soir ?

Elle hausse les épaules.

– Je ne sais pas. Tout est lié. Ils ont fait l'interview, mais ensuite ils vont chacun de leur côté. Ils sont fiancés ? Sérieux ? Je ne me précipite pas pour défendre Sam. En ce qui me concerne, il peut bien lécher des testicules de bouc pour la façon dont il t'a traitée samedi, mais je ne sais pas. Leurs fiançailles ressemblent plus à un leurre, pour rendre plus acceptables leurs photos porno. Et même là, ils ne se conduisent même pas comme de vrais *amants*, tu vois ? Pourquoi venir chez Brady ce soir quand tu peux rester à Indianapolis et t'envoyer en l'air avec Sabrina Guy ?

Elle pousse un grognement méprisant.

– Bon Dieu, et si cette vidéo n'était même pas de Sam et Sabrina ? Et si la rousse était le gouverneur Guy ? D'une certaine façon, cela me semblerait plus vraisemblable.

– Le gouverneur Guy ne ferait pas preuve de tant d'imprudence pendant…

Je pose la main sur ma bouche. Madame Guy ne serait pas aussi imprudente *pendant* une campagne électorale, mais si c'était *avant* sa campagne ? Si c'était il y a dix ans, avant qu'elle ne se coupe les cheveux, avant même qu'elle ne soit gouverneur et avant que le stress de la politique n'ait laissé sa marque sur son visage ?

– Je sais ! dit Nix en riant, sans voir ma surprise. Je rigole, bien sûr. Mais c'est marrant d'imaginer ça, tu ne trouves pas ?

– Je suis sûre que je perdrais mon boulot si on me prenait à rire de ce genre de plaisanterie.

J'essaie de faire comme si je prenais ça à la légère, mais maintenant que cette idée folle m'est venue à l'esprit, je n'arrive plus à penser à autre chose. C'est idiot. Je prends mes désirs pour des réalités.

Pourtant, Sam lui-même m'a dit qu'il s'était fait déniaiser par une femme plus âgée, non ? Une amie de la famille qu'il observait tout le temps quand il passait l'été au bord de sa piscine ?

– Nix, je peux utiliser ton ordinateur ?

– Bien sûr. Vas-y. Il est dans mon bureau. Il faut que j'aille me coucher. Mes consultations commencent de bonne heure demain matin. Fais comme chez toi et réveille-moi si tu as besoin de quelque chose.

Je hoche la tête en l'envoyant au lit mentalement afin de pouvoir me servir de son ordinateur sans qu'elle regarde par-dessus mon épaule.

Je grignote mon toast jusqu'à ce qu'elle parte enfin. Dès qu'elle a refermé la porte de sa chambre, je me précipite sur l'ordinateur pour télécharger les fameuses photos de Sam et « Sabrina ».

C'est vraiment difficile de déduire quoi que ce soit des images qui ont été publiées sur les sites d'info. Il n'y a aucun gros plan de son visage à elle. Il faudrait que je voie la vidéo dans sa totalité, mais elle n'est disponible sur aucun des réseaux sociaux.

Après une petite recherche sur Internet et avoir fouiné dans le genre de sites qui pourraient bien risquer d'introduire des virus dommageables pour l'ordinateur de Nix, je finis par trouver l'enregistrement de la vidéo elle-même et pas seulement les clichés qui en sont extraits.

Je n'ai pas la moindre envie de regarder Sam s'envoyer en l'air avec une autre femme, mais je ne peux pas laisser courir, alors je clique sur « play » sur la vidéo et je regarde. Dix minutes plus tard, je suis absolument certaine que cet enregistrement n'est pas récent.

Le Sam de la vidéo est musclé, mais j'ai passé suffisamment de temps avec lui, nu, pour savoir qu'il est plus baraqué maintenant. Et, bien que les plans sur la femme ne soient pas suffisamment clairs pour affirmer que ce *n'est pas* Sabrina, Sam, lui, ne bouge pas avec l'assurance de l'amant accompli qu'il est maintenant. Une chose est sûre pour moi : cette vidéo est ancienne.

J'efface l'historique de ma recherche et j'éteins l'ordinateur.

La presse détient une sextape montrant Sam avec une candidate de premier plan à l'élection présidentielle, qui date d'une époque où Sam n'était pas encore majeur, même s'il s'en fallait de peu. Ses fiançailles sont nécessairement une couverture. Est-ce pour cela qu'il voulait me parler ce soir ? Est-ce qu'il comptait me révéler la vérité ?

J'ai envie de croire – peut-être avec trop de force – que Sam n'aurait pas couché avec moi s'il était réellement fiancé avec Sabrina. Il est trop bien pour ça.

Pour la personne enrôlée dans la campagne de la candidate Guy que je suis, la vérité n'est pas ce qui importe. La seule chose qui compte, c'est l'histoire que nous racontons, et cela va être mon boulot de faire tout mon possible pour perpétuer la « Sambrina love-story » même si je suis persuadée qu'elle est fabriquée de toutes pièces.

Pour la femme qu'il a possédée debout contre le mur dans cette chambre d'hôtel la semaine dernière, la vérité est primordiale. Il faut que je sache.

***

Tu es en droit de connaître la vérité. Et si tu te trompes, Sabrina est en droit de connaître la vérité. Tu ne le fais pas pour récupérer Sam.

Je lève la main pour frapper à la porte de Sam, mais je la laisse retomber. J'ai une boule dans l'estomac. Je suis venue à pied de chez Nix. En m'aidant d'une petite lampe de poche et d'un tas d'arguments à la noix, je suis venue à pied au milieu de la nuit parce qu'il faut que je sache.

Alors, me voilà. Devant chez Sam pour lui demander de me dire ce qui pourrait bien être son plus grand secret.

– *Idiote, idiote, idiote.*

Idiote d'être venue, idiote de penser que cela pourrait ne pas mal finir, idiote d'espérer.

Je finis par m'obliger à frapper à la porte. Sam ouvre, vêtu seulement d'une serviette de toilette et d'un froncement de sourcil.

Il marque un temps d'arrêt en me voyant. Je ne sais pas qui il s'attendait à trouver devant sa porte au milieu de la nuit, mais à la façon dont l'expression de son visage change, il est clair que ce n'était pas moi. Nous nous regardons sans rien dire un moment. Je ne sais pas ce qui se passe dans sa tête, mais moi, je reste plantée là, à essayer de continuer à respirer, à me retenir de le prendre dans mes bras pour respirer son odeur.

– Liz, dit-il. Tu es venue !

J'avale ma salive avec difficulté. J'ai envie de dire : *Tu disais que tu m'aimais.* J'ai envie de dire : *L'amour devrait être suffisant.* Mais je ne suis pas là pour tenter bêtement une réconciliation qui n'aurait aucune chance d'aboutir. Je suis là pour connaître la vérité.

Sam tourne les talons sans attendre ma réponse et rentre dans la maison en laissant la porte ouverte. Je ne sais pas s'il est trop dégoûté de me voir pour se donner la peine de la refermer ou s'il s'attend à ce que je lui emboîte le pas. Je risque le coup et j'entre en refermant la porte derrière moi.

Le salon n'est pas en désordre, à part un panier de linge posé sur le canapé et quelques bouteilles de bière vides sur le plan de travail de la cuisine.

Sam va tout droit vers sa chambre.

– Je vais m'habiller.

Mais juste avant d'arriver à la porte, il s'arrête et se tourne vers moi.

– Tu avais probablement raison. Ce n'est pas une bonne idée de nous retrouver seuls, toi et moi.

– Probablement.

– Qu'est-ce qui t'a fait changer d'avis ?

J'ai la bouche sèche, je respire difficilement. Aurai-je un jour la chance de rencontrer un autre homme qui me fasse autant d'effet ?

– Je suis venue pour Sabrina. Et pour moi.

À ce moment-là, il sourit. Mais ce n'est pas le beau sourire que je me rappelle. C'est le sourire cruel, sardonique, d'un homme qui n'a pas foi dans le monde.

– Pour *Sabrina* ? C'est toi qui fais ses commissions, à présent ? Comment c'est arrivé ?

– Tu as baisé avec moi. Si tu as une vraie relation avec elle, si tu as réellement l'intention de l'épouser, elle a le droit de connaître la vérité à propos de ce qui s'est passé au Conrad.

J'observe son visage, mais je n'y vois nul signe de ce qu'il pense de ma menace.

– Viens là.

– Quoi ?

– C'est juste que…

Il secoue la tête et revient vers moi en trois longues enjambées. Une main se glisse dans mes cheveux et l'autre passe autour de ma taille. Elle se faufile sous mon débardeur, chaude au creux de mes reins. Il incline la tête jusqu'à ce que son visage ne soit qu'à quelques centimètres du mien. Nos souffles se mélangent.

– Je n'arrive pas à décider si j'ai envie de t'embrasser à perdre la tête ou de te foutre à la porte de chez moi, murmure-t-il sur mes lèvres.

Il sent le savon, sa peau est chaude et encore humide après la douche, ses cheveux sont mouillés. Les muscles de son torse sont encore humides aussi, et s'il me prenait dans ses bras maintenant, je ne sentirais plus aucune autre odeur que la sienne. J'attends le baiser qui vient, j'en suis sûre. Parce que je suis faible.

– Je ne veux pas que tu penses que je suis comme mon père. Je ne peux pas…

Il ferme les yeux et frotte son nez contre le mien dans un geste si inoffensif et si intime que mon cœur chavire.

Il s'écarte sans m'embrasser et me parcourt du regard comme s'il essayait de me déchiffrer.

– Tu peux raconter ce que tu veux à Sabrina. Elle est déjà au courant. Elle l'a su tout de suite ce soir-là, quand elle a senti ton parfum.

* * *

SAM

Je ne peux pas me permettre de la recevoir chez moi. Tout dans le fait que Liz soit chez moi me dit que ce n'est pas une bonne idée. Mais dans la bataille entre ma raison et tout le reste de ma personne, ma raison n'essaie même pas de prendre le dessus.

Elle se passe la langue sur les lèvres.

– Je veux que tu me dises la vérité. Au sujet de la vidéo. Et de Christine Guy.

J'attends que la panique s'installe, mais rien ne se passe. Depuis le début, je veux lui dire la vérité. La renvoyer samedi soir sans une explication était pire que tout ce qui aurait pu arriver si elle avait su.

C'est peut-être idiot, mais je fais confiance à Liz, et plutôt que de me faire paniquer, cette façon implicite de dire qu'elle est au courant me soulage. Je n'ai pas envie de lui mentir, et je ne pourrais pas supporter l'idée qu'elle croie que je la traite comme « l'autre femme ». Je ne pourrais pas supporter l'idée qu'elle croie que je ne suis pas meilleur que mon père.

– Tu as regardé la vidéo.

– Le monde entier l'a regardée.

– Et ?

– Elle n'est pas récente. Tu es plus jeune, moins musclé. Elle est peut-être ta fiancée, ou peut-être pas, mais dans tous les cas, Sabrina n'est pas la femme qu'on voit sur cette vidéo.

– C'est ce que tu crois ?

Elle hoche la tête.

– Oui, je pense que sur cette vidéo, c'est toi et quelqu'un pour qui un tel document s'avérerait beaucoup plus scandaleux.

D'accord. Elle sait.

– As-tu l'intention de faire part de ces soupçons à quelqu'un ?

– Bien sûr que non !

Ses yeux s'arrondissent et elle entrouvre les lèvres.

– Je te l'ai dit. Je suis là pour Sabrina aussi bien que pour moi.

– C'est toujours le même prétexte que tu utilises pour venir me voir au milieu de la nuit.

Elle fronce les sourcils.

– Ce n'est pas un prétexte. Je me suis dit que j'avais couché avec un homme qui était fiancé à une autre. J'ai le droit de savoir.

– Ah ouais ? Et combien de temps es-tu restée dans ton lit à penser à moi avant de te décider à venir ? Pendant combien de temps as-tu pensé à *ça* ?

Je pose ma bouche sur la sienne et je l'embrasse.

Dès que mes lèvres frôlent les siennes, c'est comme si la vie était ma maladie et que Liz en soit le seul remède. Toute la tension dans mes épaules se relâche et le nœud qui serre mon estomac en permanence disparaît. À l'instant où ma bouche est sur la sienne, tout va bien.

Jusqu'à ce qu'elle appuie ses deux mains sur ma poitrine pour me repousser.

– Arrête !

Je recule d'un pas pour ne pas perdre l'équilibre.

– Ne me touche pas. Tu peux penser ce que tu veux de moi, mais je ne fais pas partie de ces femmes horribles qui couchent avec le fiancé d'une autre. Arrête de me mettre dans cette situation.

Son visage s'affaisse et j'accuse le coup.

Je suis un vrai con.

– Liz.

Je la prends dans mes bras et elle me repousse de nouveau.

– Canaille, écoute-moi. Il n'y a rien entre Sabrina et moi, c'est une histoire montée de toutes pièces pour satisfaire les millions de personnes qui ont regardé une vidéo, très ancienne et très privée.

Elle lève vers moi des yeux aux cils mouillés de larmes.

– J'avais raison ? Vous n'êtes pas réellement fiancés ?

J'essuie une larme sur chacune de ses joues empourprées. Seigneur ! Cette femme possède mon âme.

– Nous essayons seulement de nous sortir au mieux d'une situation merdique. Je suis désolée que tu te sois trouvée mêlée à ça.

Elle pose la tête sur ma poitrine et pousse un gémissement.

– Tu m'as traitée comme de la merde.

– Je sais.

Je lui caresse les cheveux et je pose un baiser sur le sommet de sa tête.

– Je suis désolé. Ma mère est arrivée avec Sabrina et j'ai paniqué. Ma famille n'est même pas au courant, mais je voulais te le dire.

– Pourquoi fais-tu ça ? Je veux dire, je comprends pourquoi tu dis à tout le monde que c'est Sabrina, mais pourquoi ces fiançailles bidon ?

– Sabrina est coincée par les ambitions politiques de sa propre mère. Elle n'a rien à voir avec cette vidéo, mais elle est obligée de faire croire à tout le monde que c'est elle, parce que sa mère veut devenir président. Je comprends que ça ne doit pas être facile.

Elle hoche la tête.

– Donc, soit elle devient la cible des humoristes qui font des blagues cochonnes sur la sextape, soit tu acceptes de jouer le jeu et elle n'est plus qu'une femme qui a des relations perverses avec son fiancé.

– La différence n'est peut-être pas évidente, mais elle est énorme.

Elle m'entoure la taille de ses bras. Bon sang, que c'est bon.

– Je comprends, murmure-t-elle.

– Mon père est un cavaleur, Liz. Rétrospectivement, cela crève les yeux qu'il a toujours fonctionné comme ça. C'est moi qui ai refusé de voir les autres femmes. Il est comme ça, c'est tout. Il a un tas de qualités, mais la fidélité n'en fait pas partie. Et tu sais quoi ? Cela me révolte quand je pense à ma mère, mais au bout du compte, ça les regarde. Si elle choisit de rester avec lui, c'est son problème. Cela n'affectait pas ma vie.

Je prends sa tête entre mes mains et je relève son menton pour qu'elle me regarde.

– Jusqu'à toi. Je perds la tête quand je pense à tout ce que tu lui as dit. Je pensais que cela me passerait, mais nous voilà cinq mois plus tard, et je ne peux pas fermer les yeux le soir sans penser aux conversations que vous avez eues tous les deux.

– Je ne m'imaginais pas que c'était…

– Je sais.

Je souffle lentement et je me sens plus léger pour la première fois depuis des mois.

– J'ai lu vos échanges. Je les ai lus tellement de fois que je ne peux plus le regarder dans les yeux. Je sais que tu ignorais que c'était lui. Mais ce que je veux dire, c'est que s'il n'y avait pas eu sa carrière politique, il ne serait jamais allé chercher sa nouvelle maîtresse sur Something Real. Il n'en aurait pas eu besoin. C'est parce que mon père voulait se présenter au poste de gouverneur qu'il a fini par avoir une aventure sur Internet avec la seule femme que j'aie jamais aimée.

– Je regrette tellement, dit-elle.

Je l'embrasse brusquement.

– C'est pour cela que je joue la comédie des fiançailles avec Sabrina. Parce qu'elle s'est fait avoir, elle aussi, et si cela peut amener tout le monde à parler de ses choix en matière de robe de mariée plutôt que de ses goûts pour les jeux sexuels pervers, c'est le moins que je puisse faire.

– Mais, toi, qu'est-ce que tu y gagnes ?

Je prends une profonde inspiration et je passe les doigts dans ses cheveux.

– Plus que je n'aurais jamais imaginé.

– Comment ça ?

– Tu es revenue dans ma vie, non ?

Cette fois je l'embrasse vraiment, et elle se serre contre moi en me rendant mon baiser.

14

LIZ

Sa peau est chaude sous mes doigts et sa bouche se pose sur la mienne avec gourmandise.

Quand j'ai enfilé mes chaussures pour venir ici, je n'avais pas d'autre intention que d'avoir une explication avec lui, mais je ne pourrais plus repartir même si je le voulais. Il presse son sexe érigé contre mon ventre, et quand je passe la main le long de son dos musclé jusque sous sa taille, je me rends compte que sa serviette est tombée.

Une fille bien s'en irait peut-être avant que les choses aillent trop loin, mais quand il s'agit de Samuel Bradshaw, je ne suis ni bonne ni mauvaise. Je suis *à lui*, tout simplement.

Au lieu de m'écarter de son corps nu sublime, je lui griffe les fesses de mes ongles.

Il interrompt le baiser et me regarde dans les yeux, d'un air interrogateur.

– On fait quoi, là ?

– Je ne sais pas.

– Je ne veux pas que tu sortes de chez moi avec le sentiment que je me suis servi de toi, une fois de plus.

Je remonte les mains sur son dos, en me délectant de la sensation de sa peau sous mes doigts. Je sais que j'ai déconné. Je sais que les choses sont trop compliquées pour qu'un « nous » soit possible. Et pourtant, nous sommes là.

– C'est le bordel. Mais…

– Mais ?

Je ne trouve pas de réponse, alors je fais ce que j'ai envie de faire depuis qu'il a ouvert la porte dans cette tenue, je pose mes lèvres sur son épaule musclée. Je descends sur son torse jusqu'à la peau sensible, juste au-dessous de son nombril, agrippant son cul à pleines mains, et je me laisse tomber à genoux.

– Canaille, gronde-t-il.

Lorsque ses mains glissent dans mes cheveux, mon sexe avide se contracte avec impatience.

– Laisse-moi faire.

Je le regarde à travers mes cils tout en prenant ses couilles dans une main. Il rejette la tête en arrière. Ce mouvement si comparable à une capitulation me remplit d'un sentiment de puissance.

Pour rien au monde, je n'éloignerais ma bouche de sa queue en ce moment.

Je commence par caresser de ma langue le dessous de sa bite tout en pressant légèrement ses couilles dans ma main. Il se cambre et ses mains se crispent dans mes cheveux. Je pousse un gémissement de satisfaction et je le prends dans ma bouche.

J'ai tellement envie de lui. Bien sûr, je ne voulais pas qu'il fasse de moi sa maîtresse, mais maintenant que je connais la vérité, je me rends compte que l'idée de le perdre définitivement m'inquiétait beaucoup plus que l'image de moi que me renvoie notre nuit au Conrad.

Je le suce vigoureusement et je le prends si profondément dans ma bouche que les yeux me piquent. Quoi qu'il advienne de nous après ce soir, je veux qu'il ait le souvenir de quelque chose de bon. Pas cet ersatz de plaisir que nous avons connu l'autre soir. Un plaisir véritable. Une vraie satisfaction. *De l'amour.*

Je veux me souvenir que je peux aimer quelqu'un si fort que son plaisir m'excite plus que le mien. Parce que, pendant les heures sombres et solitaires des mois passés loin de lui, ce genre d'amour ressemblait moins à un souvenir qu'à un conte de fées que je me serais raconté.

– Canaille. Bébé.

Il me tire les cheveux et je le suce avec plus de vigueur, j'ajoute encore un peu de pression, et ses hanches se balancent dans mon visage avec ces mouvements saccadés, incontrôlés, qui me disent qu'il a perdu le contrôle.

Je suis tellement excitée que cela me fait mal, alors je glisse la main entre mes cuisses pour me caresser à travers ma culotte. La dentelle rugueuse frotte sur mon clitoris gonflé, et je gémis tout en continuant à le sucer.

Sam voit ce que je fais, et le son qui jaillit de sa poitrine ressemble autant à de la douleur qu'à du plaisir. Il approche de l'orgasme. Je le sens enfler dans ma bouche et je change la position de ma main. Je veux plus. J'ai besoin de plus. J'ai besoin de ses doigts, de sa bouche, de sa queue qui me pénètre si profondément que le plaisir me déchire en deux. Je m'oblige à détendre ma gorge et j'avale quand il jouit.

Quand je sens que son corps se relâche et qu'il lâche mes cheveux, je recule et je me lève.

– Putain, murmure-t-il.

Il trace les contours de mes lèvres de ses pouces.

– Cette bouche va me tuer.

Puis il prend ma main restée entre mes jambes, glisse deux de mes doigts dans sa bouche et les suce.

Ce geste me prend par surprise, autant que le plaisir qu'il me procure, et je serre mes jambes l'une contre l'autre. Il me regarde au travers de ses cils noirs tout en explorant chaque centimètre de mes doigts avec sa langue, et quand il arrête, ma respiration est saccadée et mes jambes plus faibles qu'auparavant.

Il m'attire contre lui. Je ne sais pas s'il s'en rend compte, mais c'est lui qui me maintient debout.

– Ne refais jamais ça, dit-il.

– Quoi ?

Je me demande quel moment il n'a pas aimé.

– La prochaine fois que tu te caresses en même temps que tu me suces, tu as intérêt à être nue pour que je puisse profiter de la vue.

* * *

SAM

Je descends la fermeture de sa jupe que je laisse tomber sur le sol, puis je fais passer son débardeur au-dessus de sa tête. Elle ne porte pas de soutien-gorge, et en la voyant là devant moi, avec pour tout vêtement des sandales noires à brides et un string en dentelle noire, j'ai le souffle coupé. Sa peau est d'un ivoire immaculé, à l'exception des taches de rousseur qui apparaissent sur ses épaules et sur sa poitrine en été. Ses seins rebondis sont parfaits, avec ses tétons dressés auxquels je suis impatient de goûter.

Je ne suis que trop conscient de l'urgence de notre situation. Je ne vais pas reproduire la soirée au Conrad, mais nous n'avons pas suffisamment de temps pour ce que nous voulons réellement. Bientôt, elle va devoir rentrer chez elle – ou chez je ne sais qui l'héberge ce soir. Je ne peux pas courir le risque que quelqu'un la voie sortir de chez moi alors que je suis censé être sur le point d'épouser Sabrina.

C'est peut-être pour cela que j'éprouve le besoin de consacrer au moins une heure à chacun de ses seins plus une autre pour chaque cuisse avant de poser ma bouche sur sa chatte gonflée, où je crois avoir besoin d'un jour entier pour la lécher et la sucer et la faire crier.

Quand elle s'est caressée pendant que ma queue était dans sa bouche… putain ! J'ai failli jouir à l'instant où elle a posé sa main entre ses jambes et s'est mise à gémir. Je n'avais pas prévu de la laisser aller jusqu'au bout – pas alors qu'elle était entièrement vêtue et terriblement vulnérable. Mais c'est alors qu'elle a fait ça, et j'étais cuit.

Je prends un de ses seins dans le creux de ma main et je pince son téton. Elle entrouvre les lèvres et ferme les yeux. Je fais glisser sa culotte sur ses hanches et je lui tiens la main quand elle retire ses chaussures. En ce moment, elle serait prête à faire tout ce que je lui demanderais, et ça me serre la poitrine autant que ça m'excite.

Elle me possède. Et j'ai besoin qu'elle le sache.

– Suis-moi, Canaille.

Elle glisse sa main dans la mienne et je l'emmène dans ma chambre. La prendre debout contre le mur était une erreur. J'étais trop désespéré de la posséder. Trop vorace.

Je n'ai pas l'intention de reproduire cette erreur ce soir.

En me voyant attraper une longue cordelette blanche dans mon placard, elle se mordille la lèvre et son regard va et vient entre la corde et mon visage. Puis, comme si un déclic se produisait dans son esprit, elle pose les yeux sur le lit à colonnes et pousse un cri étouffé.

– Qu'est-ce que tu vas faire ?

J'entends dans sa voix un mélange d'excitation et de curiosité, mais aucune peur, et j'adore ça.

– J'ai acheté ce lit après le mariage de Will et Cally, je te l'avoue. Je n'aimais pas la façon dont les menottes te tuméfiaient les poignets. Mais les colonnes et les supports…

Je souris.

– Les possibilités que cela offre.

Elle continue à se mordiller la lèvre inférieure.

– Tu ne m'as jamais attachée à ce lit.

Je prends son menton dans ma main et je tourne son visage vers moi pour qu'elle me regarde.

– Je n'y ai jamais attaché personne d'autre non plus. Je ne pourrais pas, même si je le voulais. C'est à toi qu'il est destiné.

Je glisse la main tout le long de son corps, sur ses seins, sur son ventre et finalement entre ses cuisses, elle est déjà trempée et toute gonflée de désir.

– As-tu la moindre idée de la difficulté que j'éprouve à m'endormir quand je suis allongé là et que je pense à tout ce que je voudrais te faire dans ce lit ?

– Cela doit être sympa comme fantasme.

– C'est *toi* qui me fais fantasmer. Le reste, c'est juste pour s'amuser.

Je lance la cordelette sur la barre en bois qui relie les colonnes à la tête du lit et je monte sur le lit. Je m'allonge sur le dos pour ajuster la corde de façon à ce que les deux côtés soient d'égale longueur.

Elle grimpe sur le lit, s'assied à califourchon sur ma taille et se laisse attacher les poignets. Quand je tire sur le côté de la corde laissé libre, l'autre lui hisse les bras au-dessus de la tête.

Ses yeux s'arrondissent, sa respiration est haletante et elle est trempée, je le sens sur mon ventre. Putain, je bande déjà de nouveau. J'ai envie de la pénétrer. Mais pas tout de suite. Il y a trop longtemps que j'attends ça.

Je tire un peu plus sur la corde, ce qui l'oblige à monter plus haut sur mon torse.

– Je veux que tu restes comme ça jusqu'à ce que tu jouisses.

Je lève les mains vers ses seins et je frôle ses tétons de mes pouces. Elle est tellement superbe. Les bras liés au-dessus de la tête. Livrée à moi. M'accordant une confiance que je ne suis pas sûr de mériter.

Elle essaie de se décaler vers l'arrière. Quand la corde se resserre, arrêtant son mouvement, elle pousse un petit cri aigu. Elle est trop près de la tête du lit pour pouvoir chevaucher mes hanches.

– Je n'y arrive pas.

– Tu y arrives très bien. Je n'ai pas dit que je voulais que tu chevauches ma queue.

La confusion passe sur son visage un instant, puis elle comprend ce que je veux dire.

– Oh.

– Viens là.

Je glisse une main derrière ses fesses et je rapproche son bassin de mon visage pour être sûr qu'elle comprenne ce que je veux.

Elle s'approche avec hésitation, et à chaque centimètre, je resserre les liens pour qu'elle ne puisse plus reculer. Quand elle arrive sur ma poitrine, elle est obligée de se repositionner pour se mettre à genoux au lieu d'être assise.

– Quelle belle vue, putain !

Je guide sa chatte pour faire le reste du chemin vers mon visage.

La première sensation quand je la goûte est divine. Non seulement parce que sa posture est incroyablement sexy mais pour le bruit qu'elle fait quand je la lèche. Je malaxe son cul tout en agaçant son clitoris de la langue. J'agrippe ses hanches pour la tirer encore plus près et je lèche, je caresse, je suce.

Quand elle se tortille parce que le plaisir et la tension deviennent insupportables, je glisse la langue dans sa fente, et elle crie. Comme si elle était gênée, elle gémit et essaie de s'éloigner, mais je la tiens fermement et je repousse les limites de son plaisir jusqu'à ce qu'elle se laisse aller. Elle balance les hanches. Une fois. Deux fois. La troisième est plus saccadée. Je suis implacable avec ma langue et je ne cède pas jusqu'à ce qu'elle baise mon visage exactement comme je voulais.

J'écarte ses jambes et je passe un doigt entre ses fesses jusqu'au cercle de muscles si sensible. Elle pousse un cri étouffé quand je la touche là, mais je n'entre pas, je me contente de caresser la peau si sensible à cet endroit-là. Sa surprise se dissipe et ses muscles se détendent. Elle remplit mes oreilles de ses gémissements.

Je veux lui donner tant de plaisir qu'il n'y aura plus de place pour autre chose dans son esprit. Je veux revendiquer mes droits sur elle. Je veux la posséder de la même façon qu'elle me possède.

Quand elle approche de l'orgasme, je resserre la corde en étirant ses bras au maximum, je ferme les lèvres autour de son clitoris et je suce.

– Oui. Sam… Mon Dieu… s'il te plaît.

Ses hanches basculent vers l'avant et tout son corps se contracte. J'adore l'écho de mon nom sur ses lèvres, répété comme une prière, tandis qu'elle s'abandonne au plaisir.

15

LIZ

Sam détache mes liens, et tout mon corps se détend. Je m'allonge à côté de lui, chacun de mes muscles s'alanguit après avoir été étiré de plus en plus haut au-dessus de l'abîme avant d'y tomber.

Une fois la corde dénouée, il la jette au sol et couvre mes poignets de baisers. Mes paupières sont lourdes, mais je grogne quand il roule sur moi et s'appuie sur ses coudes. Il bande, et alors que je mourais d'envie de le sentir en moi il y a quelques minutes à peine, maintenant je suis rassasiée et je n'ai qu'une envie : dormir, alors que je sais très bien qu'il faut que je rentre chez Nix.

– J'aimerais tout recommencer depuis le début.

Il coince une de mes boucles derrière mon oreille.

– Sérieux ?

Je bâille.

– C'était parfait. Je ne voudrais pas que tu changes quoi que ce soit.

Il sourit.

– C'est bon à savoir, mais je ne parlais pas de ça.

– Tout recommencer quoi ?

– Nous.

Il me caresse la joue et passe ses doigts dans mes cheveux. Il y a de la tristesse dans son regard.

– Je changerais des choses. Beaucoup de choses.

J'appuie ma tête contre sa main.

– Moi aussi. Je reviendrais à cette soirée l'été dernier où Connor m'a trouvée, ivre, chez Brady, et au lieu d'aller chez lui, je t'appellerais. C'est ce que je voulais faire, mais Connor était là et me disait des choses auxquelles j'avais terriblement envie de croire.

J'avale ma salive.

– Ce n'est même pas avec lui que je suis rentrée. Je suis rentrée avec une *idée* de lui, celle d'un mec qui avait envie de moi depuis le début.

– Et c'était le cas ?

Je hausse les épaules.

– C'était ce qu'il disait. Il a dit un tas de choses gentilles ce soir-là.

– Comme quoi ?

Je fais la grimace. Je culpabilise, rien que d'y repenser. Même si Della et lui avaient rompu, et même si Della me traitait comme de la merde depuis des mois, j'avais enfreint quelque chose du code d'honneur entre copines en rentrant avec Connor.

– Il m'a dit qu'il avait envie de moi depuis toujours et que, chaque fois que Della rompait avec lui, sa première pensée était qu'il pourrait être avec moi.

Les narines de Sam se dilatent et il prend une profonde inspiration.

– Et toi tu as tout gobé. Il est très fort. Je dois le reconnaître.

Je fronce les sourcils.

– Qu'est-ce qui te fait dire qu'il n'était pas sincère ?

Il hausse les épaules, mais son visage ne montre pas de colère. En fait, je crois bien que c'est la première fois que nous parlons de cette nuit-là sans qu'il pète un câble.

– Je n'ai pas dit qu'il n'était pas sincère, mais je crois quand même que tu lui accordes plus de crédit qu'il n'en mérite.

– C'est possible. Pourrais-tu me dire ce qui s'est passé entre vous ? C'était ton ami, dans le temps.

– Je ne sais pas pourquoi tu portes Connor aux nues. Tu es très intelligente, mais en ce qui le concerne, tu as des œillères.

– Je n'ai pas d'œillères. Ce serait plutôt toi. Surtout quand il s'agit de Della.

Je secoue la tête en levant une main.

– Excuse-moi. Oublie ce que je viens de dire. Je n'ai pas envie qu'on se dispute. Je n'arrive tout simplement pas à imaginer pourquoi tu trouves Connor si horrible.

– Liz, il a couché avec toi alors qu'il sortait avec Della et que j'avais des sentiments pour toi. Il savait que j'avais l'intention de te demander d'être à moi. Et il t'a cueillie à un moment où tu étais vulnérable, t'a fait boire et t'a raconté une histoire comme quoi Della avait soi-disant « rompu avec lui »…

– C'était vrai.

Une boule se forme dans ma poitrine et, pour la première fois, je me demande si Connor pourrait m'avoir menti ce soir-là.

– Non ?

Est-ce que Connor m'aurait ramenée chez lui s'il était toujours avec Della et…

– Tu avais des sentiments pour moi ? Tu… *voulais* de moi.

Il roule sur moi.

– Je te veux depuis l'époque où tu étais une adolescente effrontée qui se baladait sans soutien-gorge au milieu de la nuit chez mes parents.

Il passe la main le long de mon torse, puis frôle mon téton du bout des doigts.

– Tu n'imagines pas combien de fois je me suis branlé en pensant à toi. À la façon dont tes tétons pointaient sous ton t-shirt.

Il baisse la tête et en prend un entre ses lèvres, puis l'autre. Et quand il relève la tête, une partie du désir brûlant qui était dans ses yeux s'est transformée en tendresse.

– Aucune femme ne m'a jamais autant excité que toi. Sans parler du fait que tu savais me faire rire comme personne.

Je prends son visage entre mes mains et l'attire vers le mien pour qu'il m'embrasse. Son membre érigé appuie sur mon ventre, et je me glisse sous lui, en écartant les jambes et en me cambrant jusqu'à ce qu'il soit positionné exactement là où je le veux.

– Moi aussi, je te veux depuis tout ce temps, je murmure tandis qu'il se glisse en moi.

– Tu as toujours été la seule fille qui comptait pour moi.

En gardant les yeux rivés sur les miens, il s'enfonce lentement en moi, puis se retire, puis recommence.

– Toujours.

***

Je referme la porte derrière moi sans faire de bruit.

– Bon sang, siffle Nix dans mon dos. J'ai cru que tu t'étais fait enlever, ou que sais-je ?

Je voulais être de retour pour cinq heures du matin, comme ça Nix n'aurait jamais su que j'étais sortie. Mais quand je vois qu'elle est tout habillée et prête à s'en aller à cinq heures moins deux, je me dis que j'aurais plutôt dû tabler sur quatre heures.

– Excuse-moi.

Elle pousse un profond soupir, et un sentiment de culpabilité m'envahit.

– Tu étais où ?

– Je… me suis réveillée de bonne heure et je suis allée faire un tour.

Elle ne répond pas tout de suite, mais m'observe avec un air tellement réprobateur qu'elle me fait penser à ma mère.

– Si tu ne veux pas me le dire, ça te regarde, mais je n'aime pas qu'on me mente. Tu n'as pas dormi ici cette nuit, et tu m'offenserais en prétendant le contraire.

– Nix…

Elle lève la main.

– Je suis contente que tu ailles bien. N'en parlons plus.

– Je suis désolée.

– Ouais. Bon, eh bien, il faut que j'aille bosser.

Elle attrape son sac sur la table de l'entrée et passe la sangle sur son épaule.

– Je le déteste parce qu'il te fait souffrir, dit-elle sans me regarder, et je serais la première à lui filer un coup de pied dans les noix, mais au bout d'un moment, c'est à toi de prendre tes responsabilités.

Elle croise les bras et se retourne pour me regarder.

– Tu as ramassé ton cœur dans la sciure et tu l'as immédiatement remis dans les mains du boucher.

Elle se dirige vers le garage et sort en claquant la porte.

Je m'effondre sur le sol, la tête dans les mains, et j'écoute le bruit de la porte du garage qui se referme et de sa voiture qui s'éloigne. Elle a raison. Bien sûr qu'elle a raison. Mais elle ne connaît pas la vérité au sujet de Sam et Sabrina. Si seulement je pouvais tout lui dire…

Mais est-ce que cela changerait quelque chose à ses sentiments ? Les fiançailles de Sam et Sabrina sont bidon, et alors ? Qu'est-ce que cela signifie réellement pour nous ?

Mon téléphone se met à vibrer.

Sam : `Tu es partie sans dire au revoir.`

Je commence à taper une réponse, puis je m'arrête. Depuis l'histoire avec River, je ne suis plus une grande fan des SMS et des MMS comme moyen de communication. À la place, j'appuie sur l'icône téléphone et je l'appelle. Il décroche à la première sonnerie.

– Si j'avais su que tu allais t'enfuir, je ne me serais jamais endormi.

Je ferme les yeux, le temps de savourer le son de sa voix rauque au réveil.

– Je n'ai pas réussi à rentrer avant que Nix se réveille.

– Tu étais censée dormir chez elle ?

– Ouais. En se réveillant, elle s'est inquiétée de voir que je n'étais pas là. Dès qu'elle a su que j'allais bien, elle a supposé que j'étais avec toi.

Il prend une inspiration.

– Merde. Je sais qu'elle n'en parlera à personne, mais si ça lui échappe…

– Aucun risque.

Je coince le téléphone entre mon oreille et mon épaule et je croise les bras autour de ma poitrine.

– Tu ne pourrais pas lui dire que tu étais avec ce type qui t'accompagnait l'autre soir ?

Hier soir, rien ne comptait pour moi que d'être de nouveau avec Sam et de savoir que ses fiançailles avec Sabrina n'étaient qu'un simulacre. Mais ce matin, il apparaît clairement que rien n'a changé, et c'est douloureux.

– Tu veux que je dise que j'ai passé la nuit avec un autre homme ?

– Ce n'est pas ce que *je veux*, mais ce serait sans doute une bonne idée.

Je ne sais pas quoi répondre. Ai-je vraiment le droit de me sentir offensée alors que je savais qu'il avait décidé de poursuivre la comédie des fiançailles ?

Les secondes s'égrainent dans le silence, et mon estomac se serre de plus en plus pour finir par être complètement noué.

– Eh bien…

Je déglutis. En matière de gêne du lendemain matin, nous sommes spécialistes, Sam et moi.

– Ne t'inquiète pas, d'accord ? Tu as suffisamment de soucis comme ça en ce moment. Je m'occupe de Nix.

– Elle est toujours là ?

Je lève les yeux vers la porte du garage.

– Non, elle est déjà partie faire sa visite à l'hôpital.

– Pourquoi tu ne reviendrais pas, alors ? Je n'ai pas besoin d'être à la banque avant neuf heures, et ce grand lit est bien vide sans toi.

– Tu crois vraiment que c'est une bonne idée ? Il fait presque jour et tes voisins sont très curieux.

Il marmonne une flopée de jurons, tous plus imagés les uns que les autres.

– Tu as raison.

– De toute manière, je dois rentrer chez moi. Je travaille cet après-midi.

– Chez toi ? Canaille, c'est *ici* chez toi.

Je me mords les lèvres, parce que ce n'est plus vrai. Jusqu'à ce que je puisse être aux côtés de Sam sans m'inquiéter qu'on nous voie ensemble ou me stresser au sujet de ce que sa famille pourrait penser, New Hope ne sera plus jamais ce havre de paix qu'un « chez-soi » devrait être. Et je ne sais pas si ce jour arrivera.

– Bonne journée, Sam.

– Bonne journée à toi aussi.

Je laisse passer dans le silence ce moment où un autre couple – un couple *normal* – dirait *Je t'aime* avant de raccrocher. Sam et moi n'avons jamais été ce couple normal. Je ne suis pas sûre que nous le soyons un jour.

16

SAM

Bon Dieu ! Je ne supporte pas d'être loin d'elle.

J'avais prévu de rejoindre mes potes chez Brady, ce soir, mais j'ai annulé en prétextant que je devais m'occuper de l'organisation du mariage et j'ai pris ma voiture pour aller à Indianapolis, directement chez Liz. Elle a évité tous mes appels aujourd'hui.

Je prends des risques en venant ici. On pourrait me voir. Quelqu'un pourrait découvrir que nous sortions ensemble avant, ce qui donnerait matière à faire toute une histoire de ma visite. Mais si elle ne veut pas me parler au téléphone, je vais l'obliger à me parler de vive voix.

Je grimpe quatre à quatre les escaliers qui mènent à son appartement et, en arrivant devant la porte, je l'entends rire. Ça me fait quelque chose de l'entendre. Comme s'il y avait une petite veilleuse dans ma poitrine que seule

Liz peut faire briller – par son rire, son sourire ou ses gémissements de plaisir.

La porte est entrouverte, alors je la pousse un peu sans frapper, me disant qu'elle est probablement au téléphone avec une de ses copines.

Au lieu de cela, je la trouve sur le canapé avec le mec de l'autre soir. Assis chacun à un bout du canapé, face à face, ils sont penchés sur quelque chose. Deux bières sont posées sur la table basse.

Cette chaleur lumineuse au creux de ma poitrine s'éteint brusquement. Ils sont douillettement installés là tous les deux, et c'est peut-être même un mec super, pas une espèce d'enfoiré qui se sert d'elle pour la baise tout en suggérant, mais sans jamais rien promettre, que cela pourrait devenir plus sérieux.

Ça, c'est toi, connard.

Pourtant, je ne suis pas assez éclairé pour retourner ma colère contre moi, alors à la place, je me racle la gorge et je serre les mâchoires.

Le type lève la tête, et son sourire disparaît quand il me voit.

– Il y a quelqu'un, Liz.

Liz lève les yeux, mais sa réaction est diamétralement opposée à celle de son copain. Bien qu'elle ait ignoré tous mes appels, son visage s'éclaire en me voyant. Ses yeux s'arrondissent et son sourire se fait plus éclatant.

– Qu'est-ce que tu fais là ?

Je regarde le type, puis elle de nouveau.

– Sabrina m'a demandé de t'apporter des dossiers. Elle a dit que tu en avais besoin pour la campagne.

Ils se lèvent tous les deux. Liz enfonce les mains dans les poches de son jean coupé, et le regard de son copain va d'elle à moi.

– Je ferais mieux de rentrer, dit-il à Liz. J'ai promis à madame Louise qu'elle pouvait m'apporter à dîner.

– Merci pour la bière, lui dit-elle sans me quitter des yeux.

Prends ça, loser.

Le mec reste impassible en passant devant moi, mais juste au moment où il arrive à la porte, il ajoute si bas que je suis le seul à l'entendre :

– Félicitations pour les fiançailles.

– Merci.

Je ferme la porte derrière lui sans quitter Liz des yeux. Puis je me dirige vers elle à grands pas.

– Je ne savais pas que tu serais en ville ce soir.

– Ce n'était pas prévu.

Ma voix est plus rauque que je ne le voudrais. La voir s'éclairer comme ça me fait quelque chose. Je ne suis pas sûr de le mériter.

Elle se mordille les lèvres en regardant fixement mes mains vides.

– Où sont les dossiers ?

– C'était un mensonge.

– Alors, pourquoi es-tu venu ?

– Pour toi.

Elle plante ses dents dans sa lèvre inférieure. Elle est terriblement sexy. Ses cheveux sont relevés sur le sommet de sa tête en un chignon informe, et elle porte un débardeur ample et un jean coupé trop court. Elle a une beauté naturelle, sans faire d'efforts. C'est probablement ce qu'elle portait pour faire le ménage dans son appartement, ce qui me fait râler c'est qu'elle l'a laissé entrer alors qu'elle était habillée comme ça.

– Pour moi ? Pas pour Sabrina ou pour la campagne de ton père ou…

– Pour toi.

Elle sourit d'un air radieux, puis secoue la tête, et son sourire devient plus hésitant.

– Je ne sais pas si j'ai raison, mais je suis contente que tu sois venu.

– Il te plaît, ce mec ?

Elle fronce les sourcils.

– Quoi ? Qui ? George ?

Je hausse un sourcil et elle pousse un soupir.

– Tu es vraiment venu pour me jouer la scène du petit ami jaloux ?

– Ça n'a rien à voir avec de la jalousie.

Je danse d'un pied sur l'autre, mal à l'aise. Je ne suis pas doué pour cette merde sentimentale. Je traverse la pièce pour être plus près d'elle.

– Encore que je voudrais te dire, pour la forme, que si j'étais ton petit ami, je lui aurais mis mon poing dans la figure pour lui apprendre à plonger les yeux dans ton décolleté quand je suis entré dans la pièce.

Elle fronce le nez.

– Ah bon ? C'est vrai ? C'est un peu… gonflé.

– C'est un mec. Il ne peut pas faire autrement.

Je la prends dans mes bras et l'attire contre moi.

– N'empêche, cela ne me plaît pas.

– Je ne crois pas que ce que tu penses de la façon dont George me regarde ou pas soit important. Pas plus que de savoir s'il me plaît ou pas.

– C'est important.

Elle me regarde à travers ses cils.

– Sam…

Toute la surprise et la joie qui éclairaient son visage quand je suis entré ont disparu.

– … C'est quoi, tout ça ?

Doucement, je relève son menton.

– Tout ça ? Tu veux dire toi et moi ? Ce qui s'est passé la nuit dernière ?

Elle acquiesce d'un hochement de tête.

– En ce moment, ma vie est super-compliquée.

Elle fait un pas en arrière, mais je la prends dans mes bras pour la retenir avant qu'elle ne puisse échapper à ce que je veux lui dire.

– Laisse-moi terminer, je murmure dans ses cheveux.

Je m'oblige à desserrer mon étreinte mais, bon sang, je suis mort de trouille à l'idée qu'elle se sauve.

* * *

LIZ

Chaque fois que je suis avec lui, j'éprouve cette envie frénétique dans ma poitrine, mais je ne sais pas vers quoi je me précipite, sinon vers le chagrin d'un cœur brisé.

Il appuie son front contre le mien.

– La vidéo, les secrets, Sabrina, ma relation avec mon père… toute cette merde, c'est très compliqué à gérer. Mais toi et moi ? C'est on ne peut plus simple.

– Simple parce que c'est seulement pour le sexe, ou simple parce qu'il y a quelque chose de plus ?

Je retiens ma respiration et je le regarde droit dans les yeux. Parce que c'est exactement ce que je veux savoir, mais que j'ai trop peur de demander.

– Je n'ai jamais cessé de t'aimer. Même quand cela voulait dire souffrir au-delà de ce que je pouvais supporter.

Je n'avais pas le choix. Il m'aurait été plus facile de choisir d'arrêter de respirer. Mon amour pour toi fait partie de ce que je suis.

L'espoir monte en moi, si fort et insistant dans ma poitrine que cela me fait mal. Après tous ces mois où j'ai eu l'impression d'être malmenée, je ne sais pas quoi faire de cet espoir, et je ne sais pas si mon cœur convalescent est assez fort pour le supporter.

– Je t'aime, moi aussi.

Il embrasse mon nez, mes paupières, puis chacune de mes joues. Quand sa bouche se pose sur la mienne, il butine mes lèvres comme un homme bien décidé à savourer quelque chose de précieux.

Je prends une inspiration saccadée.

– Donc, je suis juste censée attendre que tes prétendues fiançailles se terminent ? Sourire et approuver quand tu la prends dans tes bras pour les caméras ?

– Tu veux bien m'accompagner quelque part ?

Il élude la question.

– Hum, d'accord.

– Super. Je vais chercher la voiture, on se retrouve devant l'immeuble.

Il fait frais en ce soir de printemps et j'enfile un sweat à capuche avant de descendre le rejoindre.

Dès que je monte dans sa voiture, je sens que son humeur a changé. Il est plus grave, maintenant. Sombre, presque.

Il attend que j'attache ma ceinture puis démarre la voiture.

– Où est-ce qu'on va ?

– Je voudrais que tu comprennes quelque chose.

Je ne pose plus de questions, je me laisse conduire en silence. Au bout de cinq minutes sur l'autoroute, il tend le bras par-dessus la console centrale, prend ma main et la porte à ses lèvres.

Quelque chose se serre dans ma poitrine. Il a l'air si fragile.

Nous prenons une sortie à l'ouest de la ville et, après quelques virages, il se gare dans une rue dans un lotissement de jolies petites maisons d'artisans.

Il me désigne une maison, de l'autre côté de la rue.

– Un couple vit ici avec leur petite fille. Lilly. Ils l'ont adoptée il y a deux ans.

La maison est plongée dans l'obscurité, à l'exception de l'éclairage du porche et d'un écran de télévision visible par la baie vitrée.

– Qui sont-ils ?

– Lilly est ma fille.

Je fais un bond.

– Pardon, tu peux répéter ?

– Avant Noël, tu m'as posé des questions au sujet d'Asia. Je t'ai dit que je ne voulais pas en parler, mais c'est à ce moment-là que je reviendrais. Si je pouvais tout recommencer, je retournerais à la première nuit où nous avons couché ensemble et je te dirais tout au sujet d'Asia. J'aurais dû te dire la vérité à ce moment-là, mais tu m'as vu avec elle et tu m'as repoussé.

– Qui est-ce ?

– C'est une strip-teaseuse.

Il me jette un regard en coin.

– J'ai couché avec elle une fois, et elle est tombée enceinte.

– Sam, je n'en savais rien.

– Tu m'as dit que tu l'avais vue chez moi ce soir-là, après notre premier week-end tous les deux. Elle avait prévu de se faire avorter, mais quand je suis rentré chez moi, elle m'attendait. Elle m'a dit qu'elle voulait garder le bébé. C'est ça que tu as vu : je la remerciais d'avoir décidé de me faire ce cadeau.

– Donc, elle a eu l'enfant ? Tu as un enfant ?

Comment était-il possible que je n'en sache rien ? Comment a-t-il pu garder ça secret ? Pas seulement pour moi, mais pour tout le monde ?

– Peu de temps après, elle est venue me dire qu'elle tournait la page et qu'elle s'était fait avorter, finalement. Elle m'a demandé de ne pas chercher à la joindre. J'étais tellement en colère que je n'en avais pas l'intention, de toute manière. Pendant tout ce temps, j'ai cru qu'elle avait fait cette IVG.

Nous regardons le couple se lever, puis la maison devient noire quand ils éteignent les dernières lampes. Je vois bien que c'est dur pour lui, alors j'attends qu'il finisse son récit.

– Le matin de Noël, elle est revenue chez moi. Cette fois, elle était ivre et elle parlait de façon décousue, disant qu'elle avait vendu son âme à un diable blond. Je crois qu'elle parlait de Connor. Elle a dit qu'ils avaient passé un accord : elle abandonnait son enfant à l'adoption, mais elle me disait qu'elle s'était fait avorter. Elle a encore modifié son histoire après avoir dessaoulé, mais j'ai engagé un détective pour découvrir la vérité à propos de sa grossesse.

– Connor ne ferait pas ça.

Je secoue la tête, mais mon cœur se serre en envisageant la possibilité. C'est moi qui ai parlé d'Asia à Connor. J'ai besoin de croire qu'il n'a rien à voir avec le fait que l'enfant de Sam lui a été enlevé.

– C'est ton ami, et c'est un type bien. Comment peux-tu croire qu'il ferait une chose aussi horrible ?

– Il travaille pour mon père.

– Tu crois que c'est ton père qui est derrière tout ça ?

Son front se plisse et j'y vois toute la frustration et la douleur qu'il garde enfermées en lui. Il se masse la nuque.

– C'est ce que je soupçonne. Tu ne sais pas ce que c'est quand la politique dirige toute ta vie, Liz. Pendant des années, j'ai senti que ma relation avec mon père consistait à être pour un tiers son fils et, pour les deux autres tiers, un pion au service de la politique. Mon père a eu une aventure sur Internet avec la femme que j'aime et a acheté une autre femme pour me voler mon enfant – c'est ça, le genre de monde dans lequel je vis. C'est ça, le genre de monde dans lequel vit Sabrina. Ni elle ni moi n'avons rien demandé à personne.

– Bien sûr que non, mais tu n'es pas obligé d'être leur pion, Sam.

Je secoue la tête comme si cela pouvait ralentir le tourbillon de mes pensées. Sam a un bébé, et son père a peut-être quelque chose à voir avec le fait qu'il l'ait perdu. J'ai peut-être, moi aussi, quelque chose à voir avec ça.

– Ne les laisse pas te manipuler.

Il regarde fixement par la portière un moment.

– Mes raisons pour continuer cette mascarade sont compliquées. Je veux bien aider Sabrina, parce que je sais ce que c'est que de passer après les ambitions politiques d'un de ses parents. Et je sais aussi que ce n'est pas juste pour toi. On a eu assez de problèmes sans avoir besoin de ça en plus. Mais c'est temporaire, et je pense que cela en vaudra la peine.

– Je comprends, dis-je doucement.

– Tu crois ? demande-t-il en se tournant vers moi. Tu sais, ce n'est pas désintéressé de ma part, Liz. Moi aussi, je veux que les médias arrêtent de parler de cette vidéo. Je n'ai pas envie que tout le monde sache la vérité. Je deviendrais un sujet de plaisanterie nationale. Un spectacle. Le scandale de ma relation avec Christine rendrait toute cette histoire encore pire qu'elle n'est déjà.

Au moment où je crois qu'il n'en dira pas plus, il reprend :

– Un jour, quand les bonnes personnes pourront tirer les bonnes ficelles et que je pourrai rencontrer ma fille, je veux être autre chose qu'une sextape. Autre chose qu'un sujet d'embarras.

– Tu dois parler à ton père.

Et moi je dois parler à Connor.

– Tu as le droit de savoir ce qui s'est passé et quel rôle ta famille a joué dans cette histoire.

Il me fait un sourire indécis.

– Monsieur le candidat et moi, on ne s'adresse plus la parole.

– Penses-y, Sam. Tu as le droit de connaître la vérité – toute la vérité.

Ces mots ne s'adressent pas qu'à lui. Cela vaut pour moi aussi.

17

SAM

Liz est adorable quand elle dort. Je n'ai pas beaucoup dormi la nuit dernière – elle non plus d'ailleurs. Je l'ai raccompagnée chez elle, je l'ai déshabillée et nous sommes allés droit au lit. Quand elle a fini par sombrer dans le sommeil, pelotonnée contre moi, le dos appuyé contre mon torse, mes bras autour de sa taille, je suis resté éveillé un long moment à essayer de faire le bilan de ma vie.

Quand elle est partie en décembre, cela me semblait sans espoir. Je ne voyais pas comment nous pourrions arranger les choses après son aventure avec mon père. Mais maintenant, il me paraît encore plus difficile d'imaginer un avenir où elle ne dormirait pas dans mes bras toutes les nuits.

Je ne sais pas à quoi nous pensons en faisant ça, nous voir comme ça en cachette alors que j'organise un mariage très médiatique avec une autre femme. Mais le fait est que nous sommes encore là, ensemble, alors qu'il y a tellement d'enjeux pour nous deux. Tout le reste est sans importance, comparé à la possibilité de nous perdre.

Je me lève discrètement et je vais faire du café. Le jour se lève et les oiseaux chantent sous la fenêtre. Je ne peux pas m'attarder. Il faut que je m'en aille et que je rentre à New Hope avant que les gens ne se rendent au travail et que je coure le risque d'être vu.

Je remplis deux tasses de café, en ajoutant une généreuse dose de crème et de sucre à la sienne, et j'emporte les tasses fumantes dans la chambre.

Elle s'est retournée sur le dos, un bras allongé en travers de mon oreiller comme pour me toucher dans son sommeil.

Je pose les tasses sur la table de nuit puis je repousse les cheveux de son visage et je l'embrasse sur le front.

Elle ouvre les yeux lentement, en battant des cils comme si ses paupières étaient lourdes.

– Bonjour, dit-elle.

– Bonjour.

Je pose un baiser sur ses lèvres, tenté de rester encore un peu.

– Je dois partir. Je t'ai apporté du café.

Elle se relève sur ses coudes et regarde le réveil en fronçant les sourcils.

– Le matin, c'est déjà assez moche comme ça, maugrée-t-elle en se laissant retomber dans le lit. Pourquoi le rendre encore pire en se levant avant sept heures ?

– C'est toi qui dis ça, toi qui ouvrais la pâtisserie de ta sœur aux aurores ?

– Exactement. Je sais de quoi je parle.

Je l'embrasse sur le front, mais elle se met à gémir et glisse les mains sous mon t-shirt. Involontairement, je prolonge mon baiser.

– Il faut que j'y aille, je murmure tout en grimpant sur le lit pour m'allonger sur elle.

– Mmm-hmm.

Elle relève les genoux de part et d'autre de mes hanches et m'arrache mon t-shirt en me couvrant de baisers.

– Je ne veux pas te mettre en retard, dit-elle en libérant ma queue de mon jean.

Je pousse un long grognement quand elle me caresse.

– Juste une fois, dit-elle. J'ai envie de toi encore une fois.

– Si c'est ce qu'il te faut pour changer d'opinion sur le matin, j'imagine que je veux bien m'y coller.

Elle glousse, mais son rire est interrompu par le gémissement qu'elle pousse lorsque je la pénètre.

– Bon sang, comment fais-tu pour être si bonne à chaque fois ?

Elle est chaude et moite, et je pourrais mourir heureux à cet instant.

Vingt minutes plus tard, elle s'est rendormie le sourire aux lèvres, je me rhabille et je sors de l'appartement.

– Vous êtes vraiment aussi égoïste que ça ?

Je me retourne et me trouve nez à nez avec George, le voisin de Liz. *Putain.* Je ne pense pas que ce soit une bonne chose qu'il sache que j'ai passé la nuit chez elle.

– C'est à moi que vous parlez ?

George lève les yeux au ciel.

– Ouais. À qui d'autre ? Ça ne vous fait rien de savoir à quel point elle a été malheureuse ces derniers mois ? Quand elle est venue habiter ici, elle se traînait tous les jours comme une âme en peine. Elle partait travailler, rentrait chez elle, dormait, mangeait à peine. Tout ça à cause de vous. Vous êtes son ex, c'est ça ?

Je me masse la nuque. Vraiment, je n'aime pas George.

– Je ne vois pas en quoi cela vous regarde.

– Je me soucie d'elle.

– On ne vous a rien demandé.

– Mais c'est ce qu'on fait quand on est un type bien – on se soucie des personnes qui font partie de votre vie. Pas seulement de soi-même. Mais je ne pense pas que soyez capable de comprendre ça.

– Écoute, connard. Lâche-moi. Tu ne sais rien de ma vie ni de ma relation avec Liz.

– J'en sais bien assez, marmonne-t-il. Ces murs ne sont pas si épais que ça.

Et merde !

– Vous faites erreur. Liz et moi sommes amis. C'est tout.

J'ai l'impression de trahir Liz en disant ça, mais je n'ai pas le choix.

– Et maintenant vous allez retrouver votre fiancée ? Elle sait que vous découchez pour rendre visite à vos « amies » ?

Je fais un pas vers lui et il lève la main.

– Franchement, je me fous complètement de Sabrina et vous, alors ce n'est pas la peine de vous inquiéter, je ne vais pas aller saboter votre petit arrangement.

– Qu'est-ce que vous voulez ?

Il lance un regard vers la porte de Lizzy, et je sens mon estomac se crisper. Il la veut, mais il n'est pas question qu'il l'ait, putain !

– Ne vous mêlez pas des affaires qui vous dépassent.

Il secoue la tête.

– Elle commençait à aller mieux. Elle mangeait un peu plus, elle souriait, pas souvent, mais quand même.

Elle commençait à vivre sa vie, au lieu de la subir. Mais voilà, vous êtes revenu.

– Elle va bien.

Il hoche la tête.

– C'est sûr. Mais je me demande ce qui va se passer si vous lui brisez le cœur encore une fois. Vous lui racontez probablement que ce n'est pas sérieux entre Sabrina et vous, que les fiançailles ne sont qu'une couverture pour enjoliver le scandale de la sextape, et que dès que les élections seront passées, vous pourrez de nouveau être ensemble. Je me trompe ?

Je tourne les talons et me dirige vers l'escalier. Ça ne me plaît pas qu'il connaisse mes secrets, mais surtout ce qui ne me plaît pas, c'est qu'il agite mes promesses à Liz devant mon nez comme autant de preuves que je ne la mérite pas.

Parce que j'ai peur qu'il ait raison.

***

LIZ

– Je retire toutes les vacheries que j'ai pu dire sur Sabrina, dit Grace. Je ne l'aime pas, c'est vrai, mais j'aime bien les personnes dont elle s'entoure.

Je suis le regard de Grace et je vois Sam, debout dans le couloir juste devant le centre d'appels. En le voyant, mon cœur fait un double saut périlleux puis se met à tourner sur lui-même et finit par un salto arrière pour faire bonne mesure.

Sam porte un jean taille basse et un t-shirt moulant qui met ses biceps en valeur. Je suis sûre que toutes les femmes dans l'immeuble bavent devant lui. C'est vrai pour Grace, en tout cas.

Il parle avec Sabrina d'un air très sérieux. Soudain, il croise mon regard et son expression change totalement.

– Ma petite vieille, j'espère que Sabrina ne capte pas qu'il te regarde comme ça. Elle va te tuer, sinon.

En me forçant à détourner le regard, je me mets à empiler les flyers pour les bénévoles.

– Je ne vois pas de quoi tu parles.

– Hum. Il n'y a qu'à te voir. Je ne sais pas dans quel genre de triangle amoureux compliqué vous vous êtes fourrés tous les trois, mais ce serait le bordel si ça venait à se savoir. Tu as vu qu'on remonte dans les sondages, ce matin ? Du genre, plus haut que les chiffres d'avant la sextape.

J'avale ma salive.

– J'ai vu ça. Les histoires d'amour, ça plaît à tout le monde, j'imagine.

– N'empêche, il vient par ici, dit-elle sans me laisser le temps de répondre.

En effet, quelques secondes plus tard, je sens sa présence dans mon dos.

– Pourrais-je vous parler un instant, Mademoiselle Thompson ?

– Certainement.

J'affiche un sourire professionnel et, en évitant le regard stupéfait de Grace, je sors du centre d'appels à la suite de Sam, et nous entrons dans un bureau vide au bout du couloir.

– Qu'est-ce que tu veux ?

Ma nervosité transparaît dans ma voix. Il ferme la porte à clé et baisse le store de la cloison vitrée qui donne sur le couloir.

Il se retourne vers moi, le regard brûlant, intense, et quand il se penche pour m'embrasser, je ne fais rien pour l'arrêter. Je n'évite pas ses lèvres qui frôlent les miennes. Je ferme les yeux en inspirant son odeur et je m'autorise, pour quelques minutes, à profiter de ce moment.

Tout mon corps frémit sous l'effet de l'adrénaline. Nous ne devrions jamais faire ça ici. Nous ne devrions probablement pas le faire du tout, d'ailleurs, mais il ne me manque pas seulement quand nous sommes séparés. Il me manque quand il est à côté de Sabrina. Il peut être dans la même pièce que moi, si Sabrina est près de lui et qu'il fait comme si elle était sa petite amie, je me sens plus seule que je l'ai jamais été.

C'est peut-être masochiste de savourer ces instants où je suis seule avec lui, mais seulement de la même façon qu'il est masochiste de respirer le peu d'air qu'il y a dans la pièce quand la suffocation devient inévitable.

– Tu sais ce que cette pièce me rappelle ? demande-t-il.

Je n'y avais jamais pensé avant de m'y retrouver avec lui, maintenant, mais elle ressemble beaucoup à la salle de réunion où nous nous sommes retrouvés en douce le soir du mariage, la fois où nous avons passé notre première nuit ensemble.

– Quoi ?

Il vient à grands pas vers moi et je recule jusqu'à ce que mes cuisses entrent en contact avec le bord de la table de conférence.

– Ce mariage.

Il me soulève pour m'asseoir sur la table et vient se caler entre mes jambes.

– Je t'ai retrouvée dans la salle de réunion, et tu m'as énoncé ton règlement. Tu te souviens de ces règles ?

– J'ai dit que le sexe ne devait pas modifier les choses entre nous. Et tu as dit…

– Que le sexe change tout.

Il passe ses doigts repliés sur mes seins. Mes tétons durcissent sous la dentelle de mon soutien-gorge. Il les trouve et les pince à travers le tissu.

Je dois me mordre la lèvre. Nous ne devons pas faire de bruit. Il doit y avoir au moins deux douzaines de personnes présentes au quartier général ce soir, et si quelqu'un découvrait ce que nous sommes en train de faire, nous aurions des ennuis, lui et moi.

Il prend un de mes seins dans le creux de sa main tout en passant les lèvres le long de mon cou, puis il mordille ma peau à la jonction de mon cou et de mon épaule. Quand il ouvre la bouche et se met à sucer, je pousse un cri étouffé. Il grogne doucement, le bout de ses doigts glisse sur mon ventre et sa main va se nicher entre mes jambes écartées, empoignant mon sexe par-dessus mon jean.

– Je t'ai dit que tu ne pourrais plus jamais me regarder sans penser à toutes les choses que je t'ai faites.

Je déglutis. C'est de la folie.

– Tu avais raison.

– Quelle était l'autre règle ?

Il bouge les doigts sur moi en y mettant juste assez de pression pour que j'aie désespérément envie qu'il aille plus loin.

– Personne ne devait le savoir.

Il sourit.

– Ouais, ben, pour celle-là j'ai déconné quand Connor est venu chez toi. Je voulais qu'il sache que tu avais passé la nuit avec moi. Je voulais qu'il sache que tu étais à moi.

Il glisse la main sous mon t-shirt et passe les doigts sous la ceinture de mon jean.

– Qu'est-ce que tu fais ?

– Quelque chose que je voulais faire dans la salle de réunion ce soir-là.

– Et c'est quoi ?

– Mettre mon visage entre tes cuisses. Te déguster.

– Tu l'as fait plus tard. Tu ne te souviens pas de la douche ?

Sa caresse est si légère que cela me rend folle. Je voudrais qu'il frotte fort sur mon jean pour me donner ce que j'attends. Si nous étions ailleurs, n'importe où ailleurs, je lui mettrais la pression, je lui dirais ce que je veux, mais les voix des autres employés dans le couloir me rappellent qu'il n'y a qu'une porte fermée à clé entre nous et la catastrophe.

– Je n'ai pas oublié la douche, dit-il avec un grognement appréciateur. Mais dans la douche, il n'y avait pas le risque d'être découverts. Ici, ça me plaît de voir que tu mouilles quand tu penses qu'on pourrait se faire prendre. Laisse-moi déguster ça.

Il déboutonne mon jean et le fait glisser avec ma culotte sur mes hanches, puis les lance sur le sol sans me laisser le temps de décider si je peux faire ça.

À ce moment, il se laisse tomber sur les genoux et…

– Sam, je siffle.

Mais, bon sang, sa bouche ouverte est brûlante contre moi, et ses lèvres…

– Juste… *oh, Seigneur* !

Il ne s'est pas rasé aujourd'hui et sa barbe naissante griffe la peau fine à l'intérieur de mes cuisses, formant un contraste saisissant avec la douceur de sa langue sur mon clitoris. Il glisse les mains sous mes fesses et me tire vers son visage. Je dois appuyer une main derrière moi pour me stabiliser, mais mon autre main va dans ses cheveux. J'agrippe une poignée de cheveux quand mes hanches se soulèvent de la table, et je sens le plaisir monter en moi sans que je puisse intervenir.

Il me regarde au travers de ses cils fournis au moment où il glisse un doigt en moi pour la première fois. Mon sexe se contracte instantanément, et je recule, résistant au plaisir qui prend le contrôle de mon corps.

– Non. Ne me laisse pas tomber maintenant, murmure-t-il. Je ne sortirai pas de cette pièce avant de t'avoir fait jouir.

Tout en glissant un deuxième doigt en moi pour accompagner le premier, il prend mon clitoris entre ses lèvres et commence à sucer.

En fermant les yeux, je rejette la tête en arrière et je m'abandonne à ses lèvres et à sa langue sur mon clitoris, à ses doigts qui me baisent et qui me poussent à le désirer encore plus, plus profond.

Mon extase monte, monte jusqu'à…

– Stop.

Je recule vivement sur la table, loin de sa bouche et de son contact.

Quand il me regarde, ses yeux couleur de miel se sont assombris.

– Tu vas où comme ça ?

Ma respiration est vive et haletante, et mon corps complètement frustré. J'avale ma salive avec difficulté.

– J'ai eu peur de me mettre à crier.

Il passe un bras autour de ma taille et m'attire contre lui, me faisant descendre de la table. Mes seins se pressent contre son torse, et je sens son érection contre mon ventre, à travers son jean.

Il laisse échapper un gémissement rauque.

– C'est hors de question.

– Je suis désolée.

Il relève un sourcil.

– Tu crois que j'en ai fini avec toi ?

Il effleure de ses lèvres toute la longueur de mon cou, sa barbe drue me griffe la peau.

– Tu pourras crier plus tard mais, pour l'instant, je veux que tu jouisses en silence. Tourne-toi.

L'infime espace de ma raison qui m'a poussée à m'écarter de lui il y a quelques instants se désintègre quand il me fait pivoter dans ses bras et me plie en deux sur la table. Sa main s'insinue sous mon t-shirt et descend tout le long de ma colonne vertébrale jusqu'à mon cul, puis continue jusqu'à mon intimité. Sa queue frappe à ma porte d'entrée, et je me cambre instinctivement pour lui en faciliter l'accès.

– Tu me fais perdre la tête, murmure-t-il.

Il pose les doigts sur ma bouche pour me rappeler que nous devons rester silencieux. Puis il me pénètre lentement et quand je sens que je vais crier, je mords, et je trouve le goût salé de sa chair tandis qu'il me prend par-derrière.

Il garde une main sur ma hanche pour me guider à chaque poussée. Je jette un coup d'œil par-dessus mon épaule, il a les yeux rivés sur le point de contact entre nos deux corps.

Ses mains relâchent leur emprise et je prends son doigt entre mes lèvres, je le goûte, je le mords, je le suce. Il pousse plus fort et je l'accompagne, coup pour coup, jusqu'à ce qu'il retire sa main de ma bouche et trouve mon clitoris de ses doigts mouillés.

Quand mon orgasme s'abat violemment sur moi, je me mords le bras pour m'empêcher de crier. Quelques secondes plus tard, il jouit dans un dernier coup de boutoir violent.

Je pose la tête sur mon bras, le temps de reprendre ma respiration, et je sens qu'il se retire.

Quand je me retourne, il est en train de remonter la fermeture de son jean avec, sur les lèvres, un sourire espiègle.

Je récupère mon jean et je l'enfile précipitamment. C'était très imprudent. Si Sabrina apprenait ce que nous venons de faire, je perdrais certainement mon boulot.

– Tu en as fini avec moi, à présent ?

Son sourire disparaît et il prend mon visage entre ses mains.

– Je n'en aurai jamais fini avec toi, Canaille. C'est impossible.

18

LIZ

Je n'ai nullement envie d'assister au moment où Sabrina Guy et Samuel Bradshaw vont choisir une bague de fiançailles. Malheureusement, l'événement a été sélectionné par un des talk-shows du matin sur une chaîne nationale, et y assister fait partie de mon boulot. Alors, je me retrouve assise dans une pièce avec une demi-douzaine d'autres membres de l'équipe de campagne, à regarder quand la caméra suit le « couple » dans une joaillerie, comme si le choix de la bague était un sujet de débat aussi important que les choix de Christine en matière de politique extérieure.

Hier encore, Sam me déshabillait dans la salle de conférence. Aujourd'hui, il passe à la télévision nationale, en train d'acheter une bague pour une autre femme. Coucher avec lui alors qu'il prétend être fiancé à la fille de ma patronne, c'est plus que risqué. C'est idiot.

Sam est très beau ce matin. Je suis sûre que quelqu'un lui a dit exactement ce qu'il devait porter, exactement combien dépenser et exactement à quelle distance il est censé se tenir de Sabrina. Je suis sûre qu'on lui a dit comment il devait sourire, et qu'on l'a briefé sur la meilleure façon de paraître prévenant, et heureux, et soulagé que sa romance secrète ait enfin éclaté au grand jour. Mais j'ai beau le savoir, cela n'empêche pas mon cœur de saigner quand je le vois sur l'écran de télé, souriant à une autre femme.

Cela ne m'empêche de regretter que ce sourire ne me soit pas destiné.

– Merci beaucoup d'avoir accepté que nous vous suivions ce matin, dit la journaliste.

Ils sont dans une limousine devant Tiffany, à New York.

– J'imagine que la semaine écoulée a été intense pour vous deux.

Sam et Sabrina échangent un regard, et il rit doucement.

– Vous pouvez le dire, dit Sabrina.

Elle est vêtue d'une robe bleue – quelque chose de simple et parfaitement coupé pour mettre sa silhouette en valeur. Elle est sexy et classe à la fois. Je suis sûre que l'idée était de faire passer le message qu'elle n'est pas l'enfant terrible et dévergondée d'un personnage politique important. Sa tenue est un modèle de sensualité raffinée.

– Alors, avez-vous déjà regardé des bagues, l'un et l'autre ? demande la journaliste.

– Oui, dit Sabrina.

Elle sourit à Sam.

– Il a bon goût, donc je ne doute pas qu'il aurait choisi quelque chose que j'aurais adoré.

– Mais je tiens à ce qu'elle ait exactement ce qu'elle veut, dit Sam. C'est pourquoi nous sommes ici.

Je ne peux détacher les yeux de l'écran quand ils entrent dans la boutique, enlacés.

– Tu reluques, dit Grace à voix basse.

– Je regarde, je murmure. Comme tout le monde ici.

– *Nous,* on regarde. *Toi,* tu te dévoiles. C'est marrant comment vous avez disparu Sam et toi au même moment, hier. Tu n'aurais pas quelque chose à me dire ?

– Il, heu, il voulait un conseil pour une surprise qu'il veut faire à Sabrina.

– Bien sûr.

Grace relève un sourcil, mais elle est assez bonne copine pour ne pas me faire remarquer que je mens très mal.

Le silence se fait dans la pièce et je sais, sans avoir besoin de me retourner, que le gouverneur Guy vient d'entrer.

Nous nous tournons tous vers elle.

– Bravo à tous !! Chaque appel que vous avez passé a contribué à faire la différence !

Tous les bénévoles et les employés applaudissent et le gouverneur se tourne vers moi.

– Vous voulez bien me suivre, Liz ?

Mon pouls s'arrête de battre un instant. Est-ce que c'est en rapport avec ce qui s'est passé hier ? Est-ce que quelqu'un est courant pour Sam et moi ? Quelqu'un qui le lui a dit ?

Depuis mes débuts ici, j'angoisse à l'idée que Christine puisse découvrir la vraie raison pour laquelle monsieur Bradshaw m'a recommandée pour le poste, et les rares fois où elle a semblé remarquer mon existence, je me suis toujours attendue à ce qu'une tuile me tombe sur la tête.

Mais maintenant que je couche avec le fiancé de sa fille, ce n'est pas qu'à une tuile, c'est à une toiture tout entière que je m'attends. Bien sûr, Christine est la mieux placée pour savoir que l'histoire de Sam et Sabrina n'est qu'une mascarade.

Je fais oui de la tête, je sors de la pièce derrière elle et je la suis dans son bureau.

– Vous pouvez fermer la porte, dit-elle en entrant.

– Très bien.

Je ferme la porte et je fais de mon mieux pour prendre mon expression « je suis là pour aider ».

– Que puis-je faire pour vous ?

– Asseyez-vous.

Elle s'installe dans son fauteuil et me sourit d'un air désolé tandis que je m'exécute.

– Vous tenez le coup ?

– Que voulez-vous dire ?

Elle arrange des papiers sur son bureau.

– Sam et vous, vous sortiez ensemble avant que vous ne veniez vous installer ici pour rejoindre notre équipe. Comment supportez-vous tout le buzz médiatique autour de sa liaison secrète avec ma fille ?

Liaison secrète avec vous, *vous voulez dire.* Mais, bien évidemment, je n'ai pas le culot de lui dire ça.

– Je… eh bien…

Je déglutis avec difficulté parce que l'état de torpeur qui m'a été si utile aujourd'hui me fait soudain défaut, et je suis au bord des larmes. Comment se fait-il que j'arrive à encaisser coup sur coup sans défaillir, mais que je m'effondre dès qu'on me manifeste un peu de compassion ?

– Oh, Liz. Je ne m'étais pas rendu compte que vous éprouviez encore des sentiments pour lui. Je suis vraiment désolée.

Je hausse les épaules. C'est moins risqué que de parler.

– Eh bien, je m'excuse au nom de Sabrina. Je sais qu'elle aurait préféré que vous l'appreniez autrement. Mais je suis sûre que vous comprenez pourquoi ils sont restés si discrets au sujet de leur relation.

– Bien sûr.

– Pourquoi ne prendriez-vous pas le reste de la journée ? Vous n'avez pas besoin de rester là à regarder l'homme que vous avez aimé choisir une bague pour sa fiancée à la télévision. Rentrez chez vous, ou allez faire du shopping. Quelque chose pour vous changer les idées.

Je secoue la tête.

– Cette semaine pourrait bien être une des plus importantes pour la campagne.

Elle lève la main.

– Vous n'avez rien à me prouver. Je sais que vous prenez votre travail très au sérieux. Je vous ai vue à l'œuvre.

Je me demande bien quand. Elle n'est pratiquement jamais là.

– Nous remontons dans les sondages. Je tiens à aider…

– Prenez votre journée. Ce n'est pas un conseil, c'est un ordre. On se verra demain.

– Bien, Madame.

Il est clair que Christine n'est pas du genre à prodiguer des embrassades, mais je ne sais pas si je dois lui serrer la main ou m'en aller comme ça, alors je me contente d'un signe de tête et je sors du bureau.

***

Lorsque j'arrive sur le trottoir devant le quartier général, je trouve Connor appuyé contre le mur de l'immeuble.

– Liz.

Il se redresse.

– On peut parler ?

Je hoche la tête lentement en refermant la porte derrière moi.

– Tout va bien ?

Il marche à côté de moi et passe la main dans son épaisse chevelure blonde. Il a l'air fatigué. Il est pâle, il a les yeux rouges et les épaules tombantes.

– Oui. Enfin non. Je n'en sais rien. Della me menace de divorcer.

– D'accord.

Je croise les bras et je jette un coup d'œil vers les bureaux du quartier général. Je n'ose pas imaginer ce que Sam penserait de cette conversation. La dernière fois que Della a quitté Connor, celui-ci m'a baratinée pour que je rentre avec lui. Je n'ai pas la moindre intention de répéter cette erreur, à supposer même que j'en aie envie.

– Qu'est-ce que tu fais là, Connor ?

Il accuse le coup.

– À une époque, nous étions assez bons amis pour parler quand l'un de nous avait un chagrin d'amour.

– C'était avant que tu me ramènes chez toi en me faisant croire que Della et toi, c'était fini.

Je lui balance ça comme un défi. Il lève la main.

– Je ne suis pas là pour me disputer avec toi. Je ne suis même pas là pour Della. Je suis venu t'avertir.

Il dit ça d'une voix grave, mélodramatiquement menaçante.

– M'avertir ? De quoi ?

– Je n'ai pas envie que tu souffres. Quoi que tu puisses penser de moi, j'ai de l'affection pour toi. Beaucoup. Et je n'aime pas te voir commettre de telles imprudences.

– Je ne comprends pas à quoi tu fais référence. Qu'est-ce qui pourrait me faire souffrir ?

Il jette un coup d'œil en direction du quartier général, puis revient sur moi.

– Tu n'as pas intérêt à déconner avec Sabrina. Tu penses que Della est possessive, mais tu n'as jamais vu Sabrina en action.

– Je ne sais pas de quoi tu parles.

– Je t'ai vue chez Sam lundi soir.

Je trébuche, mais je me force à continuer à avancer.

– Je ne suis pas restée. Je suis allée chez lui pour déposer quelque chose.

On ne peut pas trouver plus stupide comme excuse. Pourquoi aurais-je garé ma voiture devant chez Brady pour aller à pied chez Sam ? Pourquoi aurais-je déposé quelque chose chez lui à cette heure-là ?

– Garde tes distances avec lui. Sabrina obtient toujours ce qu'elle veut. Il va l'épouser. Quoi qu'il ait pu te faire croire, quoi qu'il ait pu te raconter, tu dois comprendre que ce mariage aura lieu.

– Bien sûr.

Mais mon estomac fait des nœuds, parce que je vois un avertissement dans son regard. Qu'est-ce que Connor sait, au juste ? Je déglutis.

– En fait, je voulais te parler.

Il penche la tête.

– De quoi ?

Je prends une inspiration. Ce n'est pas facile de poser une question quand on n'a pas envie de connaître la réponse.

– Est-ce que c'est toi derrière le truc avec Asia et le bébé ? Est-ce que son père t'a demandé de l'acheter ?

Cette fois, c'est Connor qui trébuche.

– Je ne peux pas parler de ça, Liz. Moins tu en sais, mieux c'est pour toi.

– C'est moi qui t'ai communiqué son nom. C'est de ma faute, non ?

Il secoue la tête et m'entraîne dans une petite rue, en regardant par-dessus son épaule avant de me regarder de nouveau.

– Ne fais pas ça. Tu te mêles d'histoires que tu ferais mieux d'éviter. Contente-toi de rester éloignée de Sam et oublie tout ce que tu sais au sujet d'Asia.

Il n'a plus l'air fatigué ou stressé. Il a l'air d'avoir peur.

– Que sais-tu que tu ne me dis pas, Connor ?

Il secoue la tête.

– Je ne devrais pas être là. Il faut que j'y aille.

Il tourne les talons et part dans la direction opposée.

– Fais attention à toi, Liz.

19

LIZ

UN AN PLUS TÔT…

Au moment même où je rends ma petite nièce à sa mère, je ressens un grand vide. Les jumelles sont tellement belles. J'imaginais que j'aurais des jumelles un jour. Quand nous étions enfants, Hanna et moi, nous disions que quand nous serions grandes, nous achèterions des maisons mitoyennes, que nous nous marierions en même temps et que nous serions enceintes en même temps. Et bien sûr, nous aurions toutes les deux des jumelles – nous n'imaginions même pas qu'il puisse en être autrement – et que nous les élèverions comme si elles étaient sœurs toutes les quatre.

Intellectuellement, je savais que les choses ne se passeraient pas comme ça. Quelles sont les probabilités que ça arrive ? Mais n'empêche, cela me rend triste et pas parce que je regrette qu'Hanna ait tout ce qu'elle a. C'est juste que je regrette de ne pas avoir la même chose.

L'espace d'un instant, je suis tentée de lui redemander Sophie. Puisqu'elles sont deux, je pourrais rester chez Hanna et Nate toute la soirée et ce serait facile d'avoir un bébé dans les bras en permanence. Quand elles sont nées, j'ai passé une ou deux nuits ici. Je me levais la nuit et j'en berçais une pendant qu'Hanna donnait le sein à l'autre. Dans l'obscurité, avec leur corps chaud de bébé pelotonné contre moi, je m'imaginais qu'elles étaient à moi. Le manque de sommeil et les tétées au milieu de la nuit ne me faisaient pas peur. Au contraire, cela me semblait être la folle aventure dont j'avais terriblement envie.

Hanna tend la main pour me montrer sa bague de fiançailles toute neuve. Elle brille sous la lampe et, quand je la vois à son doigt, je sens quelque chose qui me comprime la poitrine.

– Félicitations.

Les larmes me serrent la gorge. Je me force à prendre une inspiration, puis une autre, mais cela ne suffit pas à combler le vide en moi. C'est ma sœur. Ma sœur jumelle. Ma moitié. Et elle a une vie. Elle a ses bébés et maintenant son fiancé. Elle a sa propre affaire. C'est comme si ma vie s'était figée quand nous avons terminé nos études, alors que la sienne continuait.

– Ça va ?

Hanna mord sa lèvre inférieure, l'inquiétude lui plisse le front.

– Très bien. Je suis tellement heureuse pour toi.

Je retrousse les lèvres en espérant que cela ressemble à un sourire. Je ne vais pas gâcher cette soirée en lui laissant voir mon apitoiement sur moi-même.

– Della m'a demandé de la rejoindre pour un verre chez Brady ce soir. On a deux ou trois trucs à voir pour le boulot. Tu ne m'en voudras pas si j'y vais, hein ?

– Bien sûr que non.

Hanna me prend dans ses bras et me serre contre elle.

– Fais-lui une bise de ma part.

Cela me culpabilise un peu de lui mentir. Mais pas trop. Je préfère m'en aller sur un mensonge que courir le risque qu'elle voie à quel point je suis triste. Si Hanna savait combien je me suis sentie seule, ces derniers temps, cela gâcherait sa joie. Et je ne connais personne qui mérite plus qu'elle d'être heureuse.

Je dis au revoir et me dirige vers la porte. Dans l'entrée, Asher coince Maggie contre le mur, enfouit ses mains dans ses cheveux, écrase sa bouche sur la sienne. Ils sont toujours comme ça, après tout ce temps passé ensemble. Je commence à croire qu'ils ne changeront jamais, et quand on y pense, ce serait génial, non ?

Je passe furtivement devant eux sans qu'ils ne me remarquent, et je vais droit à ma voiture.

Lorsque j'arrive chez Brady, je suis étonnée de voir que c'est si calme. En même temps, toute la fac de Sinclair est dehors au printemps, mais quand arrive l'été, les affaires marquent le pas.

Je m'approche du bar, et Brady me sourit.

– Tiens, mais c'est ma blonde préférée.

– Et mon barman préféré.

Il sort deux petits verres à shot et les remplit tous les deux de tequila. J'en attrape un et il prend l'autre.

– J'ai entendu dire que ta sœur s'était fiancée ce soir.

Je hausse un sourcil, et j'avale ma tequila d'un trait avant de répondre.

– Les nouvelles vont vite.

– C'est déjà sur ce nouveau site de potins. Le *Tattler*, c'est ça ?

– Ouais, je connais.

Il me ressert une tequila.

– Ouais, je me disais bien que je te verrais ce soir. Et je me suis dit que tu aurais besoin d'un petit verre.

– Je suis aussi prévisible que ça, alors ?

– Tu es humaine. Ce n'est pas la peine de te flageller pour ça.

– Qu'est-ce qui cloche chez moi ?

J'examine le liquide ambré en plissant le front.

– Je n'ai jamais eu de relation sérieuse. Aucune perspective ne se pointe à l'horizon. Et je n'ai pas la moindre idée de ce que je veux faire de ma vie.

– Une perspective se tient juste devant toi. Je ne pourrais pas t'offrir une bague sophistiquée, mais je te traiterais très bien.

Quand il sourit, des petites rides apparaissent au coin de ses yeux. Brady est beau mec, et il est gentil, et il a trente ou quarante ans de plus que moi.

– Et pourquoi dis-tu que tu ne sais pas ce que tu vas faire de ta vie ? Tu as monté ce truc avec Della. Votre école maternelle, ça marche bien, non ?

Je soupire, en laissant tomber mes épaules.

– Je déteste. Mais je n'ai rien voulu dire à personne. Je me sens complètement nulle.

– Tu détestes parce que ton associée est une garce ? Ou tu détestes diriger une école maternelle ?

– Les deux.

Je suis venue ici plus d'une fois après le travail. Brady m'a écoutée plus souvent qu'à son tour raconter des histoires horribles au sujet de Della. Dans le temps, je la considérais comme mon amie. Maintenant, je pense que, simplement parce que nous avions les mêmes fréquentations, nous en avons déduit que nous étions proches. Elle est horrible avec moi. Rien que la semaine dernière, je me suis plantée dans une facture et j'ai surpris sa conversation avec le parent d'élève quand elle essayait de rattraper le coup.

Il y a des gens comme moi, qui enseignent en maternelle parce qu'ils aiment les enfants. Et puis il y a des gens qui enseignent en maternelle parce qu'ils ne sont pas assez intelligents pour enseigner à un autre niveau.

Leur rire m'a fait si mal que j'ai eu envie de rentrer sous terre. Mais j'ai fait comme si je n'avais rien entendu et j'ai terminé ma journée de travail.

– La vie est trop courte pour faire quelque chose qu'on déteste, dit Brady.

– Je démissionnerais si je savais quoi faire d'autre.

Et sur cette pensée déprimante, j'avale ma seconde dose de tequila. Ce soir, je considère ces shots comme des doses. Doses de médicaments. Doses de bonheur dans un petit verre. Doses de santé mentale.

– Tu es venue en voiture ?

Il tend la main, paume en l'air. Ce n'est pas vraiment une question. Je fouille dans mon sac pour en sortir mes clés et je les laisse tomber dans sa main.

– Je rentrerai à pied si tu m'en donnes une autre.

Il empoche mes clés et remplit mon verre.

– Tu sais pourquoi je suis si jalouse d'Hanna ? je demande.

– Dis toujours.

– Nate la voulait depuis le début. Même quand il pensait qu'il n'aimait personne, Nate voulait Hanna.

– Pas sûr que ce soit si simple, dit Brady.

– Je veux dire qu'elle n'aura jamais l'impression qu'il l'a choisie seulement pour se ranger. Il aurait déplacé des montagnes pour être avec elle. Il l'aurait laissée partir, quitte à être malheureux, si c'était ce qu'il fallait faire pour qu'elle soit heureuse. Et il n'y avait pas que lui qui était amoureux d'elle, ils étaient deux. J'en veux bien encore un peu.

Brady secoue la tête et soupire avant de remplir mon verre encore une fois. Je ne me souviens même pas d'avoir bu le dernier, mais me voilà avec un autre dans la main.

– Je continue à penser que tu simplifies les choses. Nate n'est pas parfait. Aucun homme ne l'est.

– C'est peut-être ça mon problème. Je recherche peut-être l'homme parfait. Et ce que je devrais chercher, c'est l'homme qui est parfait pour moi. Celui qui déplacerait des montagnes pour être avec moi.

Brady grogne.

– Ça fait beaucoup d'auto-apitoiement, ça, dis donc.

Je soupire.

– Je sais. Je suis la pire.

– Nan. On a tous droit à une petite séance d'auto-apitoiement de temps en temps.

Il va au bout du bar pour servir un autre client.

– Salut, dit quelqu'un dans mon dos.

Je me retourne sur Connor, debout derrière le tabouret à côté du mien, les traits tirés par l'anxiété, les doigts crispés sur le bord du siège.

– Ça t'ennuie si je te tiens compagnie ?

– Non, vas-y.

Ma voix devient pâteuse. Cette bonne vieille tequila commence à faire son effet. Je vide d'un trait le shot suivant en regardant Connor s'installer à côté de moi.

– J'ai l'impression que ta vie est aussi merdique que la mienne, dit Connor.

Je lui jette un regard en coin.

– Qu'est-ce que tu as entendu, exactement ?

Il évite mon regard et appelle Brady d'un geste de la main.

– Suffisamment pour savoir que ce qu'il dit est vrai. Ce que tu veux est juste là devant toi, et tu ne le vois même pas.

Je le regarde en battant des paupières. Ma vision s'éclaircit et les deux Connor n'en font plus qu'un. Je devrais peut-être lever le pied sur la picole. On dirait vraiment que Connor me drague.

– Écoute…

Connor baisse la tête, et Brady fait glisser une pinte de bière brune devant lui puis repart.

– Oublie ce que j'ai dit.

– Tu sors avec Della, je te rappelle.

Si je n'avais pas bu, je ne le dirais même pas. Si je n'avais pas bu, je n'aurais pas le culot de penser que le petit ami de longue date de mon associée me drague. Mais je ne suis pas sobre. Même si nous nous sommes mis d'accord pour nous quitter bons amis après cette nuit passée ensemble à Notre Dame, j'ai toujours eu le sentiment que Connor en pinçait pour moi.

– Plus maintenant.

Connor passe les doigts dans sa chevelure peu soignée.

– Elle a rompu.

– Encore ?

Il regarde par-dessus son épaule avant de répondre.

– Elle fait ça tout le temps. Je ne lui donne pas ce qu'elle veut, elle rompt. Je ne fais pas assez attention à elle,

elle rompt. Je laisse mon regard s'attarder sur une jolie femme dans la rue, elle rompt.

– Alors, vous n'avez pas rompu pour de vrai. Elle pique juste sa crise.

– Je n'en sais rien. Elle a fait sa valise et elle est partie. Demain, elle voudra probablement qu'on se remette ensemble.

Il regarde par-dessus son épaule encore une fois, et cette fois, je suis son regard vers une rousse assise dans un box. Elle me fait penser à quelqu'un, mais je n'arrive pas à trouver à qui. Quand Connor se retourne vers moi, il a l'air épuisé.

– J'en ai marre, dit-il. Je ne supporte plus cette constante manipulation émotionnelle. Ce n'est pas avec moi qu'elle a envie de sortir. Elle veut un type qui soit aux ordres. Elle veut quelqu'un qui lui dira tous les jours qu'elle est belle, et qu'elle pourra insulter en retour.

– Mais tu l'aimes.

Connor souffle lentement. Une fois de plus, il regarde par-dessus son épaule, mais je ne sais pas s'il regarde la rousse ou s'il essaie de gagner du temps avant de répondre. Il boit une longue gorgée de sa bière.

– C'est vrai. Mais il y a différentes façons d'aimer. Je continue à espérer qu'elle m'aimera désespérément, mais ce n'est pas le cas.

– Et toi ? Tu l'aimes désespérément ?

– Touché[4].

Il essaie de sourire, mais il se force. La pièce se met à tourner.

– J'imagine qu'il n'y a qu'une fille pour laquelle j'ai vraiment ressenti ça.

4. En français dans le texte.

Et merde.

– Connor…

– Cela fait des années que je fais comme si je ne t'aimais pas, Liz.

Brady est toujours à l'autre bout du bar, mais Connor parle tout bas pour que je sois seule à l'entendre. Il baisse la tête vers moi, et sa mèche lui tombe dans l'œil.

– Je ne peux pas être avec Della. Ce n'est pas honnête.

– Pourquoi ?

– Parce que la première chose que je me dis chaque fois qu'elle rompt, c'est, peut-être que je vais pouvoir sortir avec Liz maintenant.

La pièce recommence à tourner, comme dans les films quand le garçon dit un truc à la fille et que c'est si gentil et si spécial que la caméra doit faire un petit arc de cercle.

– Je sais que toi, tu n'as jamais voulu qu'il y ait autre chose que de l'amitié entre nous. Mais je te jure que je te traiterais comme une reine.

– Connor…

Il se penche en avant sur son tabouret et baisse la tête comme s'il allait m'embrasser là maintenant.

Je l'arrête en posant un doigt sur ses lèvres.

La rousse sort de son box et nous adresse un sourire en allant vers la porte.

– Je n'ai pas envie d'être tout seul ce soir, dit Connor. Tu viens chez moi ?

20

SAM

Une seule chambre d'hôtel. Un très grand lit. Deux personnes qui n'ont pas le moindre désir de coucher ensemble.

– Je peux dormir sur le divan, si tu veux, dit Sabrina.

Je secoue la tête.

– Prends le lit. Ça m'est égal.

– Tu pourrais coucher dans le lit avec moi.

Elle lève une main comme pour me faire signe d'arrêter le fil de mes pensées.

– Pas dans ce sens-là. Je veux dire, il est assez large pour nous deux.

– Le divan, ça me va.

Elle sourit.

– Tu es un vrai gentleman. Ça ne t'ennuie pas si je vais faire trempette.

Elle désigne par-dessus son épaule la salle de bains carrelée de marbre. Elle est magnifique et me rappelle l'hôtel de Chicago où j'ai emmené Liz en décembre dernier. La baignoire dans laquelle elle s'était laissée glisser sur ma queue sans rien entre nous, les bras autour de mon cou.

– Prends ton temps.

Je suis mort de fatigue. J'ai mal à la mâchoire à force de sourire, à force de faire semblant d'être fou amoureux au moment où je lâche une petite fortune pour cette bague ridicule. Mais surtout, j'en ai marre de jouer la comédie. Et ce n'est que le début. Je commence à me demander si j'ai eu raison d'accepter de me prêter à cette mascarade, mais je plains sincèrement Sabrina. C'est elle la victime dans cette histoire.

Dès que la porte de la salle de bains se referme, je prends une bouteille dans le minibar et je me sers un verre avant de m'affaler dans le divan, mon téléphone à la main.

Liz décroche après une seule sonnerie.

– Allô ?

Sa voix est un peu endormie.

– Je t'ai réveillée ?

Elle bâille.

– Je dormais sur le canapé. Je manque de sommeil ces derniers temps. J'essaie de rattraper mon retard.

– J'imagine que c'est aussi bien que je ne sois pas avec toi ce soir, alors. Parce que je suis si égoïste que je te tiendrais éveillée toute la nuit. Encore. La journée s'est bien passée ?

– Eh bien, on m'a renvoyée à la maison. Le gouverneur Guy s'est rendu compte que ta relation avec sa fille, ça devait être un peu dur pour moi, donc elle m'a ordonné de prendre ma journée.

– Merde. Je n'avais pas pensé à ça. Tu n'as pas laissé entendre que tu étais au courant au moins ?

– Bien sûr que non. Qu'est-ce que j'aurais fait ? La regarder droit dans les yeux et lui dire que je sais qu'elle et moi avons un penchant pour le même genre de jeux sexuels ? C'est une conversation embarrassante dont je préfère me passer, merci bien. Je ne crois pas avoir envie de copiner avec elle sur le thème de nos pratiques ou partenaires sexuels communs.

Je rigole.

– Tu crois que tes « *pratiques* », comme tu dis, ressemblent aux siennes, hein ?

– Je préfère ne pas y penser, mais oh, j'ai vu la vidéo, quand même.

– Tout d'abord, j'aimerais croire que les *miennes* se sont améliorées depuis cette époque-là, mais…

Je jette un coup d'œil vers la porte de la salle de bains. Elle est toujours fermée, et Sabrina ne risque pas de m'entendre avec le fort ronronnement de la baignoire à jets.

– Avec toi c'est différent, Canaille.

– Comment ça ? Tu essaies de me dire que je suis bonne au lit ?

– *Bonne* ? C'est très au-dessous de la vérité.

Je ferme les yeux et je la revois attachée aux montants de mon lit, les bras tendus au-dessus de sa tête, les seins qui montent et qui descendent au rythme de sa respiration, les lèvres écartées comme si tout le plaisir qui emplissait son corps avait besoin d'une voie pour déborder.

– As-tu déjà couché avec quelqu'un que tu n'aimais pas ?

Elle reste silencieuse un instant.

– Tu connais déjà la réponse.

– Ah oui, Connor. Cet enfoiré. Il n'aurait jamais dû coucher avec toi.

– On pourrait dire la même chose de Christine Guy et toi, dit-elle doucement.

– Je suis sûr que Sabrina serait d'accord avec toi.

Elle soupire.

– Sans aucun doute. J'ai tendance à oublier à quel point cette situation doit être merdique pour elle aussi.

– Merci d'être si compréhensive.

Je bois une longue gorgée de scotch. Nous sommes assis entre deux chaises, Liz et moi. Ma situation nous donne une excuse pour être ensemble justement parce qu'elle nous empêche d'être réellement ensemble. Je n'ai pas à prendre la décision difficile de savoir si, oui ou non, elle a une place dans ma vie après ce qui s'est passé entre elle et mon père, puisqu'elle ne peut en aucune façon être officiellement dans ma vie. Du moins pas encore. Peut-être avais-je besoin de cette excuse au début, mais maintenant, c'est fini. Nous allons devoir nous battre pour ça, mais elle en vaut la peine.

– Liz ?

– Oui ?

– Avec toi, c'est différent. C'est mieux, pas seulement quand il s'agit de prendre son pied et de se sentir bien. Mieux dans tous les sens. Plus complet. Je ne pensais pas que cela pourrait être mieux que lors de cette première nuit avec toi, mais si. À chaque fois.

– C'est pareil pour moi.

Je suis toujours amoureux de toi. Je n'ai jamais cessé de l'être. Et je t'aimerai toujours.

Les mots restent bloqués sur ma langue.

J'entends couler de l'eau à l'autre bout de la ligne.

– Tu te fais couler un bain ?

– Ouaip. J'ai un grand verre de vin, de l'eau chaude et aucun projet pour le reste de la journée. Un bain me semble être un aussi bon plan qu'un autre.

– George ne va pas venir te tenir compagnie ?

– Ce n'est qu'un ami.

Je me force à desserrer les mâchoires. C'est moi qui ai mis ce sujet sur le tapis. Ce ne serait pas juste de ma part de me mettre en rogne.

– Il veut aller plus loin.

J'entends des clapotis à l'autre bout de la ligne. Elle entre dans la baignoire.

– Je sais, mais lui, de son côté, sait que je suis toujours accro à quelqu'un d'autre.

Je veux qu'elle soit plus que simplement *accro* à moi. Je veux qu'elle soit si désespérément amoureuse qu'elle nous donne une chance, même si tout est contre nous. Peut-être qu'avec le temps…

– Tu es dans la baignoire ?

– Il y a même de la mousse.

– Les bains avec toi me manquent. Qu'est-ce que tu fais exactement quand tu es toute seule dans l'eau ?

– Es-tu en train de me demander si je vais me caresser ?

Ma queue se dresse contre ma braguette. Je l'imagine tellement facilement dans un bain de mousse, avec une main entre les jambes.

– Non, je te dis que je veux que tu te caresses.

Elle prend une courte inspiration.

– Oh.

– Tu me rendrais un grand service. Tu vois, je le ferais moi-même si je n'étais pas à mille kilomètres.

– Alors, ce serait comme de rendre service à un ami ?

– Le meilleur service possible.

– Si tu présentes les choses comme ça…

– Commence par tes seins. Je veux que tu caresses tes tétons. Ils durcissent ?

Elle prend une inspiration.

– Oui.

– Joue avec pour moi. Fais-les rouler entre tes doigts.

En entendant son petit cri étouffé, je m'agite sur mon siège inconfortablement. Je jette un coup d'œil vers la porte de la salle de bains, mais elle est toujours fermée et j'entends toujours le bruit des jets d'eau.

– Oh mon Dieu, gémit-elle d'une voix traînante. Tu es vraiment sûr que tu ne peux pas rentrer ce soir ? Je viendrais te chercher à l'aéroport, je trouverais peut-être une ruelle obscure pour qu'on n'ait pas à attendre d'arriver chez moi.

– Ne détourne pas mon attention, je gronde. Es-tu prête à aller plus loin ?

– Aussi loin que possible, sachant que tu es à New York.

Je ferme les yeux. L'idée de rentrer pour aller retrouver Liz est tellement plus attirante que celle de dormir sur ce divan.

– Mets ta main entre tes jambes et cherche ton clitoris.

Elle prend une inspiration puis souffle lentement. Le bruit de sa respiration dans le téléphone suffit, à lui seul, à rendre ma queue douloureuse.

– C'est bien. Maintenant, glisse un doigt dans ta fente tout en frottant ton clitoris avec la paume de ta main.

– Sam.

Le ton de sa voix atteint une hauteur désespérée, et je sais que mes paroles lui font autant d'effet que sa caresse.

– Continue. J'ai besoin de t'entendre respirer. Je veux t'entendre gémir.

J'entends le bruit de l'eau qui clapote, puis son gémissement. Sa respiration se modifie, elle devient plus courte, plus difficile.

– Ajoute un deuxième doigt.

– Mais…

– Imagine que je suis là et que je te regarde. Imagine que je suis debout au bord de la baignoire et que je te regarde te baiser toi-même de tes doigts. Fais le spectacle pour moi, Canaille.

Elle pousse un gémissement.

– Je… *oh mon Dieu…*

– Plus lentement. Tu n'as pas envie que ça s'arrête. Imagine que je te regarde et que tu veux faire durer le plaisir.

C'est là que je voudrais être. Juste là, à la regarder prendre son pied, observer le plaisir sur son visage en même temps que je lui murmurerais des mots cochons à l'oreille. Elle empoignerait ma bite et…

Le son de son orgasme me parvient aux oreilles, des petits halètements et des gémissements qui me font presque jouir dans mon jean sans même avoir besoin de toucher ma queue. Il va falloir que je m'occupe de ça rapidement, mais l'idée de me branler avec Sabrina dans la chambre n'est pas très réjouissante.

– Waouh.

Elle pousse un long soupir détendu.

– Eh ben dis donc, quand je pense que je m'apprêtais à être chaste jusqu'à la prochaine fois que je te verrais.

– Il n'y a pas de raison, je murmure en me servant un autre scotch.

– La salle de bains est libre, dit Sabrina.

Je relève la tête. Sabrina est debout devant moi en peignoir, une serviette nouée autour de la tête. Je suis étonné de n'avoir pas remarqué le moment où les jets s'arrêtaient. En même temps, j'étais plus que distrait.

– C'était qui ? demande Liz.

Je déglutis. Il aurait mieux valu aborder le sujet de la cohabitation dès le début de cette conversation.

– Sabrina.

***

LIZ

Cela me fait l'effet d'un coup de poing, mais je m'oblige à respirer et à rester calme.

– Qu'est-ce que Sabrina fait dans ta chambre ?

– Est-ce que je peux te rappeler ?

Je me crispe et me mords la lèvre pour m'empêcher de parler. Il ne m'appartient pas. Je n'ai aucun droit sur lui. C'est juste… je ne sais même pas quoi dire d'autre que… sans espoir.

– Ce n'est pas la peine.

– Je te rappelle, dit-il d'une voix ferme.

Dis mon nom. Je voudrais qu'il dise mon nom.

– C'est ça. Comme tu voudras.

Je raccroche avant lui, mais être celle qui met fin à l'appel ne me procure pas la satisfaction que je recherche.

Je lance mon téléphone à l'autre bout de la pièce, puis je vide la baignoire et mon verre par la même occasion. Comme soirée de détente, c'est plutôt raté !

J'enfile mon peignoir et quand je suis à mi-chemin de la cuisine pour aller remplir mon verre, mon téléphone se met à sonner. Je pourrais ne pas répondre. Il vient juste de me provoquer un des meilleurs orgasmes solo de toute ma vie, rien qu'en me parlant, et je m'en remettais à peine quand Sabrina s'est pointée brusquement.

Je ne suis pas raisonnable. Bien sûr qu'elle est là. C'est pour cela qu'il est à New York, non ? Mais pourquoi dans sa chambre ?

Je ne peux pas résister, il me faut des réponses, alors je retourne dans la salle de bains en courant pour ramasser mon téléphone et je réponds juste avant qu'il ne tombe sur la boîte vocale.

– Allô ?

– Je suis désolé. Je ne m'étais pas aperçu qu'elle était sortie de son bain.

Sortie de son bain. C'est drôlement intime, putain !

– Je me demande si, dans toute cette histoire, elle est aussi innocente que tu le crois.

– Que veux-tu dire ?

– Arrête. Vous partagez une chambre ? Tu es à New York avec elle pour la deuxième fois *cette semaine*, et vous paradez comme un couple bienheureux.

– C'était plus ou moins le deal, Liz. Je pensais que tu l'avais compris.

– C'est juste que…

Je ne sais pas du tout comment exprimer ce que je ressens, probablement parce que je suis apparemment incapable d'identifier mes propres sentiments. De la jalousie et de l'envie, parce que la famille de Sam l'accueille à bras ouverts, elle, mais il n'y a pas que ça. J'ai l'impression qu'il y a quelque chose qui n'est pas net dans cet arrangement. Je n'ai pas confiance en elle.

– C'est juste que quoi ?

Il soupire, et j'entends frapper de son côté de la ligne.

– C'est bien pratique, apparemment.

– Si nous dormons dans des chambres séparées, la presse va le découvrir, dit-il. Nous nous sommes dit que ce ne serait pas dramatique de partager une chambre cette nuit.

J'aurais aimé le savoir *avant* qu'il joue à l'opérateur de téléphone rose.

– Connor m'a prévenue à son sujet. Je pense que tu devrais faire attention.

– Connor ? Tu as parlé de Sabrina avec mon enfoiré de beau-frère ?

– Il essayait seulement de me mettre en garde, dis-je en haussant la voix.

Je n'ai pas envie de me disputer, et j'en ai déjà trop dit. Mentionner Connor ne manque jamais de mettre Sam en colère, et comme par hasard, Sabrina est là qui essaie d'attirer son attention.

– Je pensais que tu étais seul.

Je l'ai même imaginé dans son lit, se caressant la queue en me disant ces choses. Cette idée était pour moitié dans ce qui m'a fait prendre mon pied si rapidement.

– Tu n'es pas obligé de rester au téléphone avec moi. Vas-y. Bonne nuit.

Avec Sabrina.

– Je ne couche pas avec elle.

Il pousse un profond soupir, comme s'il était exaspéré. Par moi ou par la situation ?

– Est-ce que ça me regarde ?

J'ai crié. Je me mets la main sur la bouche et je serre les paupières. J'ai l'air complètement hystérique.

– Bien sûr, dit Sam. Cela te regarde parce que *c'est toi* que j'aime.

Son soupir est lourd sur la ligne.

– Dis-moi ce que tu veux que je fasse. Si tu veux que je rentre ce soir, je rentre. Je trouverai un moyen. Je trouverai une excuse pour la presse. Je ne supporte pas l'idée de te faire de la peine. Dis-moi ce que tu veux que je fasse.

Mais je ne peux pas avoir ce que je veux quand ce que je veux, c'est qu'il parte sans que j'aie besoin de le lui dire.

– Bonne nuit, Sam. Je te verrai…

Quand ? Pourquoi ?

– Je te verrai quand je te verrai.

21

SAM

– Je t'aime, dis-je dans un souffle.

Mais Liz a déjà raccroché. Je flanque mon poing dans la porte, et une douleur fulgurante me remonte jusqu'en haut du bras. *Putain.* J'ai besoin d'un verre.

Quand je sors de la salle de bains, Sabrina a revêtu un peignoir de soie et s'est séché les cheveux.

– C'était qui au téléphone ?

Je me passe la main sur la nuque. Je ne suis pas sûr que ce soit juste de lui cacher ma relation avec Liz, mais je n'ai pas vraiment envie de lui en parler non plus.

– Une amie.

Elle croise les bras et relève le menton.

– Laisse-moi deviner… Elizabeth Thompson ?

– Oui.

– Tu lui fais confiance ?

C'est une bonne question. Il y a cinq mois, j'aurais dit non, mais je n'aurais jamais admis la vérité à propos de la vidéo si j'avais cru un instant qu'elle s'en servirait pour nous faire du mal, à Christine ou à moi.

– Oui.

– Tu lui as dit la vérité ?

– Elle l'a comprise d'elle-même.

Elle m'observe quelques secondes, puis secoue la tête.

– Je ne sais pas pour toi, mais moi je commence déjà à me sentir claustro dans cette chambre. Je vais m'habiller et descendre au bar. Tu m'accompagnes ?

Je préférerais la laisser y aller seule et en profiter pour rappeler Liz, mais je suis à peu près sûr que celle-ci m'a assez entendu pour ce soir.

– Pourquoi pas ? J'ai besoin d'un verre.

Je ferme les yeux et j'entends encore Liz me dire. *Je te verrai quand je te verrai.*

– Ou de plusieurs.

* * *

LIZ

Au lieu de me resservir un verre de vin, je m'habille, j'attache mes cheveux en queue-de-cheval et je monte en voiture, direction New Hope. Quand j'arrive en ville, je me gare et je pose la tête sur le volant. Il est presque vingt-deux heures. Je sais qu'Hanna serait ravie de me voir, mais elle n'est pas au courant de ce qui se passe entre Sam et moi et je ne pense pas que Sam voudrait que je lui en parle. Il veut que cela reste secret.

J'envoie un SMS à Nix.

Liz : `Où es-tu ?`
Nix : `Chez moi. Que se passe-t-il ?`

Je redémarre et je vais directement chez elle. Je ne lui ai pas parlé depuis qu'elle est partie furieuse, le matin de ma nuit avec Sam. Je sais que Sam veut que je lui mente, mais je ne le ferai pas. C'est déjà assez dur de cacher la vérité à Hanna. J'ai besoin de parler à quelqu'un, et puisque Nix en sait déjà plus que n'importe qui, qui mieux qu'elle pour ça ?

Nix est arrivée à New Hope il y a deux ans et, récemment, elle a acheté ici une grande maison qu'elle a rénovée.

J'adore cette maison – de style Cape Cod, peinte en un jaune lumineux avec un porche qui fait tout le tour – et quand je me gare dans l'allée, je m'arrête une minute pour la regarder. C'est le genre de maison qui colle parfaitement avec l'idée de *foyer.* Je me vois déjà ouvrir une bouteille de vin et passer la soirée à me plaindre avec elle de ma relation avec Sam – ou plutôt de l'absence de celle-ci.

Je frappe à la porte, et c'est un mec qui vient ouvrir. Je n'en crois pas mes yeux.

Max se tient devant moi, torse nu. Son jean déboutonné descend sur ses hanches. Il ouvre de grands yeux, puis me sourit en me montrant les billets qu'il tient à la main.

– Tu n'es pas le livreur de pizzas.

– Non, en effet.

Je me hausse sur la pointe des pieds pour jeter un coup d'œil par-dessus son épaule. Nix est en train de mettre la table, en t-shirt. Elle ne porte rien d'autre.

Waouh. C'est gênant.

Je lève un sourcil.

– Alors, Nix et toi ?

– Heu… Je crois que je vais la laisser répondre à ça.

Il se retourne.

– C'est Lizzy.

Nix lâche l'argenterie qui tombe sur la table avec fracas.

– Tu n'as pas répondu à mon texto.

Je regarde Max, puis Nix, puis Max de nouveau.

– Il y a quelque chose que vous voulez me dire, tous les deux ?

Max s'appuie dans l'embrasure de la porte en croisant les bras.

– Tu veux que je réponde ou tu préfères le faire ?

Il regarde Nix en haussant un sourcil. À voir sa tête, je me dis qu'elle aimerait mieux être frappée par la foudre que d'avoir cette conversation.

– C'est juste…

Elle fait deux pas vers moi avant de s'arrêter net.

– Je dois aller m'habiller.

Elle tend un index vers Max.

– Toi, tu ne dis rien.

Puis elle court vers la grande chambre au bout de la maison.

Je m'éclaircis la voix.

– Elle va revenir et essayer de me persuader que, oui, vous vous trouvez là tous les deux, à traîner à moitié nus, mais que non, il n'y a rien entre vous, je me trompe ?

Max serre les lèvres et hausse les épaules.

– Ça fait combien de temps que ça dure ?

Il lève les mains, paumes en l'air, puis pointe du doigt la direction dans laquelle Nix a disparu comme pour me rappeler qu'elle lui a ordonné de ne rien dire.

Quand Nix réapparaît, elle a mis un short. Elle regarde Max en fronçant les sourcils.

– Va t'habiller, siffle-t-elle.

– C'est toi qui as mon t-shirt.

Elle grimace, et je me mets à rire.

– Nix ! On s'en fout.

À ce moment-là, une Ford Escort rouge toute cabossée se gare dans l'allée et un ado à la tignasse noire en sort, tenant à la main un carton de pizza.

– *Voilà* la pizza, dit Max.

Il descend les marches du porche pour aller payer le livreur et Nix m'entraîne à l'intérieur de la maison et me fait entrer dans son bureau. Elle ferme la porte derrière elle et s'y adosse en fermant les yeux.

– Je te *jure* que ce n'est pas ce que tu crois.

– Si tu veux dire par là que tu ne t'apprêtais pas à combler un petit creux post-coït avec de la pizza, je pense que tu es une sacrée menteuse.

Elle ouvre les yeux brusquement.

– C'est juste… arrivé comme ça. S'il te plaît, ne dis rien à Hanna.

– Oh, ma puce.

Je la prends dans mes bras et je la serre contre moi, même si elle reste raide comme une planche à repasser.

– Max n'*appartient* pas à Hanna. Elle a choisi Nate, je te rappelle.

Je la lâche, mais elle ne se détend toujours pas.

– C'est arrivé comme ça. Il a amené Claire au cabinet pour la visite de routine et je ne sais plus comment c'est venu, mais j'ai dit que la fermeture de ma porte de garage ne fonctionnait plus, alors il m'a proposé de venir la réparer. Et il est venu, l'a réparée, et on rigolait, et il m'a embrassée, et c'était si agréable que je lui ai rendu son baiser et, tout à coup, nos vêtements ont volé dans tous les sens.

Elle reprend sa respiration, enfin.

– C'est génial. Alors, c'était le genre de baiser qui fait disparaître les vêtements comme par magie, c'est ça ?

Elle avale sa salive.

– On peut dire ça, oui.

– C'est le genre de baiser que je préfère.

Je souris, mais malgré mes tentatives pour ne pas en faire toute une histoire, Nix a toujours l'air mortifiée.

– Cela semblait sans conséquences, et ça va le rester, je te le promets.

– Je ne vois toujours pas où est le problème.

– Il était amoureux d'Hanna. Et Hanna était amoureuse de lui.

Elle est trop mignonne.

– Et maintenant, Hanna est mariée avec Nate, elle est la mère de ses bébés, et Max et toi, vous êtes deux adultes, célibataires, en bonne santé et consentants.

– Ça paraît simple quand tu le dis. Mais, dans ma tête, c'est une équation complexe.

Je soupire.

– Comparée à la mienne, ta vie amoureuse est aussi simple qu'une addition à deux chiffres.

– Alors que la tienne, c'est plutôt de la trigonométrie avancée, c'est ça ?

Je hoche la tête et je déglutis.

– Et j'ai toujours été nulle en math, Nix.

Et je me mets à pleurer. Je ne veux pas pleurer, mais les larmes jaillissent de mes yeux et roulent sur mes joues, et je me mets à sangloter.

Elle me prend dans ses bras et me caresse les cheveux.

– Je suis désolée de t'avoir menti. Il y a des secrets que je ne peux pas dévoiler, car ils ne m'appartiennent pas. Mais tu as raison. Je lui donne l'occasion de me faire souffrir, une fois de plus. Le seul problème, c'est que l'alternative me fait encore plus souffrir.

– Je ne comprends pas, dit-elle. Comment peux-tu accepter qu'il te brise le cœur encore une fois ?

– Pour certaines personnes, l'amour c'est comme l'air que tu respires, comme l'oxygène sans lequel tu ne peux pas vivre. Tu en as besoin, et une fois que tu l'as, tu ferais n'importe quoi pour le garder.

– Sam est ton « air ».

Je hoche la tête contre son épaule.

– Je ne te demande pas de me raconter les secrets de Sam, mais je veux que tu saches que si tu as besoin de quelqu'un à qui parler, je suis là.

On frappe à la porte, et Max passe une tête dans l'entrebâillement. Son sourire s'évanouit quand il me voit.

– Qui dois-je aller castrer ?

– Sam, dit Nix. Mais seulement si je ne l'ai pas fait d'abord.

Max entre dans le bureau et m'enlève aux bras de Nix pour me prendre dans les siens. Sa compassion fait redoubler mes larmes.

– Tu es ce qui pouvait lui arriver de mieux, me murmure-t-il à l'oreille. Il faudrait qu'il soit vraiment idiot pour épouser l'autre.

22

SAM

J'ai un marteau-piqueur dans la tête et on dirait que quelqu'un m'a versé un seau de sciure de bois dans la bouche pendant que je dormais. Quand je me retourne pour enfouir la tête dans mon oreiller, je roule contre un corps tout chaud de sommeil.

Liz.

Je l'attire contre moi. Apparemment, ma gueule de bois carabinée n'affecte pas ma queue. Elle au moins, elle est en pleine forme.

La femme contre moi gémit quand je glisse une main sous sa chemise et trouve ses seins. Ils sont fermes et pleins et…

Ce n'est pas Liz.

Je recule et je m'assieds si brusquement dans le lit que ma tête proteste énergiquement.

Je suis dans une chambre d'hôtel, à New York, dans un lit avec Sabrina Guy.

– Tout va bien ?

Elle s'assied et arrange sa chemise de nuit. Elle a les joues roses et les yeux brillants. Elle ne semble pas être affligée de la même gueule de bois monstrueuse qui s'est emparée de mon crâne.

Mon estomac se soulève. Putain de merde ! Comment ai-je atterri dans ce lit ?

– Sam ?

Je me précipite dans la salle de bains pour vomir, avec ce monstre dans ma tête qui hurle à chaque mouvement que je fais.

Un quart d'heure plus tard, quand mon estomac est vide, que je me suis brossé les dents et que j'ai pris une douche, je retourne dans la suite. J'en ai marre de ce jeu. Marre de faire semblant d'être avec Sabrina, et marre d'avoir à cacher ma relation avec Liz. Et dire que cela ne fait que commencer !

Je voudrais dire au monde que c'est Liz ma fiancée, pas Sabrina.

Sabrina, qui est assise sur le canapé, les bras croisés, l'air furax.

– Bonjour, Monsieur Bradshaw.

Je fais brusquement volte-face – relançant les hurlements du monstre – et je vois Erin McDaniel qui se fait une tasse de café dans la kitchenette.

Elle me regarde de la tête aux pieds et hausse un sourcil.

– On a un peu trop fait la fête hier soir, on dirait.

– Depuis quand êtes-vous là ?

Je secoue la tête et lève une main.

– Laissez tomber. Ne dites rien. Cela ne m'intéresse pas.

– C'est sans conteste la réaction la plus violente qu'aucun mec ait jamais eue en se réveillant à côté de moi, dit Sabrina.

Je ferme les yeux et souffle lentement.

– Ne le prends pas personnellement.

– Bien sûr. Si tu le dis.

Je me sens horriblement mal. En regardant le réveil, je vois qu'il est plus de midi.

– Merde. On ne devrait pas être en route pour rentrer, à l'heure qu'il est ?

Sabrina fait une petite moue.

– On a décidé de rester un jour de plus, hier soir. Tu ne te souviens pas ?

– Je n'ai aucun souvenir de la nuit dernière, Sabrina.

Quelques bribes ? Sabrina et moi prenant un verre dans le coin du bar de l'hôtel. On riait au sujet de quelque chose, et soudain elle a repéré un journaliste de l'autre côté du bar et m'a dit de l'embrasser. Je me souviens qu'elle a mis sa langue dans ma bouche et que je l'ai repoussée. Puis nous avons demandé une autre tournée. Après, tout devient assez flou. Qu'est-ce que j'ai fait ?

– Est-ce que nous avons… ?

Je fais un geste vers le lit. Sabrina hausse les épaules.

– Je ne me souviens pas, mais je pense… peut-être.

Elle regarde Erin d'un air entendu. Elles communiquent en silence.

Putain !

– Il faut que j'appelle Liz.

– Vous devez appeler votre ex-petite amie pour lui expliquer pourquoi vous restez un jour de plus avec votre fiancée ? demande Erin.

– Ce n'est pas ma fiancée.

J'ai trop la gueule de bois pour supporter cette comédie.

– Et elle, elle n'est *rien* pour toi, dit Sabrina.

Je la regarde, étonné. Il y a quelque chose de changé chez elle ce matin. Elle a l'air contente d'elle. L'image du *chat qui vient de manger la souris* me vient à l'esprit.

– Pourquoi maintenant, Sam ? Vous auriez pu être ensemble pendant tout ce temps, mais il a fallu que vous attendiez le moment où ma vie et *ma* réputation sont en jeu pour recommencer à baiser tous les deux.

– On ne baise pas.

– Ah, c'est du sérieux alors ? Cette histoire avec ton père n'est plus un problème pour toi ?

Je me fige.

– Je refuse de parler de ça avec toi.

– Je me dis juste que c'est triste.

– Je me fiche de ce que tu penses. Cela ne te regarde pas, Sabrina.

– C'est marrant. Cette vidéo non plus.

Elle lève les bras.

– Et pourtant, je suis là.

– Arrêtez, intervient Erin. Tous les deux. Vous vous conduisez comme des gamins.

– Alors, on arrête tout.

Je regarde Erin. C'est elle qui tire les ficelles dans toute cette histoire.

– On leur a donné ce qu'ils voulaient, les citations, les photos de nous deux. Arrêtons pendant qu'il est encore temps.

– Arrêter ?

Sabrina se lève et vient vers moi d'un pas décidé. C'est bizarre. Elle n'a pas tellement l'air d'avoir la gueule de bois, elle.

– Tu crois qu'ils ne vont rien remarquer si nous ne nous montrons pas ensemble pendant tout le reste de la campagne ? Et je ne sais pas pour toi, mais moi, je ne vois aucun emballage de préservatif ici. Imagine que je tombe enceinte après ce qui s'est passé la nuit dernière, hein ?

Mon estomac se soulève de nouveau.

– Là, ça va trop loin.

– Vous m'avez fait une promesse, Sam, dit Erin. Tout ce que je vous demande, c'est de la tenir sans tout foutre en l'air.

– Surtout pour une femme avec laquelle tu n'as aucun avenir, en plus, ajoute Sabrina.

– Ton opinion sur mon avenir avec Liz ne m'intéresse pas. Après les primaires de mardi, je dis à la presse que nous avons des différends irréconciliables. Je ne veux plus faire ça. Je ne peux plus le faire et je ne le ferai pas.

Elle pose un instant sur moi son regard calculateur.

– Super. Alors nous n'aurons qu'un coup de fil à passer et toutes les transcriptions de ses conversations avec ton père seront révélées dans la presse.

Elle se tourne vers Erin.

– Cela ne devrait pas poser de problème, n'est-ce pas ?

– Un coup de fil, dit Erin. Je le fais tout de suite ou j'attends un peu ?

– Vous ne feriez…

– Oh, mais bien sûr que nous le ferions, dit Sabrina. Tu veux parier ?

Ces deux-là sont plus dangereuses qu'on pourrait croire, et je me sens comme cet imbécile qui se rend compte tout à coup qu'il a pactisé avec le diable.

– Vous n'avez jamais eu l'intention d'intervenir pour m'obtenir un droit de visite avec Lilly, c'est ça ? Et le test ADN, c'était vrai au moins ?

– Oh, absolument vrai, dit Sabrina. J'ai tenu personnellement à savoir si elle était vraiment de toi avant même que tu saches qu'elle était née.

– Pourquoi est-ce que ça t'intéresse tellement ?

– Parce que j'ai tout sacrifié, dit-elle.

Ses yeux lancent des éclairs, il y a quelque chose de dément dans son regard.

– *Tout.* Tu m'entends ? La seule chose qui me reste, c'est toi, et je refuse de te perdre.

23

LIZ

J'ai passé la nuit chez Nix, un peu honteuse de l'empêcher de remettre le couvert avec Max, contrairement à ce qu'elle avait très certainement prévu. Je l'ai laissée me réconforter autant qu'elle le pouvait sans lui dire ce que je ne pouvais pas, et après ça, j'étais trop épuisée émotionnellement pour reprendre ma voiture et rentrer chez moi.

Quand je finis par rentrer, c'est pour trouver un homme sexy appuyé contre ma porte, avec dans les mains deux gobelets de chez Starbucks et un magazine.

– Salut George.

Dommage que ce ne soit pas l'homme sexy que je voudrais voir.

Il me tend un gobelet.

– Ne sachant pas ce que tu aimais chez Starbucks, j'ai pensé que n'importe quoi ferait l'affaire, du moment que c'était très sucré, et je t'ai pris un double moka. J'ai comme l'impression que tu en as besoin.

Je me sens lessivée, et cela doit se voir.

– Je vais bien.

– Vous vous êtes disputés.

Je secoue la tête.

– Je ne sais pas de quoi tu parles.

– Ces murs ne sont pas très épais, Liz, et j'étais chez moi hier soir.

Prise de court, je bois une longue gorgée de café – *c'est divin.*

– Entre, je dis en ouvrant la porte.

Je serais plutôt d'humeur à rester seule, mais si George se met à faire des choses aussi gentilles que de m'apporter un café hypersucré le samedi matin, il est temps que nous ayons une conversation.

Le canapé me paraît trop intime après que Sam m'a dit qu'il avait surpris George matant dans mon décolleté, alors je vais m'asseoir à la table.

Il s'assied en face de moi et pose le magazine retourné devant lui.

– C'est quoi ?

– *Stars Like Us*, l'édition de ce matin.

Je fronce les sourcils.

– Ce torchon de commérages ?

C'est le magazine qui a mis la main sur la sextape en premier.

– Mon employeur.

Je reste bouche bée. Je savais qu'il travaillait pour un magazine, mais je n'ai jamais demandé lequel et je n'ai jamais pensé…

– Non !

Il lève une main.

– Je n'ai pas l'intention de révéler à qui que ce soit au boulot ce que je sais des activités nocturnes de ma voisine. Ce n'est pas exactement mon travail, d'ailleurs. Je m'occupe de l'aspect technique des choses.

– Il n'y a rien entre Sam et moi.

Et j'en ai tellement marre de mentir que je suis bien décidée à ce qu'il en soit ainsi. Au moins jusqu'à ce qu'il n'ait plus besoin de faire semblant d'être avec Sabrina.

– Tant mieux, dit George.

Il retourne le magazine et le pousse vers moi. Mon cœur remonte dans ma gorge, accompagné de plusieurs litres d'acide venus de mon estomac. Ça fait mal de regarder le couple sur la couverture.

– Je ne comprends pas.

– J'imagine que les futurs mariés étaient un peu émoustillés après avoir choisi une bague hier. Un de nos photographes à New York a reçu un tuyau disant qu'ils seraient au bar de l'hôtel hier soir et quand il est arrivé, ils lui ont fait le grand jeu.

La photo montre Sam et Sabrina dans un box au fond d'un bar super-classe. Elle est assise à califourchon sur ses genoux, la jupe remontée très haut sur les cuisses. Lui, il a les mains plongées dans sa crinière rousse et elle l'embrasse.

– Loin de moi l'idée de te faire de la peine, Liz, dit George. Mais j'ai l'impression que tu as besoin d'un ami, là maintenant.

Pourquoi est-ce que j'aurais de la peine ? C'est ce que je devrais dire, mais les mots refusent de sortir. J'ouvre le magazine et je trouve l'article.

« Les fiancés de l'Amérique toujours aussi amoureux ».

Cela s'étale sur deux pages. Ce n'est pas vraiment un article. Plutôt une sorte de collage de photos prises dans le bar hier soir.

Je sens que je vais vomir.

Je ne sais pas combien de temps je contemple ces photos, mais elles sont toutes brouillées par mes larmes quand George retire le magazine.

– Je suis désolé. C'est un vrai salaud, Liz.

Un vrai salaud. Ce ne serait pas plutôt son père, et pas lui ?

– C'est un type bien. Il est juste…

– Est-ce que tu t'es vue ? As-tu regardé ton visage dans un miroir au cours de ces cinq derniers mois ? Tu as vu la tristesse dans tes yeux ? Parce que moi je l'ai vue, tous les jours. Je ne sais pas s'ils savent à quoi ils jouent dans les coulisses de cette campagne, mais je déteste voir l'effet que ça a sur toi. Ne le laisse pas te faire souffrir plus longtemps. Tu mérites *tellement* mieux que ça.

Je respire profondément en m'essuyant les yeux. George travaille pour *Stars Like Us.* Je dois faire attention à ne rien laisser échapper qu'il pourrait utiliser pour nuire à la campagne. Mon instinct me dit que je peux lui faire confiance, mais mon instinct est nul.

– Ses fiançailles n'ont rien à voir avec la campagne électorale.

George grogne.

– Je suppose que la prochaine chose que tu vas me dire est que cette vidéo est récente ?

Il lève une main.

– Détends-toi. Je n'ai aucune preuve. Seulement des soupçons, c'est tout.

– Que veux-tu dire ?

Je bois une longue gorgée de café. Je compte sur le sucre pour me remonter et m'aider à rester impassible, mais je ne suis pas sûre que ça marche.

– Tu t'es déjà demandé qui avait refilé cette sextape aux journaux ? Je veux dire, n'importe qui garderait ce genre de truc sous clé. A fortiori, une personne dont la famille est engagée en politique, pour qui ce serait encore plus judicieux d'éviter qu'elle ne devienne publique.

Et pour Christine encore plus que pour Sabrina.

– Je n'en sais rien. J'imagine que je n'y ai jamais vraiment pensé.

Mais c'est une bonne question. Une très bonne question, même.

– On n'a pas dit que l'ordinateur de Sabrina avait été piraté ?

Mais qu'est-ce qu'une sextape appartenant à la mère ferait dans l'ordinateur de la fille ? Ça ne tient pas debout. Est-ce que ça aussi, c'était un mensonge ?

– Donc, un de nos journalistes a une source – je ne sais pas qui c'est, bien sûr. C'est top secret, ces trucs. Mais il m'a apporté l'enregistrement le jour où il a été diffusé et il m'a demandé de l'analyser. Il voulait être sûr qu'il était authentique, parce que ça semblait trop beau pour être vrai. J'ai pu lui dire quand cela avait été enregistré.

Je me raidis.

– C'est vrai ?

– Oui. Les vidéos numériques contiennent des informations intégrées, et j'ai pu voir qu'elle avait été créée deux jours seulement avant que la source ne la lui transmette. C'est là que j'ai rencontré Sam en personne et j'ai commencé à avoir des doutes. Il paraît plus vieux que sur la vidéo. Même sa corpulence est différente. Mon idée, c'est que quelqu'un a créé un nouveau dossier – trafiqué une vieille vidéo de Sam avec le gouverneur pour la refiler aux médias dans le but de faire croire que Sam et Sabrina avaient une liaison. Elle avait les cheveux plus longs, avant, non ?

– C'est plutôt grave comme accusation.

Il lève les mains.

– Ce n'est pas une accusation, tout juste un soupçon. Et je l'emporterai dans la tombe. Tu as ma parole. J'en parle là maintenant, parce que je veux que tu saches à quel genre de personnes tu as à faire. La question c'est : qui irait se donner tant de mal pour trafiquer la vidéo et la faire fuiter dans la presse ? La campagne de Roe pourrait tirer un avantage de la fuite, mais pourquoi la modifier quand – si j'ai raison – c'est justement la date de l'original qui aurait permis de détruire la campagne de son adversaire ?

– C'est une autre bonne question, dis-je doucement.

Mais je crois que je connais déjà la réponse.

Mon téléphone vibre. Je le sors de mon sac pour lire le texto.

Sam : `Ne regarde pas les magazines. Je peux tout expliquer.`

Mais je ne vois pas quelle explication pourrait me convenir. Je savais que je jouais avec le feu, et il est plus évident que jamais que je dois rompre définitivement avec Sam.

– Ces gens ne rigolent pas, Liz, et si moi je sais qu'il y a plus de choses entre toi et Bradshaw que ce que tu veux faire croire, alors je te peux te garantir que je ne suis pas le seul. Sois prudente, d'accord ?

– D'accord.

Il se lève pour partir. Je le rappelle quand il arrive à la porte.

– George.

– Ouais ?

Je regarde fixement la photo de l'homme que j'aime en train de peloter les fesses de Sabrina. Une grande réception est prévue au QG mardi soir pour le dépouillement du scrutin du Dakota du Sud. Et alors que Christine sera à son QG là-bas, Sabrina la représentera ici, à Indianapolis. Et Sam sera probablement à ses côtés. Ma première idée était de demander à George de m'y accompagner, mais après tout ce qu'il a fait pour moi, cela me semble cruel.

– Je ne peux rien t'offrir de plus que mon amitié pour le moment, mais je veux que tu saches que j'ai sincèrement de l'affection pour toi. Tu as été gentil avec moi.

Il m'adresse un sourire charmeur et charmant.

– Quand tu veux.

* * *

SAM

– Vous formez un couple vraiment *adorable*, tous les deux, nous dit une femme à cheveux blancs. Vous savez, dans ma jeunesse, mon mari et moi aimions aussi explorer des choses nouvelles.

Elle baisse la voix

– *Sexuellement* parlant.

Nom de Dieu. Si j'entends une personne de plus me raconter sa vie sexuelle, je vais péter un câble, putain. Je ne sais pas ce qui, dans le fait qu'une sextape ait fuité, fait croire aux gens que vous vous intéressez aux détails de leur vie privée.

– Nous vous remercions pour votre soutien, dit Sabrina. Ces deux dernières semaines ont été plutôt rudes.

J'aperçois Liz à côté du bureau de Christine et je marque un temps d'arrêt. Je ne suis jamais sûr que ce soit bien elle. Depuis deux jours que je suis rentré de New York, je la vois partout. Je l'ai vue à la station-service, à la salle de sport, faisant la queue à la banque. Bien sûr, ce n'était jamais elle. La vraie Liz n'était jamais là. Elle était ailleurs, très occupée à rejeter mes appels et à éviter mes visites. Les seules nouvelles que j'ai eues d'elle depuis que nous avons raccroché vendredi soir, c'était un texto samedi matin : `Je ne peux pas faire ça.`

Je n'en pouvais plus, alors je suis venu au QG pour la voir, mais c'est bondé d'employés et de bénévoles extatiques devant la percée de Christine dans les sondages.

Si seulement Liz voulait bien écouter ce que j'ai à dire au sujet de ces photos… même si j'ai assez peu de souvenirs de ce qui s'est passé.

– Vous m'excusez un instant, Mesdames ?

– Je t'en prie, dit Sabrina. Je serai dans mon bureau. N'oublie pas de venir m'embrasser avant de partir.

Je lui fais un sourire évasif et je traverse la pièce en m'efforçant de sourire poliment à toux ceux qui me félicitent. En réalité, je me fais l'effet d'être un fichu hypocrite. La seule chose qui m'importe, c'est d'aller rejoindre Liz. Rien d'autre ne m'intéresse que de la prendre dans mes bras. Je n'arriverai pas à dormir tant que je ne me serai pas prouvé à moi-même que je ne l'ai pas perdue en me bourrant la gueule au point de me retrouver au lit avec Sabrina.

– Tu n'es pas facile à joindre.

Liz se retourne et ouvre de grands yeux en me voyant. Elle baisse la tête.

– Excuse-moi.

Je me place en travers de son chemin pour l'empêcher de me fuir. Je baisse la tête pour que personne d'autre ne m'entende.

– Dans cinq minutes, dans la salle de conférences.

Elle se crispe.

– Je suis en plein travail.

– Rejoins-moi quand même.

Elle serre les mâchoires et regarde autour d'elle pour s'assurer que personne ne m'a entendu.

– Très bien.

Elle est furax. Ce n'est pas grave. S'il y a une chose que je sais faire, c'est la faire changer d'état d'esprit.

J'attends jusqu'à ce que je la voie dire quelque chose à une de ses collègues avant de se diriger vers la salle de réunion. Trente secondes plus tard, je la suis.

Lorsque j'entre dans la pièce, elle me tourne le dos, passant le bout de ses doigts sur une pile de magazines posés sur la table. Dès que j'ai refermé la porte à clé, elle se retourne, les mains sur les hanches.

– C'est terminé. C'est la dernière fois que tu me coinces dans une pièce toute seule.

Je fais un pas en arrière et je me cogne dans la porte.

– Terminé ?

– Tu t'es dit que tu allais me faire venir ici, relever ma jupe et me baiser ? Pour être honnête, je dois dire que c'est ce qui s'est passé la dernière fois, mais c'est fini.

– De quoi est-ce que tu parles ?

– Ce n'est que pour le cul, c'est ça ? Bon sang, peut-être que je devrais te faire une facture. C'est quoi, les tarifs en ce moment pour tirer un coup ? Et est-ce qu'il y a un bonus pour les fois où tu m'as attachée ?

– Je n'ai jamais dit que ce n'était que pour le cul.

– Mais c'est pourtant la vérité, Sam. Tu organises ton mariage avec une autre et tu viens me voir pour tirer un coup. Je t'ai laissé me baiser au boulot alors que ta fiancée était dans la pièce à côté, nom de Dieu.

– Tu dis n'importe quoi.

Une impression dans mes tripes me dit qu'elle est sérieuse. Cela ressemble à la sensation qu'on éprouve quand on est au sommet de la première côte des montagnes russes, juste avant la grande descente. Sauf que là, il n'y a aucun plaisir. Seulement de la terreur.

– Il y a un moyen pour que nous soyons ensemble.

Elle regarde le sol, comme si elle ne pouvait pas affronter mon regard.

– Tu peux sortir de cette pièce et dire à tout le monde que tes fiançailles sont rompues. Admettre que c'était une mascarade ou dire que vous ne supportez plus d'être sous les projecteurs des médias. Tu peux annoncer publiquement que tu n'es pas avec elle, alors *là seulement*, je pourrai être avec toi. C'est du poison, cette femme.

– Je le sais.

Je déglutis avec difficulté.

– Mais je ne peux pas.

En dehors du fait qu'il ne soit plus question que je rencontre mon enfant, je ne peux soumettre Liz à l'humiliation qu'elle subirait si Sabrina publiait ses conversations avec mon père.

– Trop de gens seraient blessés.

Tu serais blessée.

– Alors, je ne peux pas être avec toi.

Je ne m'attendais pas à un ultimatum. Pas de sa part.

– Tu ne comprends pas.

– Je crois que je comprends très bien, au contraire.

Elle saisit un magazine sur la pile et me le montre. Comme si je n'avais pas déjà vu ces épouvantables photos.

– C'est à cause de ces photos dans les tabloïds ? Je voulais t'en parler, mais tu as rejeté mes appels. Nous étions au bar quand un photographe s'est pointé. On a joué la comédie pour les caméras.

– Tu es un super-bon acteur.

– Liz, écoute.

– Je t'écouterai quand tu ne seras plus avec elle. Quand tu vivras dans la *vérité* et plus dans le mensonge. Pas avant.

– Tu veux la *vérité* ? Je ne me souviens de rien. Je ne me rappelle pas qu'elle se soit assise sur mes genoux, et en tout cas, je ne me souviens absolument pas d'avoir fini dans ce putain de lit avec elle.

Ça y est. On a atteint le sommet, le moment où tout bascule sous vos pieds. J'avais l'intention de le lui dire, mais pas comme ça. Surtout pas comme ça.

Tout son visage se plisse de douleur et elle se recroqueville sur elle-même.

– Tu as couché avec elle.

– Je…

C'est à mon tour de détourner les yeux. Le simple souvenir de mon réveil à côté de Sabrina suffit à me soulever l'estomac.

– Je n'en sais rien, mais je ne veux pas te mentir. On s'est réveillés au lit tous les deux, et nous avions trop bu la veille pour que je me rappelle ce qui s'est passé. Je me souviendrais au moins de *quelque chose* si j'avais couché avec elle, tu ne crois pas ?

Mais je vois bien sur son visage qu'elle s'en fiche. Elle est trop blessée par cette idée.

– Elle ne *me plaît* même pas. Je n'ai aucun souvenir de ce qui s'est passé. Tu étais furieuse contre moi et j'ai trop bu. Ne me laisse pas. Je ne veux pas te perdre encore une fois. Je me fiche de toutes ces conneries, Liz. La seule chose qui compte pour moi, c'est demain, et les jours qui suivront. Tout ce qui m'importe, c'est de savoir que je les passerai avec toi.

Elle ferme les yeux. Elle est si belle, avec ses cils qui ombrent ses joues. Je voudrais graver ce visage dans ma mémoire. Même comme ça, même quand elle est fâchée contre moi, et blessée. Je voudrais la contempler jusqu'à ce qu'elle devienne une partie de moi.

Elle avale sa salive et inspire profondément.

– Puisqu'on en est à se dire la vérité, il faut que tu saches que c'est moi qui ai parlé d'Asia à Connor. Je ne savais pas qu'elle était enceinte et je ne savais pas ce qu'il allait faire, mais après t'avoir vu avec elle, je lui ai dit son nom. Et je le regrette. Tu n'imagines pas à quel point. Mais il est juste que tu saches que j'ai joué un rôle dans cette histoire.

J'en ai le souffle coupé.

– Quoi ?

Je ne peux donc faire confiance à personne. L'idée que Liz ait eu quelque chose à voir dans le fait qu'on m'ait enlevé ce bébé est insupportable.

J'ai vraiment peur qu'elle n'ait raison. C'est terminé. Et nous nous sommes menti à nous-mêmes.

– Tu m'as fait du mal, Sam. Mais je ne suis pas sans reproches. Nous savions, toi et moi, que nous deux, ça ne finirait pas en happy end.

Tout son visage exprime sa douleur, et ses yeux s'emplissent de larmes.

– Comment aurait-il pu en être autrement ?

24

LIZ

Sam : `Je ne t'en veux pas de l'avoir dit à Connor. S'il te plaît, ne renonce pas à notre histoire.`

– Je t'en prie, arrête de pleurer, dit Nix. S'il te plaît, s'il te plaît, Liz. Je peux gérer les larmes, mais je suis nulle pour soigner la dépression.

– Je suis désolé, dit George. Elle est comme ça depuis qu'elle est rentrée du travail. Elle m'a demandé de la conduire ici.

Il lui tend mon téléphone.

– Elle vient de recevoir ce SMS.

Nix lit le texto en fronçant les sourcils, puis elle me regarde. Elle me prend par les épaules et penche la tête jusqu'à ce que je la regarde dans les yeux.

– Peux-tu arrêter de pleurer, juste le temps de me dire *une chose* que je peux faire pour t'aider ? Juste une, petite ou grande.

– Appelle Hanna.

Quand ma sœur jumelle arrive, elle me regarde longuement avant de me prendre dans ses bras.

– Tout va bien, murmure-t-elle en me caressant les cheveux. Ça va s'arranger, je te le promets. Respire.

***

SAM

Lorsque mon père entre dans son bureau, il reste interdit en me voyant.

– Sam ?

Je ne lui ai pas dit un mot depuis plus de cinq mois, sauf quand c'était strictement nécessaire. Il le mérite probablement, mais en un sens, le fait d'avoir perdu Liz a modifié ma façon de voir ma relation avec lui. En le punissant, je me suis puni moi-même.

Ce n'est pas seulement à cause de ce qu'il a fait avec Liz – bien que cela suffise à me donner envie de lui foutre mon poing dans la gueule encore une fois. Mais il y a ce qui s'est passé avec Asia.

Après que le choc causé par les aveux de Liz s'est dissipé, je me suis rendu compte qu'elle n'avait pas à se sentir coupable. Bien sûr, elle a révélé le nom d'Asia à Connor, mais cela ne fait pas d'elle la responsable du chantage. Et maintenant plus que jamais, je dois affronter le vrai responsable.

Connor n'avait aucune raison de la contraindre à me mentir. Sauf si c'était pour mon père. Ce qui veut dire que, depuis cinq mois, je vis avec le ressentiment particulier d'un homme à qui une personne qu'il croyait de confiance a volé un bien précieux.

– Est-ce que je peux te parler ?

Il hoche la tête et ferme la porte.

– Qu'est-ce que je peux faire pour toi ?

Sa voix se fêle sur le dernier mot, et il se racle la gorge pour le cacher.

– Je suis content que tu sois là.

Je baisse les yeux. Putain. C'est aussi difficile que je l'imaginais.

– Je crois qu'il faut qu'on se parle franchement.

– D'accord.

Au lieu de s'asseoir derrière son bureau, il prend le fauteuil à côté du mien.

– C'est au sujet du mariage ? Si tu as besoin de quoi que ce soit, tu n'as qu'à le dire. De l'argent, des requêtes particulières… tout ce que tu veux. Je veux ce qu'il y a de mieux pour Sabrina et toi.

Sabrina et moi. Nom de Dieu. Il n'est pas le seul menteur de la famille. Je suis le digne fils de mon père.

– Il ne s'agit pas du mariage. C'est au sujet d'Asia.

Il fronce les sourcils.

– Asia ?

– La strip-teaseuse que j'ai mise en cloque. Elle est venue l'hiver dernier réclamer de l'argent contre son silence.

Il baisse le menton.

– Ah oui. Je m'en souviens. Elle te fait encore des ennuis ?

– J'ai retrouvé l'enfant, dis-je en le regardant droit dans les yeux. J'ai creusé un peu, puis j'ai engagé un détective privé, ce qui m'a permis de retrouver le bébé. Celui pour lequel tu l'as payée pour qu'elle me dise qu'elle avait avorté.

– Attends. Qu'est-ce que tu dis ?

– Tu n'as pas intérêt à la punir pour ça. C'est toi qui…

– Je n'ai fait chanter personne, Sam. Quand tu es venu me voir avant Noël, j'ai demandé à Connor de lui donner de l'argent pour qu'elle ne parle pas de l'avortement, mais ça, tu le sais déjà. C'est la première fois que j'entends parler de ce bébé.

– Pourquoi est-ce que je devrais te croire ?

– Pourquoi est-ce que je te mentirais ?

Je me cramponne aux bras de mon fauteuil tout en grinçant des dents.

– Je n'ai pas confiance en toi.

Il pousse un profond soupir.

– Bien sûr. J'imagine que je n'ai que ce que je mérite. Mais Sam ? Qu'est-ce que j'ai à perdre ? Ce n'est pas comme si tu pouvais me détester encore plus que tu ne me détestes déjà. Je commence à croire que tu ne me pardonneras jamais ce qui est arrivé avec Liz.

Le seul fait de l'entendre dire son nom me donne la nausée. Je ne veux pas que mon père s'approche de Liz, même pas en pensée.

– Ce que je te dis est vrai, Sam. Je n'ai rien eu à voir avec Asia.

– Alors pourquoi est-ce que Connor lui a donné de l'argent pour qu'elle me mente ?

Il fronce les sourcils.

– Connor ?

– Il travaille pour toi, Papa. Je sais qu'il me surveillait et qu'il essayait de réparer mes conneries pour protéger ta campagne.

– Mais tu parles de quelque chose qui s'est produit il y a plus de deux ans. À cette époque-là, il ne travaillait pas à plein temps pour moi. Je te jure que je n'y suis pour rien.

Quelque chose me titille la nuque. J'ai l'impression qu'il dit la vérité. Mais alors, qui me ferait ça ? Je ne vois qu'une seule personne.

« *Je me suis occupée personnellement de savoir si elle était vraiment de toi avant même que tu saches qu'elle était née.* »

– Demain, c'est le grand soir au QG de Christine Guy, dit mon père. Je présume que tu vas y aller.

– Ouais, j'y serai.

– Ta mère et moi nous réjouissons de vous voir ensemble, Sabrina et toi. Tu le sais, nous ne voulons que ton bonheur. Et…

Il s'éclaircit la voix.

– Je voudrais m'excuser de l'avoir empêché avec Liz.

Je regarde mes mains. Ses excuses passent mieux que ce que j'aurais imaginé. Peut-être les aurais-je obtenues plus tôt si j'avais accepté de lui parler.

– Je ne suis pas *heureux* avec Sabrina.

– Quoi ? Pourquoi ? Y a-t-il quelque chose que nous pouvons faire ?

– Je ne suis pas *avec* Sabrina, Papa. Cette sextape date de plus longtemps – j'avais dix-sept ans et j'ai eu une liaison avec la mère de Sabrina.

– Alors pourquoi…

Son visage change d'expression quand, soudain, il comprend ce que je suis en train de lui dire.

– Toi et… Christine ?

Je hoche la tête.

– Nom de Dieu !

Il lève les yeux au plafond, inspire, expire.

– Ne le dis pas à ta mère. Elle lui arracherait les yeux.

– C'était consensuel.

– Tu avais dix-sept ans.

Je hausse les épaules.

– Alors, Sabrina et toi ? C'est juste une couverture ?

– Au début, j'ai accepté de faire comme si c'était Sabrina parce que je savais que cette vidéo sonnerait le glas de la campagne de Christine, mais ensuite un mensonge en a entraîné un autre et, maintenant, on me fait chanter pour que je continue à préparer un mariage auquel je n'ai aucune intention de prendre part.

Sa mâchoire se crispe.

– Qui te fait chanter ?

– Sabrina et la directrice de campagne de Christine. Je ne sais comment elles se sont procuré les transcriptions de tes conversations avec Liz sur Something Real, mais elles me menacent de les publier si je ne continue pas à me prêter à cette comédie.

– Elles ne vont rien faire du tout, putain.

Il tend la main vers son téléphone.

– Papa, arrête. Non seulement cela nous ferait du mal à Liz et moi mais cela détruirait ta campagne.

Il sursaute.

– Mais c'est tout ce que je mérite, non ?

– Papa…

Il repose son téléphone.

– Ta mère veut me quitter. Je sais qu'elle ne reste avec moi que pour vous, les enfants, et pour la campagne. Mais, certains jours, je me dis que si je dirigeais toujours la banque au lieu de poursuivre une carrière politique, elle serait partie depuis longtemps. Elle serait plus heureuse. Elle ne reste que pour ne pas gâcher mes chances de gagner cette course.

C'est à mon tour de tressaillir.

– Je suis désolé.

– Ne t'excuse pas. Je l'ai mérité. Il y a des années qu'elle aurait dû me quitter. Bon sang, elle aurait probablement mieux fait de ne pas m'épouser du tout.

– Alors, ne la retiens pas, Papa. Si tu veux son bonheur, dis-lui de faire ce qui la rendra heureuse. Au diable les conséquences.

– Je…

Il se passe une main dans les cheveux.

– Je croyais que c'était moi qui étais censé te donner des conseils.

Je ris d'un petit rire sans joie.

– Eh bien, vas-y. Qu'est-ce que je dois faire au sujet de Sabrina ? Tous les jours, je fais semblant d'être avec elle, cela fait souffrir Liz et je n'en peux plus de la faire souffrir. Je veux être avec elle.

Il souffle lentement.

– Tu l'aimes vraiment.

Je hoche la tête.

– Bon sang, je suis un vrai salaud.

– Cela fait des mois que je me dis ça à ton sujet, mais crois-moi, cela n'arrange pas les choses, en fait.

– Tu veux que je te donne un conseil ?

– Ouais. Je ferais n'importe quoi pour qu'elle me revienne.

Il se laisse aller contre le dossier de son fauteuil, croise les bras et me fait un petit sourire arrogant.

– Dis-lui toute la vérité et dis-lui de faire la chose qui la rendra la plus heureuse. Au diable les conséquences.

Je pousse un grognement et je me lève.

– C'est un très bon conseil.

– Ne t'en fais pas pour ma campagne. Cela me rend malade de voir ma famille souffrir à cause de moi. Si la vérité éclate au grand jour, je gérerai le moment venu.

– Merci.

Quand j'arrive à la porte, je m'arrête et je me retourne vers lui.

– Si Connor ne travaillait pas à temps plein pour toi, où travaillait-il le reste du temps ?

– Il faisait un stage à Indianapolis au bureau du gouverneur. Mais d'après ce que je comprends, il travaillait surtout pour Sabrina.

25

LIZ

– Je voudrais porter un toast, dit Hanna. Aux meilleures amies qu'une fille puisse avoir.

– Bien dit !

Maggie lève sa bière.

Étant donné que nous sommes à New Hope et que mes amies sont qui elles sont, nous avons fini la soirée chez Brady.

Nix m'a fait jurer de garder le secret au sujet d'elle et Max, bien sûr, mais à en juger par la façon dont Max la regarde, je doute que cela reste secret bien longtemps.

C'est bon d'être ici, entourée d'amis, plutôt que d'être coincée dans mon appart à ressasser les erreurs que j'ai commises et à me demander si j'ai pris la bonne décision en posant un ultimatum à Sam.

J'aperçois Della assise au bar.

– Excusez-moi, les filles. J'ai un truc à régler.

Je laisse ma bière sur la table – je n'y ai pratiquement pas touché, d'ailleurs –et je vais m'asseoir à côté de la sœur de Sam.

– Comment vas-tu ?

Elle se retourne et sursaute en me voyant.

– Oh. Heu. Ça va… pas mal… bien.

Elle baisse les épaules.

– Quelle vie de merde !

Je me mords les lèvres.

– Tu veux en parler ?

Les larmes lui montent aux yeux.

– Je ne veux pas que mon frère épouse Sabrina.

Je ne m'attendais pas à ça. Je présumais que ses larmes étaient en rapport avec Connor. Elle secoue la tête.

– Ce n'est pas quelqu'un de bien.

Je prends une inspiration, oppressée par un secret qu'il ne m'appartient pas de révéler.

– Je croyais que tu l'aimais bien.

Elle secoue la tête.

– J'étais stupide de croire qu'elle était mon amie. En fait, elle se servait de moi pour contrôler Connor.

– Où est-il ce soir ? Ça va mieux vous deux ?

Elle hausse les épaules.

– Je ne sais pas où il est. Je crois que tout est fini entre nous.

Je baisse les yeux sur le bar et je suis du doigt une fente dans le bois.

– Della, je crois que je te dois des excuses. L'été dernier, quand je suis rentrée avec Connor… c'était une erreur. Je croyais que vous aviez rompu, mais même comme ça, je n'aurais jamais dû…

– Ce n'est pas de ta faute.

Elle mélange le liquide rouge dans son verre avec une paille.

– Sabrina m'avait dit qu'il couchait avec toi, alors j'ai fait ma valise et je suis partie. Je peux comprendre qu'il en avait marre de moi à cette époque-là.

– C'est Sabrina qui t'a dit ça ?

Elle hoche la tête.

– Oui. Il lui arrive de travailler pour elle et je me suis dit que, peut-être, elle savait des choses que je ne savais pas

– C'était faux.

Je tends le bras et je pose la main sur son poignet.

– J'ai déconné, mais je n'aurais jamais couché avec lui alors que vous étiez ensemble.

– Oui, je le sais maintenant.

– Pourquoi Sabrina a-t-elle été dire une chose pareille ?

Elle relève les coins de ses lèvres en un sourire sans joie.

– Parce que Sam était déterminé à gagner ton cœur, et ça, Sabrina ne pouvait pas l'accepter.

C'était Sabrina, la rousse dans le bar ce soir-là. Putain !

– C'est elle qui a dit à Connor de me ramener chez lui ?

– Non, elle ne fait jamais les choses aussi directement. Mais il m'a avoué plus tard que juste après que j'ai pété les plombs et que je suis partie, elle l'avait appelé pour lui dire qu'elle s'était arrêtée en ville et qu'elle avait remarqué que tu étais chez Brady, et que tu avais l'air d'avoir besoin du soutien d'un ami.

Lorsque Della lève les yeux vers moi, sa perfidie coutumière a disparu de son regard pour laisser place à de la tristesse.

– Elle n'a pas eu besoin d'en faire plus. Connor a toujours eu un faible pour toi.

Un frisson naît au bas de ma colonne vertébrale et remonte jusqu'à ma nuque.

– Bon sang. C'est tordu.

– Tu vois pourquoi je ne lui fais pas confiance ?

Elle secoue la tête.

– Connor et moi ? Elle nous a manipulés. Sabrina est un foutu génie quand il s'agit de manipuler les gens. Mais Sam a toujours été au-dessus de ça, d'une certaine façon. C'est pourquoi je ne comprends pas ces fiançailles.

Mon estomac se soulève quand je l'imagine dans cette chambre d'hôtel avec elle. Il a pris ses décisions en toute connaissance de cause pour ce qui est de Sabrina et de la vidéo, mais s'il avait été manipulé ? Si vraiment il ne se rappelait rien de cette nuit avec elle parce que quelqu'un ne veut pas qu'il s'en souvienne ? Et si George avait raison et que ce soit un membre de l'équipe de campagne qui ait trafiqué la vidéo pour la faire paraître plus récente ? Et si cette personne était Sabrina ?

***

Au moment où je ferme la porte de mon appartement à clé, je vois Connor debout dans le couloir.

– Qu'est-ce que tu fais là ?

– Je peux te parler ?

Il hausse les épaules.

– Della m'a fichu à la porte et monsieur Bradshaw m'a viré. Je ne sais pas où je pourrais aller.

– Je n'en sais rien, Connor, mais en tout cas pas chez moi.

– Ce n'est pas ce que je voulais dire.

Il se passe une main dans les cheveux en soupirant.

– Je voudrais faire quelque chose de bien, pour une fois.

– Je ne sais pas ce que tu veux dire par là, mais moi je dois aller travailler.

– Si j'étais toi, je ne croirais pas tout ce que je lis dans les magazines.

Mon estomac se noue quand je repense aux photos de Sam avec Sabrina.

– Je ne vois pas de quoi tu parles.

– Bien sûr que si. Tu aimes Sam, et Sabrina a fait exactement ce qu'il fallait pour te l'enlever. Elle détruit des vies. C'est sa spécialité.

– C'est Sabrina qui détruit des vies ? Et toi ? Tu as trahi Sam. Tu lui as enlevé son enfant.

Il grimace.

– J'exécutais les ordres de Sabrina, mais je sais que cela n'excuse rien. C'est une chose avec laquelle je vais devoir vivre.

– Et c'est aussi pour ça que tu m'as ramenée chez toi, l'été dernier, c'est ça ? Je n'avais jamais fait le rapprochement, mais je me souviens d'une rousse chez Brady ce soir-là. C'était elle, hein ? Elle voulait s'assurer que tu me ramenais bien chez toi.

– Ce n'était pas une corvée, Liz. Je ne savais pas que Della était enceinte, en revanche Sabrina savait que j'étais amoureux de toi et…

– Amoureux de moi ? Mais ce n'est pas de l'*amour*, Connor. C'est révoltant. Séduire quelqu'un pour manipuler quelqu'un d'autre, c'est vil et dégoûtant.

– Sabrina me faisait chanter.

Son visage est sombre, défait.

– Elle continue, ce qui explique que j'ai espionné Sam, mais Della m'a foutu dehors et je me dis que je n'ai plus rien à perdre, alors je ne vais pas continuer à la laisser me contrôler.

Je croise les bras.

– Comment ça, elle te fait chanter ?

– Je ne suis pas quelqu'un de bien. J'ai fait des choses merdiques que personne n'était censé découvrir et elle les a ressorties et utilisées pour me faire faire d'autres choses merdiques.

Il sourit tristement.

– Tu sais ce qui est dingue ? Elle a toujours réussi à me convaincre que je faisais quelque chose de bien. Avec Asia, elle m'a persuadé que je faisais ça pour protéger Sam. Et quand elle a appelé, ce soir de l'été dernier, pour me dire que tu étais chez Brady et que tu avais l'air d'aller mal, Della venait de me quitter et je me suis dit : « C'est marrant comme les choses se goupillent bien. » Ce n'est que quelques mois plus tard que j'ai appris que c'était elle qui était à l'origine du fait que Della était partie ce soir-là. Mais cette fois, avec la vidéo et Sam… tout devient transparent.

– Mais qu'est-ce qu'elle veut ?

– Tout ce qu'elle veut, c'est Sam. C'est la seule chose qu'elle ait jamais voulue, et pour une fois, je voudrais être du bon côté de la barrière. Je ne peux plus supporter l'idée d'être complice des intrigues de cette garce.

J'ai la tête qui tourne. Cela fait beaucoup à encaisser en une fois.

– Attends. Tu reconnais que c'était toi qui as obligé Asia à mentir à Sam au sujet du bébé ? Son père n'était pas derrière tout ça ?

– Je ne suis pas un type bien, répète-t-il. Mais je voulais croire qu'elle n'était pas seulement en train de me manipuler – que je n'étais pas seulement sa marionnette. Puis j'ai vu Sam qui était pris dans son piège et j'ai su que tu finirais par souffrir. Je ne peux pas revenir sur ce que j'ai fait, mais je peux te dire que Sam t'aime depuis des années, et je ne crois pas une seconde qu'il compromettrait une chance de te voir revenir dans sa vie, pour une nuit au lit passée avec elle.

– Cela ne change rien, je murmure en arrêtant de faire semblant d'ignorer que les fiançailles sont un simulacre. Je refuse de continuer à être son secret honteux.

– Sois prudente, dit-il en ramassant une valise que je n'avais pas remarquée auparavant.

– Où vas-tu ?

– Je rentre chez moi. Il est temps que j'affronte mon passé.

26

LIZ

Mon téléphone se met à vibrer dans mon sac, c'est un appel manqué venant de Sam. Je l'envoie sur ma boîte vocale et je ferme les yeux, en essayant de me rappeler comment on fait pour respirer. Je lui ai posé un ultimatum, et même s'il me manque terriblement, je dois m'y tenir.

Tout le monde est censé avoir quitté les locaux du QG pour seize heures aujourd'hui, pour permettre aux organisateurs de la fête et à l'équipe de techniciens qui s'occupent des éclairages de tout installer pour ce soir, mais j'étais tellement plongée dans la paperasse que j'ai complètement perdu la notion du temps.

Mon téléphone vibre encore une fois. C'est un texto cette fois.

Sam : `Il faut que je te parle avant ce soir.`

Cela me coûte d'ignorer son message, mais je m'oblige à le faire. Il sait ce qu'il doit faire s'il veut que cela marche entre nous. J'empile mes papiers et j'éteins l'ordinateur. Il est seize heures quinze et les bureaux sont anormalement silencieux. Ils ne le sont jamais d'habitude. J'attrape mon sac et je me dirige vers la sortie.

– Nous devions *nous marier*, dit une voix dans le bureau d'Erin McDaniel.

C'est Sabrina. Je reconnais cette voix, même si en l'occurrence elle ressemble plus à celle d'une enfant capricieuse que d'un requin de la politique.

– Vous n'alliez pas vous marier, dit Erin.

– C'est le plan depuis que j'étais enfant. Il est à moi.

– C'est un fantasme que tu as concocté dans cette jolie petite tête, réplique Erin. Et j'en ai marre de l'alimenter.

– Qui t'a demandé d'alimenter quoi que ce soit ?

Je regarde par la porte entrebâillée et je ne vois qu'un côté du visage de Sabrina. Elle a l'air furax. Du genre effrayant et démoniaque.

– Tu veux que je divulgue la vérité au sujet de cette vidéo dans la presse ?

– C'est fini tout ça, Sabrina, je ne vais plus te laisser me manipuler avec cette menace. Tu as eu ce que tu voulais. On leur a filé la vidéo, on a trafiqué le visage de ta mère pour qu'on croie que c'est toi. Si tu révèles ça maintenant, je leur ferai savoir qui est à l'origine de cette histoire. C'est toi qui auras l'air d'une imbécile. Et il vaut mieux pour toi que ta mère ne le découvre pas.

– De toute façon, ça la détruira.

Sa voix tremble.

– Je ne suis pas persuadée qu'il y ait une alternative à la destruction pour quiconque est lié à toi.

Sabrina souffle bruyamment.

–Je ne vais rien dire au sujet de cette vidéo. Ne t'inquiète pas. J'ai d'autres projets.

– S'il te plaît, ne me dis rien. Je préfère ne pas savoir, ce sera plus simple de nier s'il le faut.

– S'il n'y avait pas eu Liz, je sais que ça aurait marché. Il est accro à cette fille. C'est ridicule. Qu'est-ce qu'elle a de plus que moi ?

– Une âme ? dit Erin.

Mais au lieu de répondre de façon cinglante, Sabrina se contente de rire.

– En tout cas, poursuit Erin, quel que soit ton plan, il faut que tu comprennes que tu ne peux pas gagner le cœur d'un homme qui te déteste.

– Il ne me *déteste* pas. Il n'a aucune idée de ce que j'ai fait.

– Il aura vite fait de découvrir que c'est toi qui es derrière le chantage pour Asia. Il va découvrir que Connor faisait le garçon de courses pour *toi*. Tu crois vraiment qu'il voudra t'épouser après ça ?

Sabrina tape du poing sur le bureau.

– Et qu'est-ce que j'étais censée faire ? La laisser s'installer avec lui et élever le bébé comme une petite famille heureuse ? Il est pour moi. C'est ce qui est prévu. Et il aurait de la chance de m'avoir.

– Tu crois ça ? Toi, qui as glissé de la drogue dans son verre à New York ? Tu l'as drogué, et tu as de la chance que la presse n'ait rien vu. Je suis contente d'être arrivée au bon moment. Je frémis à la pensée de ce que tu avais prévu de faire une fois que tu l'aurais ramené dans ta chambre. On appelle ça un *viol*, Sabrina, et je n'ai jamais pensé que tu pouvais être une violeuse.

Je pose la main sur ma bouche pour couvrir mon cri étouffé. C'est pour cela que Sam ne se souvient de rien.

– Je ne suis pas une violeuse. Tu l'as bien vu ce soir-là. Il n'arrêtait pas de me peloter jusqu'à ce que tu arrives et que tu nous sépares.

– Tu l'avais drogué.

– Il était pour *moi*, gronde-t-elle.

– Ah oui ? J'ai bien peur que tu n'aies tout foutu en l'air, dans ce cas-là.

– Tu me sous-estimes. Je gagne toujours.

***

SAM

– Et voilà !

Le barman me tend ma bière, et j'en bois une longue gorgée tout en me tournant vers la personne qui me tire par la manche.

Je manque recracher ma bière quand je vois que c'est Liz.

– Je te cherchais, dis-je tout bas.

Je parcours rapidement la foule du regard à la recherche de Sabrina qui flipperait si elle me voyait parler avec Liz. On dirait que tout le monde est là ce soir – mon père, Della, Connor et tous les employés et bénévoles qui travaillent pour Christine Guy. Sabrina croit que je suis venu pour elle, mais en vérité je n'en peux plus de la laisser me tenir par les couilles. Cela se termine ce soir.

– Il faut qu'on parle, dit Liz.

– Oui.

C'est difficile de parler. J'ai seulement envie de la tenir dans mes bras. Bon Dieu, tout ça est si tordu.

– Je vais le faire ce soir.

– Faire quoi ?

Son front se plisse de perplexité.

– Je vais annoncer à tout le monde que Sabrina et moi n'allons pas nous marier, dis-je doucement. Parce que je suis amoureux de quelqu'un d'autre.

Ses lèvres s'entrouvrent et elle serre les paupières.

– Bon sang. Tu ne peux pas faire ça. Elle est trop dangereuse.

– Je sais. Elle a menacé de divulguer les transcriptions de tes conversations avec Riverrat dans la presse. J'ai essayé de te protéger, mais je pense que j'ai trouvé un moyen de t'éviter ça tout en mettant un terme à cette mascarade.

Elle me serre le poignet.

– Elle t'a drogué, Sam. C'est pour cela que tu ne te souviens de rien de ce qui s'est passé cette nuit-là. J'ai surpris une conversation entre elle et Erin. Erin a dit que Sabrina avait mis de la drogue dans ton verre. Elle est folle. Promets-moi d'être prudent.

– Liz !

Une jeune fille aux cheveux noirs en épis l'attrape par le bras et l'entraîne vers l'estrade.

– On doit préparer le diaporama.

– Sois prudent, répète Liz.

Je hoche la tête. Si elle me demandait de m'allonger en travers d'un chemin de charbons ardents pour lui permettre de le traverser, je le ferais. N'importe quoi pour qu'elle me reparle. N'importe quoi pour effacer cette blessure de son regard.

Les chiffres tombent et semblent favorables à Christine. Il y a peu de doute maintenant qu'elle sera sur la liste des candidats à la présidence en novembre. Je ne vais pas laisser Sabrina me manipuler pendant six mois de plus. Je ne sais pas pourquoi je n'ai pas pensé plus tôt à retourner ses manigances contre elle.

Soudain, la foule éclate en applaudissements et je me tourne vers l'écran géant qui se trouve derrière l'estrade pour voir ce qui se passe.

– Roe prononce son discours de renoncement ! crie quelqu'un à côté de moi. Guy a remporté les primaires.

Les cris se dissipent quand Sabrina monte sur l'estrade, micro en main. Christine est à l'annexe du QG dans le Dakota du Sud, alors c'est Sabrina qui prononce les discours ici ce soir.

– Tout ceci c'est grâce à vous ! dit-elle dans le micro, et la foule l'acclame. Est-ce que mon séduisant fiancé pourrait venir me rejoindre sur l'estrade, s'il vous plaît ?

Tout le monde se retourne, et le projecteur parcourt la foule pour s'arrêter finalement sur moi. Je me force à sourire et me dirige vers l'estrade.

27

LIZ

Sam monte sur la scène, et je voudrais l'arrêter. De nouveau, ce pressentiment qui me taraude – mon instinct stupide et indigne de confiance. Je n'ai pas envie qu'il s'approche d'elle. Mais il n'y a pas que ça. Quelque chose me dit qu'il ne devrait pas se trouver sur l'estrade. Au moment où je m'en approche je le vois murmurer quelque chose à l'oreille de Sabrina.

Son masque de bonheur tombe le temps de trois battements de mon cœur, mais très vite elle se reprend pour poser un baiser brutal sur ses lèvres.

Quand il passe les bras autour de ses épaules, il est si coincé que j'ai du mal à croire que quiconque dans le public puisse gober ça.

– Où vas-tu ? me demande Grace.

Je suis passée devant la foule maintenant. Je pourrais tendre le bras et toucher Sam si je voulais. Et, bon sang, je le veux. Mon instinct me hurle de le faire descendre de cette estrade.

– Qu'est-ce que tu fais ? dit Grace en m'attrapant par le bras. Tu m'inquiètes.

Sabrina se blottit dans les bras de Sam et sourit à la foule.

– Nous sommes les plus chanceux du monde et je ne parle pas seulement de Sam et moi. Je parle de nous tous ici. Tout le monde dans cette pièce aura la chance de pouvoir voter pour ma mère en novembre !

La foule l'acclame, et c'est quand Sabrina passe le pied sur le sol devant elle que j'aperçois l'interrupteur scotché sur l'estrade. Au moment même où elle appuie dessus, je saisis Sam par la main et je le tire en arrière.

– Sam !

Tout se précipite soudain. Une explosion se produit dans l'échafaudage qui supporte les éclairages au-dessus de l'estrade, et je me jette au sol sans lâcher la main de Sam. Il ouvre de grands yeux quand il comprend ce qui se passe et il fait comme moi. Son corps recouvre le mien tandis que les lampes s'écroulent avec fracas. Toute la pièce résonne du concert chaotique produit par les équipements qui s'écrasent sur la scène, les ampoules qui se brisent, les sifflements et les crépitations d'incendie électrique.

Quand le calme revient autour de la foule paniquée, Sam s'appuie sur ses avant-bras et repousse les cheveux de mon visage.

– Ça va ? me demande-t-il tout bas.

J'acquiesce d'un hochement de tête, mais en regardant vers l'estrade derrière lui, je pousse un petit cri. Le corps de Sabrina gît inanimé, écrasé sous les rampes d'éclairage.

– Tu m'as sauvé la vie, dit Sam. Comment as-tu su ?

– J'ai eu un pressentiment.

On entend le rugissement des sirènes à l'extérieur, et quelques minutes plus tard, Sam et moi sommes séparés par l'intervention des équipes d'urgence.

***

SAM

Sabrina est vivante. Elle ne se sent pas bien, elle n'est pas heureuse, mais elle est en vie.

Allongée dans un lit d'hôpital, vêtue d'une chemise de nuit d'hôpital bleue, les brûlures de son visage et de son cou recouvertes de bandages, les jambes dans le plâtre. Sans Liz, elle serait encore plus mal en point, voire morte, mais quand Liz m'a tiré en bas de l'estrade, j'avais les bras autour de Sabrina et donc elle s'est déplacée de quelques mètres vers l'avant, évitant ainsi le plus gros des projecteurs et des rampes d'éclairage.

– Pourquoi ? je lui demande.

C'est la première fois que nous nous parlons depuis que je lui ai dit à l'oreille sur la scène que nous avions inversé les codes sur le site de Something Real de façon à faire croire que Riverrat 69 et Tink24 étaient en fait Connor et elle, et non pas mon père et Liz. C'était une idée de Connor, et mon petit frère, qui est un petit génie de l'informatique, a pu la réaliser.

– Pourquoi as-tu essayé de me tuer ?

– Tu étais censé être à moi.

Son visage s'écroule de façon pathétique sous les bandages.

– Nos parents ont toujours dit ça, depuis que nous étions gamins. « Sam et Sabrina, même leurs noms vont bien ensemble. » C'est ce qu'ils disaient. Ils m'ont prédestinée au chagrin d'amour en t'agitant ainsi devant mon visage. Ma mère savait que j'étais amoureuse de toi et…

– Tu ne pouvais pas être amoureuse de moi, Sabrina. On se connaissait à peine.

– Toi peut-être, tu me connaissais à peine, mais moi je te connaissais. Je t'aimais. Et elle t'a séduit simplement parce qu'elle en avait la possibilité. Elle t'a pris à moi.

– Je n'ai jamais été à toi, je murmure.

– Tu étais à moi, mais comme tu ne le voyais pas, la seule façon pour nous d'être ensemble, de conclure notre histoire en beauté, c'était de disparaître en apothéose ce soir.

Ryann entrebâille la porte et m'adresse un sourire hésitant.

– Tu es prêt ?

C'est l'heure. Un brouhaha monte de l'extérieur, et quand j'écarte les lamelles du store, je vois que le parking est bondé de reporters et de camions de télé.

– Ouais. Je te rejoins dans le couloir.

Quand je me retourne, le visage de Ryann est blême.

– Tout va bien se passer, Ry, je te le promets.

Elle s'en va, et je regarde Sabrina une dernière fois.

– Adieu Sabrina. J'espère ne jamais te revoir.

Lorsque je sors de la chambre, Christine Guy m'attend devant la porte.

– Tu es sûre que tu ne veux pas entrer ?

– Je ne veux pas voir ma fille pour le moment, dit Christine avec un sourire tremblotant. Je suis tellement désolée.

Elle croise les bras sur sa poitrine.

– Pour tout. J'ai fait tellement d'erreurs.

Elle jette un coup d'œil vers la porte de Sabrina.

– Beaucoup plus que ce que je croyais, apparemment.

– Vous êtes prêt à faire ça ? me demande son avocat.

J'acquiesce en enfilant ma veste de costume.

– Plus prêt que jamais. Autant s'en débarrasser.

Je fais un geste de la main au policier en faction devant la porte de Sabrina.

– Merci.

L'avocat nous accompagne jusqu'à la porte de l'hôpital et sort avec nous pour affronter les journalistes. J'ai à peine passé la porte que j'essuie un feu nourri de questions.

– Avez-vous quelque chose à répondre aux allégations selon lesquelles Sabrina Guy aurait saboté les éclairages au quartier général dans l'intention de vous tuer tous les deux.

– Avez-vous lu le billet qu'elle a laissé dans son bureau, annonçant son intention de se suicider ?

– A-t-elle été débordée par le stress de la campagne ?

Christine s'arrête devant un micro qu'on lui tend, et tout le monde se tait.

– Dans l'immédiat, nous faisons tout ce qui est en notre pouvoir pour assurer à Sabrina les meilleurs soins médicaux et psychiatriques possibles.

– Qui est la femme qui vous a fait descendre de l'estrade ? me demande un autre journaliste en me balançant son micro sous le nez.

– Comment a-t-elle su ?

– C'est une amie de longue date qui travaille aussi pour la campagne du gouverneur Guy. Elle a vu Sabrina tendre le pied vers l'interrupteur et elle a su que quelque chose ne tournait pas rond. Je lui suis reconnaissant d'avoir réagi aussi vite.

– Ce sera tout, dit l'avocat en tendant la main devant lui pendant que nous nous dirigeons vers la voiture.

– Où allons-nous maintenant ? demande Christine.

– Il faut que j'aille chez moi. Je dois voir un homme au sujet d'un chien.

28

LIZ

Il y a foule dans la pâtisserie d'Hanna, aujourd'hui, alors je lui suis reconnaissante de me laisser traîner dans la cuisine. Je fais semblant de travailler, mais nous savons toutes que je suis plus dans leurs jambes que vraiment utile.

Drew, la petite sœur de Cally qui travaille pour Hanna après les cours, m'arrache la spatule des mains et me pousse d'un coup de hanche pour m'écarter du plateau de cookies.

– Laisse faire les experts, tu veux ?

– Excuse-moi.

Je soupire et j'envisage de prendre une autre tasse de café, mais je décide que non. J'essaie de réduire le café et de m'habituer à consommer plus de fruits. Drew m'a dit que j'avais l'air d'avoir le scorbut.

– Si tu continues encore longtemps à tirer la gueule, c'est *moi* qui vais devoir prendre des antidépresseurs.

Je secoue la tête.

– Je ne suis pas déprimée.

Je ne suis pas heureuse non plus, mais c'est sans comparaison avec ce que c'était quand je suis partie vivre à Indianapolis. Je suis rentrée chez moi, où je suis entourée par les gens qui comptent le plus pour moi. Et la douleur qui plante ses griffes en moi pour essayer de m'étouffer au milieu de la nuit ? Cela va en s'arrangeant. J'ai démissionné de mon poste dès le lendemain de la cascade mémorable de Sabrina, et j'ai réintégré mon ancien logement à New Hope.

– T'as essayé le sexe ? demande Drew. Moi, ça m'aide toujours à aller mieux.

Je croise les bras.

– Qu'est-ce que tu y connais en matière de sexe ?

Elle lève les yeux au ciel.

– La plupart des trucs sympas. Que veux-tu savoir ?

– Drew !

Je fronce les sourcils.

– N'oublie pas d'utiliser deux formes de protection, d'accord ?

– Oh, ça va ! Ça fait des années que je prends la pilule, et avec tous les champions de natation qu'il y a dans cette ville, je ne laisse pas un mec me *regarder* sans préservatif. Je te jure, il doit y avoir quelque chose dans l'eau.

Cela me fait rire. Les grossesses non désirées semblent avoir empoisonné la vie de mes amies. Moi, je n'ai pas eu ce problème. Je ne cesse de me répéter que c'est une bonne chose. Mais cela ne m'aurait pas dérangée d'avoir un bébé surprise à la suite de mes nuits avec Sam. Même si ce n'est pas formidable d'être mère célibataire, je me plais à penser que je m'en serais bien sortie.

– Pas de sexe, je dis pour répondre finalement à sa question. Je n'arrive même pas à me résoudre à rencontrer quelqu'un. Je suppose que j'ai peur de souffrir de nouveau.

– Tout le monde te fera souffrir.

Elle laisse tomber la spatule et se tourne vers moi.

– Le truc, c'est de trouver celui qui en vaut la peine.

Je fronce les sourcils.

– Tu fais preuve de beaucoup de sagesse pour une gamine de dix-huit ans !

– *La sagesse et l'espoir*, c'est du Bob Marley, Bébé.

Elle sourit.

– Mais c'est quand même la sagesse, dit Hanna dans mon dos.

Elle a dû entrer en douce pendant que Drew et moi discutions.

– Certaines personnes valent la peine qu'on souffre pour elles. D'autres, non. Tout ce qu'on peut faire, c'est ne pas se tromper dans ses choix.

Elle me prend dans ses bras et je pose la tête sur son épaule.

– Il me manque.

– Je sais.

Et parce qu'elle est ma sœur jumelle et qu'elle comprend, elle ne me demande pas pourquoi je ne prends pas ses appels s'il me manque.

– Je ne sais pas quoi faire.

– Je sais.

Soudain, Krystal passe la tête par la porte.

– Liz, il y a quelqu'un qui te demande.

Je me mords les lèvres.

– Sam ?

– Sa mère.

– Oh.

Je regarde Hanna, qui se contente de hausser les épaules. Je vais dans la boutique pour voir la femme dont le mari m'a envoyé des textos cochons il y a six mois et dont le fils a volé mon cœur.

– Lizzy !

Elle passe derrière le comptoir et me serre dans ses bras.

– Je suis si heureuse de te voir.

Je lui rends son embrassade en regardant par-dessus son épaule Krystal qui fait une grimace. On ne peut pas nier que c'est un peu embarrassant.

– Tu as sauvé la vie de mon fils.

J'aime votre fils.

– C'était un réflexe.

– C'était une bénédiction. *Tu es* une bénédiction. Je voulais te remercier.

– Je vous en prie.

– Et avant que tu ne l'apprennes par quelqu'un d'autre, je tiens à te dire que je quitte Travis.

– C'est ce qu'on m'a dit. Je suis désolée.

Je me dégage de cette accolade embarrassante et je croise les bras.

– Sincèrement.

– Ce n'est pas de ta faute, ma puce.

Elle soupire.

– Il y a des années que j'aurais dû le faire, mais comme une idiote, je croyais qu'il changerait.

Je baisse les yeux vers le sol. Ouaip. Pour une situation embarrassante, c'est une situation embarrassante, on peut le dire.

– Je suis vraiment désolée, Madame Bradshaw. Si je pouvais revenir sur ce qui est arrivé…

– Tu sais ce que ma mère m'a dit quand j'ai épousé Travis ?

– Non ?

– Elle a dit : « Certaines femmes sont attirées par le genre d'hommes à qui elles ne peuvent pas faire confiance. » Elle avait raison. Et j'ai transmis ça à Della. Je le regrette. Je regrette beaucoup de choses.

Je déglutis.

– Moi aussi.

– Tu ne dois pas regretter ce que tu as connu avec Sam. Je sais que je ne suis pas objective parce que c'est mon fils, mais il fait partie des types bien. Je ne voudrais pas que tu croies que tu dois garder tes distances avec lui à cause de moi. En fait, si tu veux faire quelque chose pour moi, tu devrais lui donner une deuxième chance. Il t'aime.

– Moi aussi, je l'aime.

Mais même si Sabrina est à l'hôpital avec la moitié du corps dans le plâtre, le public pense toujours qu'ils sont ensemble.

Madame Bradshaw m'observe un moment avant de hocher la tête.

– Je suis sûre que vous allez trouver une solution, tous les deux.

* * *

En ouvrant la porte, je pousse un cri aigu quand un chien se précipite sur moi. L'espace d'un instant, je me dis que je me suis peut-être trompée de maison, mais c'est Princesse, et je suis bien chez moi.

– Qu'est-ce que tu fais là, toi ?

Je m'accroupis pour lui gratter la tête et elle me lèche la figure.

– Comment savais-tu que j'aurais besoin de ces baisers, aujourd'hui, hein ?

– C'est peut-être moi qui le lui ai dit.

Quand je lève les yeux, Sam sort de la cuisine, un verre de vin dans chaque main.

– Elle a besoin d'être recueillie ? Ils allaient l'euthanasier ?

Princesse geint et recommence à me lécher. Sam pose les verres sur la cheminée et s'accroupit à côté de moi et du chien.

– Il lui fallait une famille en effet, et Ryann a dit que tu lui manquais depuis que tu es partie. Cela m'a permis de comprendre que Riverrat avait tout faux sur un point.

Mes lèvres s'entrouvrent et les yeux me piquent.

– Lequel ?

– Il a dit que tu n'avais pas besoin d'un chien. Il a dit que ce qu'il te fallait, c'était un homme.

Il prend une profonde inspiration et souffle lentement.

– Il a aussi dit un tas d'autres trucs que je préférerais effacer de mon esprit, mais sur ce point je veux dire qu'il avait tort. Il te faut un chien. Il te faut *ce* chien. Parce que tu as en toi tellement d'amour et de bonté que cela déborde. Cela fera du bien à Princesse. Mais tu n'as pas besoin d'un homme.

Je le regarde en clignant des yeux.

– Ah bon ?

– Non, Canaille, tu es très bien toute seule. Tu n'as pas besoin de moi, ni de George, ni de Connor. Tu n'as même pas besoin de tes copines, dont je ne doute pas un seul instant qu'elles seraient prêtes à couper les couilles du premier mec qui te ferait du mal.

Il me caresse la joue du bout des doigts. Sa pomme d'Adam monte et descend quand il déglutit.

– Je n'ai pas besoin que tu aies besoin de moi, mais j'espère que tu pourras me pardonner d'être un imbécile. Et j'espère que tu *veux* de moi. Parce que j'ai entendu aux infos que mon mariage avait été annulé.

– C'est vrai ?

– Ouais, il se trouve que ma fiancée était une garce complètement tarée, et qu'elle est inculpée de tentative d'homicide sur ma personne. Je suis sûr que tu comprendras que cela ait pu creuser un fossé entre elle et moi.

Je ris malgré moi et j'essuie mes larmes en passant mes mains sur mes joues.

– Alors, si tu veux de moi, si tu m'acceptes, je te jure que je me battrai pour nous jusqu'à mon dernier souffle.

– Oui.

Mes joues sont humides de nouveau et ma vision est brouillée.

– Je te veux de toutes mes forces.

– Dieu soit loué, murmure-t-il.

Puis il pose ses lèvres sur les miennes et m'embrasse comme un homme embrasse une femme quand ils sont sur le point d'entamer une vie de bonheur éternel.

ÉPILOGUE

SAM

– Crois-tu que je pourrais t'arracher à cet ordinateur pour dîner ?

– Quoi ?

Liz lève les yeux de son ordi et me regarde en clignant des yeux. Elle est trop mignonne quand elle s'enferme dans sa bulle comme ça. Comme si elle oubliait complètement où elle est.

– Le dîner. Nourriture, vin et même peut-être un peu de sexe avant que tu ne m'abandonnes de nouveau pour ce foutu bouquin ?

Elle ferme son ordi et me sourit.

– Serais-tu jaloux de mon travail, Sam Bradshaw ?

Quand elle se lève, je l'attire dans mes bras.

– C'est vrai que tes mains sont bien plus souvent sur cet ordinateur que sur moi.

Je hausse les épaules.

– Je ne me plains pas. Je te fais juste remarquer ce qui est.

Elle rigole.

– Tu es ridicule.

– Comment ça avance ?

Elle se mord les lèvres et jette un œil sur son ordi.

– Mieux que ce que je croyais. Ses notes sont exploitables et sa vie est fascinante. Tu savais que son mari était violent verbalement ?

Je pose un baiser sur son épaule.

– Hum-mm.

– Et son père aussi, alors j'entremêle les deux dans ce chapitre sur la persévérance. J'espère que cela va lui plaire.

Je glisse les mains dans ses cheveux, et je lui relève la tête pour la regarder dans les yeux.

– Tous les autres chapitres lui ont plu jusqu'à présent, et je suis convaincu que celui-ci ne fera pas exception. Tu as du talent et elle a de la chance que tu aies accepté ce boulot.

Peu de temps après que Sabrina a été inculpée, Christine a chuté de façon spectaculaire dans les sondages. Elle a donc annoncé son désistement en faveur de Roe pour pouvoir se consacrer intégralement à la santé mentale de sa fille. Quelque temps plus tard, elle a demandé à Liz si cela l'intéresserait d'être sa plume pour la rédaction de ses mémoires, et c'est ainsi que Liz a entamé une nouvelle carrière.

– Alors, qu'y a-t-il pour dîner ?

– Je t'ai promis quelque chose de spécial. Pourquoi ne vas-tu pas voir par toi-même ?

Elle entre dans la salle à manger et s'arrête en ne voyant sur la table que des coupes de champagne et une rose.

– C'est une bague que je vois au fond de mon champagne ?

Je la prends dans mes bras et l'embrasse dans le cou.

– Cela fait presque deux mois que nous sommes ensemble, mais j'ai toujours l'impression de rêver quand je me réveille à côté de toi.

Elle se retourne dans mes bras et pose le bout de ses doigts sur mes joues.

– Est-ce que c'est la réalité ?

J'avale ma salive avec difficulté.

– C'est ce que tu voulais, non ? Quelque chose de réel ? Parce que, avant, je ne croyais pas pouvoir le faire, mais c'est là que je suis tombé amoureux de toi et que j'ai compris que je ne pourrais pas t'avoir autrement. La vie est tout bonnement *plus belle* avec toi. Épouse-moi, Elizabeth Thompson. Je veux prendre soin de toi. Je veux planter des bébés dans ton ventre. Je veux que nous vieillissions ensemble, en nous tenant par la main.

– Oui, dit-elle dans un souffle.

Elle passe les bras autour de mon cou pour m'embrasser, mais à mon étonnement, elle s'écarte soudain.

– Est-ce qu'Hanna savait que tu allais faire ça ? Parce que je l'ai trouvée bizarre ce matin à la pâtisserie.

Je hausse un sourcil.

– Tu crois que je te demanderais en mariage sans avoir reçu la bénédiction d'Hanna ? Je tiens à mes balloches, merci beaucoup.

Elle rigole, ce qui allume le feu dans ma poitrine, alors je la prends dans mes bras et je la serre contre moi. Sans la moindre intention de jamais la lâcher.

FIN

Ainsi se termine l'histoire de Liz et Sam, mais ce n'est pas la fin de celle de leurs amis. *Playing With Fire*, le roman de Nix et Max, est le premier d'une nouvelle série de romans autonomes dont l'action se déroule à New Hope. Si vous voulez recevoir un e-mail quand il sera disponible en France, inscrivez-vous sur ma newsletter.

Vous pouvez également retrouver l'actualité
des romans de Lexi Ryan, de ses séries et de tous
les autres titres de la collection Hugo New Romance®
sur notre page Facebook :
www.facebook.com/HugoNewRomance

Love Unbound
par LEXI RYAN

Si vous avez aimé l'histoire de Liz et Sam, je pense que vous aimerez aussi les autres romans de la série « Love Unbound », dont l'action se situe à New Hope et qui mettent en scène les personnages que vous aimez.

Love Unbound : Splintered Hearts
Unbreak Me (histoire de Maggie)
Stolen Wishes : novella, (prequel à l'histoire de Will et Cally)
Wish I May (le roman de Will et Cally)
On peut aussi les trouver réunis dans le recueil : *Splintered Hearts : La trilogie de New Hope*

Love Unbound : Here and Now
Lost in Me (début de l'histoire d'Hanna)
Fall to You (suite de l'histoire d'Hanna)
All for This (fin de l'histoire d'Hanna)
Ou retrouvez-les réunis dans le recueil : *Here and Now : La série complète*

Love Unbound : Reckless and Real
Something Wild (début de l'histoire de Liz et Sam)
Something Dangerous (suite de l'histoire de Liz et Sam)
Something Real (fin de l'histoire de Liz et Sam)

Love Unbound : Mended Hearts
Playing with Fire (histoire de Nix)

Du même auteur

Littérature sentimentale pour adultes

Text Appeal

Accidental Sex Goddess

Dans la série « Decadence Creek »

(nouvelles et novellas)

Just one Night

Just the Way you Are

Contact

J'adore recevoir des nouvelles de mes lecteurs, alors vous pouvez me rejoindre sur ma page Facebook : facebook.com/lexiryanauthor, me suivre sur Twitter @writerlexiryan, m'envoyer un mail à writerlexiryan@gmail.com ou me retrouver sur mon site : www.lexiryan.com

DÉCOUVREZ LES AUTRES TITRES DE LA COLLECTION HUGO NEW ROMANCE®

LEXI RYAN

UNBREAK ME

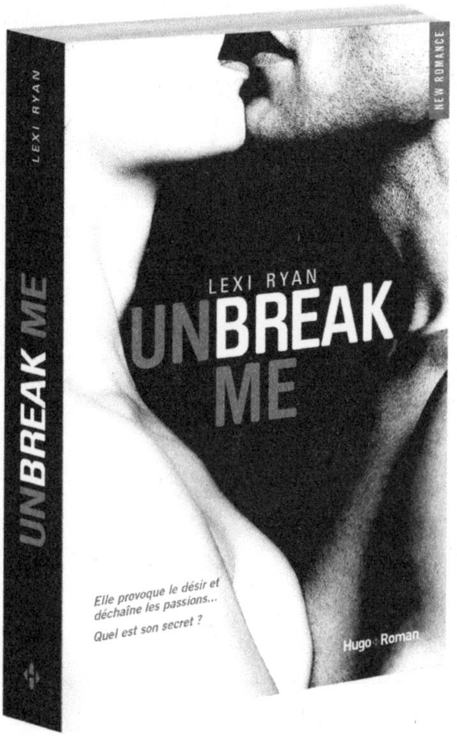

UNBREAK ME

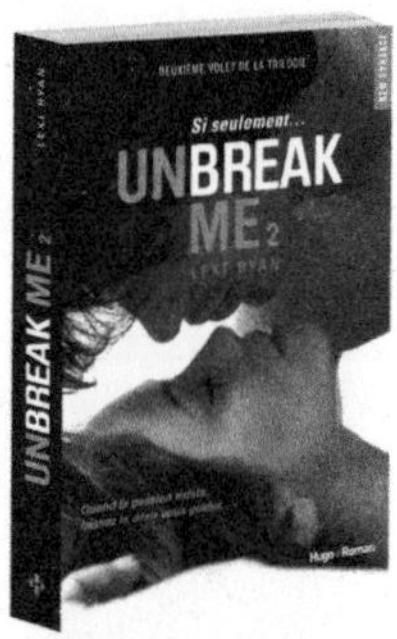

UNBREAK ME 2

UNBREAK ME 3

Hugo Roman

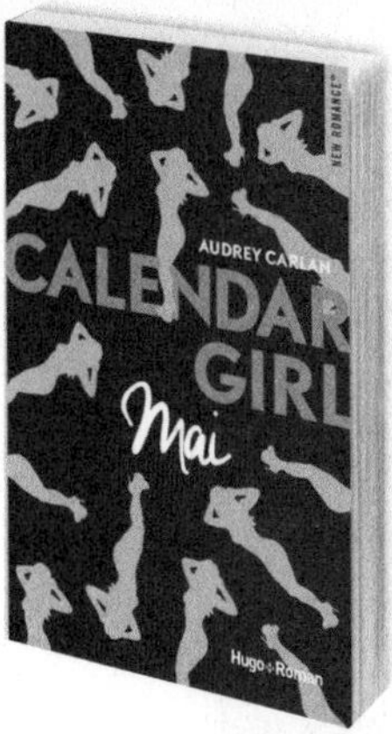
NEW ROMANCE
AUDREY CARLAN
CALENDAR
GIRL
Mai
Hugo Roman

NEW ROMANCE
AUDREY CARLAN
CALENDAR
GIRL
Juin
Hugo Roman

NEW ROMANCE
AUDREY CARLAN
CALENDAR
GIRL
Juillet
Hugo Roman

NEW ROMANCE
AUDREY CARLAN
CALENDAR
GIRL
Août
Hugo Roman

NEW ROMANCE
AUDREY CARLAN
CALENDAR
GIRL
Septembre
Hugo Roman

NEW ROMANCE
AUDREY CARLAN
CALENDAR
GIRL
Octobre
Hugo Roman

NEW ROMANCE
AUDREY CARLAN
CALENDAR
GIRL
Novembre
Hugo Roman

NEW ROMANCE
AUDREY CARLAN
CALENDAR
GIRL
Décembre
Hugo Roman